捨てられ勇者は帰宅中

～隠しスキルで異世界を駆け抜ける～ 3

ななめ44°
イラスト へるにゃー

TOブックス

The abandoned hero is on the way home

~He runs through the another dimension with hidden skills~

3

CONTENTS

【　第一章　】…………………　4

【　第二章　】…………………　71

【　間　章　】…………………　81

【　第三章　】…………………　86

【　間章二　】…………………129

【　第四章　】…………………138

【　第五章　】…………………242

【　第六章　】…………………247

【　第七章　】…………………297

【エピローグ】…………………322

【番外編　勇者の旅立ち】……329

あとがき ……………………340

illustration：へるにゃー

design：福田　功

CHARACTER

聖洋一《ひじりよういち》

優人と共に召喚された少年。勇者
してリリアから大歓待を受ける。

緒方優人《おがたゆうと》

勇者召喚された少年。無能者として
捨てられるが、実は真の勇者だった。

エレノア

異世界の姫で、聖女。優人が勇者だ
と知らずに、勇者を捜し続けている。

月夜《つくよ》

優人の使い魔その1。闇の精霊だった
が、自分の封印を解いた優人に懐く。

やきとり

優人の使い魔その2。異世界の聖獣だっ
たが、神の命令で優人と仮契約した。

白桜《はくら》

優人の使い魔その 3。海底の水聖殿に住
む魔獣で、優人に着いてくることを選んだ。

【第一章】

それは、パチパチと弾けた音をしているはずだった。

人が立ち入ることがない神聖な森が燃えている光景の中、俺はそこに立っていた。いや、『俺』はそれが〝神聖〟な森だと知らないはずだ。だって初めて見る場所なのだから。

けれどその火の爆《は》ぜる音も、臭いも、熱に煽《あお》られて動く空気も、そこで過ごした思い出が燃え消えていく様を見て感じる切なさも、まるで『俺』が感じているかのように脳は理解し胸は痛みを訴える。だけど、俺はその光景を見ているだけで、実際には俺の体はなにも刺激を受け取っていない。肌は熱を感じず、耳は火の弾ける音を拾わず、鼻は焦げる臭いを受け取らず。

ああ、夢か、と俺は理解した。最近俺は夢をよく見る気がする。

いつ目覚めるのかわからない、ただ燃えている光景を眺める無音の世界の中、突然鈴のなるような声が、響いた。

「まったく、君はことごとく、私の感情をさざめかせる場所にいるな」

視線を声のしたほうに向けると、そこには小さな少女が腕を組んで立っていた。少女は波打つ黒髪を無造作に流し、大きな翡翠《ひすい》の瞳をこちらに向けている。フード付きの黒いマントを着て、細かい刺繍の入ったエプロンドレスをまとっている。

幼く見える容貌に反し、その目はまるで何百年と立っている大木のような超然さを感じさせた。

「あんたは……」

「私のことはどうでもよい。いや、どうでもよくないが、知らぬほうが君のためだな。私を個と認識すればするほど、君は薄くなってしまう。とは言え、この場所に来たということは、私も無関係ではいられない。深層意識の、無意識である層の夢の中での逢瀬でさえ、あまり推奨されたことではないが、どうしても私は出てきてしまう。だからこそ、今のうちに君に伝えよう」

少女はゆっくりと俺に近づき、俺の頬に手を伸ばした。小さい手だ。敵かと一瞬身構え、応戦のために体が動きそうになってそんな自分にびっくりした。今まで生きてきて、咄嗟《とっさ》に敵なんて反射で思ったことなどない。そんな反応をするような生活を現代日本で送ることなどほぼないからだ。

それに相手は小さな子供だ。

だが少女は、ふむ、さすがに異なる世界であれだけの目に遭っていれば、一時的に記憶がなくとも体が覚えているか、と意味のわからない呟きを漏らし、声を大きくした。

「いいかい、君。どんなことがあっても自分をしっかり持つのだよ。どれだけ〈私〉という個が強くとも、それに押しのけられたりしないように。君の魂は、私の時と比べて驚くほどに弱い。気を抜けば己の力にかき消されてしまいそうなほど、密度が少なく削られてしまっている。まあ、それは君の幼少期を考えればいたしかたないこととは思うが……」

「どういう意味だ。あんた、俺の何を知っている……？」

意味の分からない言葉はさておいて、幼少期と言われて、脳裏によぎる苦しい記憶。険のある声に少女は気分を害した風もなく、背伸びをして俺の頭をぐいと下げ、撫でた。

「お、おい！」

「もう少し身をかがめたまえよ、君。よしよし、ある意味自分自身と言える君の頭を撫でるとは不思議な心地だが、撫でたくなったものはしょうがないな」

困惑はある。なのになぜか抵抗する気も起きず、俺はしばしわしゃわしゃと撫でられた。それと同時に、体がじんわりと温かくなる。頭の先から広がる温もりは俺の緊張をさらに緩めた。

「私は君のことなら何でも知っている。君は脆弱《ぜいじゃく》で、壊れやすい。自分のことをなんとも思っていない。君が自分のことを蔑《ないがし》ろにされて怒るのは、そんな君を大事に思う人がいるからという、ただそれだけだ。君自身は自分に価値を置いていない。だからこそ心配になる。だがまあ、君がこれまで周りから注がれた愛を忘れなければ大丈夫だとは思うがね。君が心折れずに、我慢し耐《た》え、彼の御仁《ごじん》と己の約束事を守りながら帰りたいと願うのも、そこに起因しているし」

彼の御仁と約束。そう言われて思い出すのはたった一人だ。俺を救い出して、まともにしてくれたあの人。ああ、その通りだ。俺はあの人と約束した。俺が生きる上で大事なことを、たくさん。

「本当に、あんたはなんでも知っているんだな」

「もちろんだとも。逆に言えば、君も私のことを全て知っている。思い出せないだけだよ」

不思議な少女は本当にかすかに笑み、むぎゅっと俺の両頬を潰した。

「いいかい、さっき言ったことは忘れないでくれたまえよ。これから言うことは、一応アドバイスだ。だが忘れていい。本当は、なにも覚えていないほうが君のためなのだが、私は君に協力したい。

いや、しなければならないからね。君がこんな状態になった責任の一端は、私にもあるのだから。まず、君はもっと自分の身を大事にしなさい。己の体に耳を傾けなければ、本当に死んでしまうよ。特に、この世界は魔力によって成り立つ世界。君の器《うつわ》は魔力ととても相性がいいから何でも取り込んでしまうけれど、余計なものまで取り込んでしまっている。そのうち、その余計なものが固まり詰まって破裂してしまうだろう。君の世界でいう、脳卒中みたいなものだ。赤クジラと同じことができるが、彼らと同じような耐久性はない」

少女はまるで時間がないとでもいうように、早口で語りだした。ところが、それがまるで心地いい子守歌のような口調で、急に瞼《まぶた》がだんだん重くなる。

「待て、全然……頭に入らねぇ……」

退屈な教師の授業を聞いた時のように、眠くなる。頭が傾ぐ。力の抜ける体に、少女は落ちる俺の体に逆らわず同じように地に座り、俺の頭を彼女の膝の上に置いて、このまま眠ってしまえと撫でた。それでも語りは止まらない。

「次に、魔獣との契約もほどほどにしたまえ。あれは相手の意思さえあれば簡単にできてしまうが、人とはまた違ったルールと法則を持つ自然界と契約しているのと同じこと。確かに大きな力は得られるが、余計なしがらみを負ってしまうことでもある。自然との付き合い方を知らぬものが、迂闊《うかつ》に手を出していいものではない。現状の彼らの場合それほど問題にはならないだろうが、これからもほいほいとなにとでも契約してしまうのは愚行だよ」

だんだん声が遠くなる。視界に靄《もや》がかかり、なんだか体全体が温かい干したての布団に包まれたような心地だ。

「困ったときは魔導書に頼りたまえ。あれは元から、敵ではない。今は私も細工をほどこし、私の代わりとなる。その分、自分で思い出そうとはしないほうがいい。知らないはずなのに知っていること、わからないのにわかってしまうこと。直感ならばいいが、君の場合はほとんど私の影響だ。私の知識を元に君はこの世界を理解しようとしてしまう。完全には防げないだろうが、少しでも魂への負担を減らさなければ、本当に君の人格は消えてしまう」

俺へのアドバイスだと言っていたのに、その声は俺を深い意識の底に引きずり込んだ。どんどんと落ちていく。

「いいや逆だよ。今君は無意識から覚醒へ向か……いる。だから……夢は忘れ……ろう。早く目覚……さい。その……まだと、風邪をひく……だろ……か……ね」

急激な体が落下するような感覚とともに、その声は途切れ途切れで聞こえにくくなる。どこまでも深く落ちていく中で、突如体が浮上する感覚に切り替わった。ぬくかった体が一瞬ののちに寒さを訴え、俺ははっと目を開けた。

「ぐはっ！」

おえっと感覚の覚醒とともに訪れた気持ち悪さを抑えきれず吐き出せば、口から水が飛び出てくる。そして思いっきり空気を吸い込み、咳き込んだ。あ、意識を飛ばしている間に水を飲んで呼吸ができなかったんだなと後から理解が追いつく。体のほうが先に生命の危機を理解して水を吐き出させていたようだ。

俺が落ち着くまで咳き込んでいると、そっと背に手が当てられる。

「あの、大丈夫?」

視線を向ければ、見たことのない女が俺をのぞき込んでいた。

「うわー、全身びしょ濡れだねー。びっくりしたよー。まさかそんな壁の泉から人が出てくるとは思わなかったからさー。とりあえずはい、タオルー」

俺が何も言えずにいると、その女は肩から下げていたカバンからタオルを取り出し、俺に手渡した。

「あとは、火ー? それとも宿屋に行くー? てか立てそうー?」

女は呆気にとられる俺の回答を聞かず、カバンから火打石やら木くずやらを次々取り出し、三脚のような鍋置きと小さな鍋を取り出した。

そのカバンどうなってんだ。

そして火打石をカチカチとぶつけ、火をつけようとする。するとピロリンとおなじみの音がした。

『普通のカバン』

普通のカバンなんかい!

こんなことでもステータス画面は表示されるらしい。

「あー、もう火打石って不便ー! 魔法が使えたらどんなに楽かー! って使えないものをどうこう言っても仕方ないんだけどーー!」

やっとのことで火の粉が木くずに移り、火が勢いをつける。女はそれを見て鍋を持って立ち上がり、俺の背後に進む。俺がその様子を目で追うと、俺の後ろには、ドラゴンっぽい顔の口から水が噴き出る壁があった。それは漏れ出ている水というものではなく、欠けてはいるが水受けもちゃんとあるので町の水道の一つなのだろう。そういえば、さっき俺は壁の泉から出てきたと言われたよな。てことは、ここから出てきたってことか？　どうみても人が一人出てこられるような大きさじゃないんだけど。

というか、ここは町なのか？

状況を把握しようと周りを見回そうとしたところで、女が鍋に水を入れて火の上に置き、湯を沸かし始めると俺に視線を向けた。

「もう、ちゃんと拭いてよねー。何のためにタオル渡したと思ってるのー？」

女は俺の手にあったタオルを奪い取り、俺の頭をわしゃわしゃと拭き出した。

「わっ！　おい、やめろ！　自分でできるから！」

「やっとしゃべったー！　実はしゃべれない人なのかと思ったー！」

その女はほっとしたように笑って、俺に湯気のたつコップを渡した。

「はいー、あったまるよー」

押し付けられたコップを手に取り、俺はようやくその女をまじまじと見た。女は肩まで届くか届かないかの珊瑚《さんご》朱色の髪と瞳を持つ、俺とそう年は変わらなそうな見た目だ。年季の入った煤《すす》けたマントとカバンを持っていて、頭にはゴーグルのようなものが載っていた。

そのあっけらかんとした態度から変なことはされなさそうだと判断して、俺は手渡されたコップに口をつける。

「……ぐふっ、にが！」

めちゃにが！

思わず噴き出したのを、女はゲラゲラと声をあげて笑った。

「あっははははー！　せっかく貴重な海のさざ波茶なのにー！　まあ確かに慣れないと吐くほど苦いかぁ……。でも体には良いはずだよー！　三年くらい前に行ったシチューラ海の港町で風邪ひいて寝込んだ時に、お世話になったおばさんが飲ませてくれて、私元気になったからねー！　あれ、海のさざ波って消費期限あったっけー」

「おい！」

誰だよ、変なことをされなさそうとか言ったやつは。あ、俺か……。

海のさざ波というのは確か……。そこで自然と湧き上がろうとする知識に、俺はなぜか歯止めをかけた。海のさざ波なんて、俺は知らない。そもそもさざ波とかは波の一種であるはずだ。だがこの女の言い方だと茶にできるような何かのようだ。

俺がふと手を動かすと、地に置かれた魔導書に手が触れた。相変わらずこいつはついてきているらしい。

魔導書をパラパラとめくると、とあるページで手が止まる。

『海のさざ波……世界中の海で生息する海藻の一種。白い泡のような姿をしている。温かい海、冷たい海、どこでも生息でき、シチューラ海でのみ食されている。体を温める効果があり、便通もよくなる。ただし、生で食べると腹を下す。乾燥させたものだと賞味期限は二年。生だと一週間』

……賞味期限しか書かれてないな。消費期限と賞味期限は違うんじゃなかったか。残念ながらその知識を習った家庭科の授業はうろ覚えだし、教科書も手元にはない。そこまで考えて、俺は自分がどうしてこんなところに来たのかを思い出した。

そうだ、俺は海の底の町、水聖殿から地下水の道を通って地上に戻ろうとしたんだ。そこで出会ったミツハやユキシロの話では、この地下水が繋がっている地上のどこかへ出るということだった。地上のどこに出るかはわからないという話だったから、見知らぬ場所にいるのは仕方ないとしても、あの時俺は自分と契約した魔獣である月夜《つくよ》とやきとり、そして白桜《はくら》。あとはたまたま出会って道中を共にしているエレノアとアランと一緒に地下水の道である湧水道を使ったはずだ。

視線を走らせると、多くの瓦礫《がれき》が残る場所だとわかる。建物はあるが、どれも砂に半分埋まっているような状態で、なんというんだろう。砂漠の砂に埋まっている風化したような場所だ。

『遺跡の町　ルイン』

ぴろりんと最早馴染んだ音で表示されたウィンドウには町の名前が記されていた。

ここは、ルインという町であるらしい。町というにはここから見える分だけだと廃墟にしか見えないんだが。そして月夜達も見当たらない。

とりあえずこの場所が町であるということがわかったところで、次の疑問が頭をもたげる。

目の前の女は誰だ。

「そういえば、あんた誰？」

「あ、ごめんなさいー。名乗ってなかったねー。私はテルマ・シアンベルクー。あなたはー？　てかなんで泉から出てきたのー？　あ、もしかして魔法ー⁉」

「テルマって……あんた歌うたう人？」

「えー？　歌をうたうって吟遊詩人とかー？　私はこの辺の遺跡掘りに来ただけのしがない冒険者だよー。なんでそう思ったのー？」

「いや、こっちの話だから気にするな」

いやだって、シアンって青って意味だろ？　たしか。んでベルクってのは山。ほら、なんか思い当たっちまうじゃねーか。

「俺は……名前はユート・オガタ。まあいろいろあって、水の道を通ってきたんだ。多分、そこの壁から水と一緒に出てきた……んだと思う」

たぶんこの壁泉《へきせん》が湧水道の出口だったんだろう。そもそも地下水に乗って移動できるってこと自体が不思議体験なんだ。出口が水道であっても不思議ではない。

「いや、たまたま通りかかってるときにその場面を見ちゃったけどー、こんなに穴が小さいのによく出てきたよねー！　てかやっぱそういうのって魔法のおかげとかだったりするのかなー！　君は魔法が得意な人ー？」

「え、いや魔法とかまだよくわからないし……。水の道は魔法が関係してても原理とか俺にはさっぱりわからない話だしな」

「そうなんだー。珍しい魔法の話が聞けると思ったのにー」

テルマはがっくりとうなだれる。

「あんた、そんなに魔法に興味があるのか？」

「うんー。私魔法が一切使えないからねー、憧れもあるし、私の弟がねー、とっても優秀な魔法使いなのーー！　昔はいろんな魔法を見せてくれたんだけどー、最近はなかなか会えないうえに、私が質問しても答えてくれないのよー。小さい頃は私がどんなにしつこく質問しても丁寧に答えてくれたのにー。あ、でもねでもねーー！　昔からやさしい子で、時々心配して手紙をくれるのー。まあ文字での手紙はないいんだけど、いろんなあの子が開発した魔法とか道具とか送ってくれてねー、私が少しでも不便がないようにって気を遣ってくれるんだよー。それでねー！」

「あー、もういい！　わかった！　あんたがその弟が大好きなのはわかったから！」

「あ、ごめんつい……」

テルマは詰め寄っていた俺から離れる。ふと視線をずらすと彼女の肩越しに崩れた建造物の間でぽつぽつ集団が動いているのがみえた。どうやら砂に埋まった遺跡を掘っているらしい。よくよく見てみると、発掘のために労働している多くは獣人のようだ。

少し頭に引っかかることはあったが、俺はそこから視線を引きはがした。

「なあ、ここがどこか聞いてもいいか？」

「ああ、現在地わからないのかな？　ここはローズリン大陸の東にある、遺跡の町ルインーー」

「遺跡の町？」

「そう。古代に造られた建造物がそのまま現代まで使われてーー、人々が生活してる町ーー」

「生活してる……ねえ」

そう言われて見回してみても、周りは崩れた建造物や瓦礫が多く、人が住んでいるとは思えない。むしろ砂に埋まっていて住めそうに見えないんだが。

俺の考えを察したテルマは苦笑した。

「あー、ここらへんは町のはずれだからねー。もう少し中心に行くとちゃんと人が住めるような建物が残ってるんだよー。よかったら、行ってみるー？」

「いや、実は連れがいるんだ。だけど途中ではぐれたみたいなんだよな。同じ町にいるとも限らないけど、もしいるなら合流したいんだが……」

「ほうほうー。その人って、どんな人ー？　旅慣れてる人ー？」

「どんな人……旅慣れてる？」

俺はエレノアとアランを思い浮かべてみる。

「うーん。一人はたぶん旅慣れてると思う。いっつも割れた眼鏡かけてでかいリュックを背負ってる、ひょろ長い男なんだけど、世界中を旅して研究してるみたいなこと言ってたし。もう一人は、旅とかしたことないんじゃないか。金髪に黒い目のめちゃくちゃ強い、良いとこのお嬢様だしな」

アランは魔物を調べるためにフィールドワークをしていると言っていた。本人はドジでよく転んだりするうっかりさんだが、旅には慣れているだろう。反対にエレノアは深窓のお姫様だ。旅に出ていたとしても、お供がいっぱいの中での旅しかしたことがないんじゃなかろうか。後者に関しては勝手な想像だけど。

「そっか、お連れさんは二人いるのねー」

「あと猫と鳥がいるな」

「へえ、猫さんと鳥さんも旅してるなんて楽しそうだねー！　それと、そのお連れさんたちとはぐれたときの集合場所とかも決めてないんだよねー？」

「あー、決めてないな」

そうか。俺はスマホがあることに慣れて、はぐれたときの集合場所を決めておくなんていう発想が全くなかったが、この世界はこういう時の連絡手段がない。誰かと行動するときはあらかじめ集合場所や連絡方法を取り決めておくべきなんだな。

……まあ、エレノアとアランもまさかこんなに長く共に行動することになるとは思わなかったし、そもそも一緒に旅をする約束なんかもしていない。成り行き上しばらく一緒にいただけなんだから、約束もへったくれもないんだが。

『連絡手段はポケベル。気になるあの子と電話したくても、掛けられるのは家の電話だけだから、相手のお母さんが出て気まずい思いをする、あの甘酸っぱい思い出を経験することはないんだよねぇ、優人君の年代の人は』

っ！　急にでてくるんじゃねーよ！　てか、そんな甘酸っぱい思い出とやらをお前が経験したかのように語ることにめちゃくちゃ違和感があるんだけど⁉　この世界に電話ってないんだろ⁉

『ないねぇ』

じゃあなんで知ってるんだよ！

急に出てきたウィンドウ画面に俺は心の中で叫ぶ。この世界の神だというこいつは気まぐれに俺しか見えないウィンドウ画面で俺に話しかけることがしばしばあった。

俺が神と心の中で会話しているうちに、テルマはぽんっと手を叩いた。

「じゃあ、とりあえず冒険者ギルドに行ったらー？」

「冒険者ギルドに？」

「そうそう。冒険者ギルドって教会の次にどこの町でもあるからさ。旅をしてる人達はよくそこを集合場所にするし、そういうの決めてなくてもはぐれたときなんかはそこに集まるのが定番なんだよー。だから、そのお嬢さんはわかんないけど、旅慣れたお兄さんならそこを目指すかもよー？」

「なるほど」

アランやエレノアがこの町に同じように辿り着いているかはわからないが、もしいなかったとしても何かしらの情報を得られるかもしれないし、冒険者ギルドに行くのはいいかもしれない。最初から共に旅をすると決めていないエレノアとアランはともかく、使い魔である月夜とやきとりとは合流したいし、その方法も考えないといけないしな。

「わかった。冒険者ギルドに行くことにするわ」

「りょうかいー！　よかったらそこまで案内するよー！」

「いいのか？」

「いいのいいのー！　袖振り合うも他生の縁って言うでしょー。それに、私も少し君に興味があるー」

「興味？」

「うんー。だって、君獣人でしょー？　なのに、今まで会った獣人達より警戒心はないしー、自分で旅してるしー、そもそも魔法が使える？　っぽいしー不思議なんだよねー」

そこで俺ははっとした。そういえば、俺は今呪いで獣人の姿になっているんだった。

「……俺は獣人じゃない」

「え？」

フードを深くかぶり直し、俺はテルマに向き合う。

「案内、頼んでいいんだよな？」

「……うんー、もちろんー。こっちだよー」

俺の事情を深掘りせず、テルマは歩き出した。彼女についていくと、進むにつれて段々と人が増えてきているのがわかる。さらに歩き進めると屋台や出店などが多くあって、人も多く賑わう場所まで来たようだ。だが通り過ぎる人々は武装していたり、旅装していたりと、定住しているようにはあまりみえないのだが。

「ああ、そうそう今は住んでる人はほとんどいないかもねー」

「今は？」

「そうー。数週間くらい前はもっと綺麗な町だったんだよー。もともと遺構目当ての観光客が多い町だったしー、町自体が歴史的に重要な研究対象だったからー、たくさんの人が普通に暮らしながらもすぐ横では遺跡を掘ってるような町だったんだー。すごいんだよー、この町少なくとも千年前から住居の区画が変わってないらしいよー」

「住居の区画が変わってない？」

「そうそう。なんでかっていうとねー、この町自体は数千年前からあったんだって。現在まで町としては廃れて何回か人がいなくなることはあったらしいんだけどー、建物とかはずっと残ってたみたいなんだよねー。しかもそれぞれの家に上水道、下水道が完備されているうえに、建物自体は老朽化しててもそれらの水道は全然劣化してないらしいのー。こんなの首都シュバルツにもない技術なんだってさー。そもそもここら辺の水道や井戸の水もどこからきてるのかもわからないし、下水道がどこに流れて行ってるのかもわからない。どういう原理で町の機能が生き続けてるのが全くの謎なんだってー。だから下手に町の物を動かせないんだってさー。でも上下水道完備とか超便利だから、家は中身を変えないまま壁とか屋根とか外側だけ建て替えるんだってー。だから区画が変わらないらしいよー」

「へー。なんというか、歴史ロマンの町なんだな、ここ」

日本でいうと京都とかみたいな感じだろうか。区画が変わってないのかはわからないけど、あの有名な碁盤の目だという道は基本的に平安京の頃から変わってないだろうし。

『京都の通りね。名前は変わってたりするけど、形はあんまり変わってないよね』

いや、なんであんたが京都を知ってるんだよ。

「そうそうー。ところが今はご覧の通り観光客と歴史とかの研究者と、冒険者ばっかりいるのー。なんでかっていうと、ここ最近地震が頻発しててねー、おかげで遺跡の町が瓦礫の町っていう、ご覧のあり様なわけー。さっきいた町のはずれも元々廃墟だったとはいえ、砂に埋もれたのは地震があったからなんだよー」

「……壊れたってことか」

「そうー。だから昔から住んでる住民は怖くて住めなくなっちゃってねー、危険だしみんなしてお引っ越ししたわけー」

「それでも、これだけたくさん人がいるのか？」

「ここの遺跡は歴史的に重要って言ったでしょー？　ここに埋まってるものも地上に出てる部分もお宝の山なのー。この町のシステムを解き明かしたい学者はごまんといるし、だから壊れる前に重要な発掘物は安全な場所に運び出してたりー、もうこの町が崩れてこれから先見れなくなるかもしれないと思った人達が今のうちにって観光に来てたりねー。何よりここの遺跡は、掘れば魔剣が出る。地震が酷くなって完全に埋まってしまう前に掘り出してしまおうって考えてる冒険者達が大勢押しかけてる」

「なるほど」

そうこうしているうちに、とある木造建ての建物の前に辿り着く。ここまで歩いてきた中で見かけたのは石造りの建造物ばかりだったので、逆にそれは少し不思議なたたずまいにみえた。そしてその看板には見覚えがある。

「冒険者ギルド？」

「そそそ。とうちゃーく！　お連れさんを待つついでにそのびしょびしょの服、乾かしてもらいなよー。多分火系の魔法が使える職員さんとかいるだろうしー」

とテルマがそう言った瞬間、俺のカバンからテッテレー！　という音がなった。

『え、どこかにドッキリ大成功の看板ある？　てかドッキリってどこかにあった!?』

あー、もううるせえな！

俺は神を無視して音の元を探ると、カバンから出てきたのはスマホの形をしたギルドカードだった。

何度もテッテレー！　という音が響き渡り何事かと確認すると、ギルド日報が大量に更新されていた。

「なんなんだこれ！」

「えー！　私ギルドカードは持ってないから知らないよー！　というか、ギルドカード持ってるのー!?」

テルマが驚いた顔をしている。

ギルドカードをよくわからないままいじっていてわかったことだが、どうやら冒険者ギルドに近づくとこのギルドカードは情報を更新するらしい。スマホの通信を何日も切っていたのを一週間後つなげると、着信履歴やらメールやら通知やらがどっと入ってくる、あのような感じなんだろう。

とりあえず通知音をなんとかしようといじっていると、気になるタイトルがいくつか目に入った。

『聖女エレノア様病気にて死去！』

『新たなる聖女はエネルレイア第二皇女リリア殿下。聖女の印現る』

『勇者ヨーイチ、フェルテラ国大公に依頼され、次の訪問先は遺跡の町ルイン』

……は？

俺がその表題について考えようとしたとき、野太い声が響いた。

「こら、やっと捕まえたぞ！　手こずらせやがって！」

「うーっ！　ふーっ！」

屈強な男達に首根っこを掴まれているのは白い毛の耳と尻尾を持つ小さな獣人だった。必死に抵抗しているが力では敵わないようだ。

ジタバタと手足を動かす拍子に、その小さな手の鋭い爪が男の腕を引っ掻いた。そこからつーっと血が流れる。

「っ！　この、獣人のくせに！」

そのこん棒のような足が、幼い獣人の腹に叩き込まれた。獣人は毬《まり》のように弾き飛ばされて、地面をこする。

「かっ！　ひゅー」

「ははっ。ボールみてぇだな！」

「おい、ちょっと遊ぶか？」

男達は興が乗ったのか、その幼い獣人をボールのように蹴りあっていく。

獣人だ。小さな子供だ。それがこれだけ暴力を振るわれているというのに。道行く人がこれだけいるというのに、誰も助けない。ちらりと視線を向ける人や、見物している人はちらほらいるが、誰も止めに入らない。しかも、その視線も違和感がある。その違和感はなんだろう。

おそらく日本でこんな光景が繰り広げられれば誰かが警察を呼ぶだろう。またある人は相手が怖ければ、ただ眺めるだけで手を出さずとも、その光景を痛々しいと思うだろう。好奇な視線を送るだけの人間もいるかもしれない。助けたいが躊躇《ちゅうちょ》している人がいるかもしれない。もしくは、勇敢な人間は止めに入るかもしれない。つまりそれらの人々は、その暴力が悪いことだと理解しているのだ。

だが、この場の空気はそれとは違う。それはなにかと思って、俺は気づいた。そう、ここに漂う空気は、〝普通〟なのだ。この光景はいつものことであると、当たり前であると、そんな空気が流れている。

俺は、その事実に気を取られて、自分が動くのが遅れた。

いや、それは言い訳だったのかもしれない。あの、霧の教会の時とは違う感覚が俺の体を凍り付かせていた。

抵抗できない非力な存在に対する暴力。教会の時は、俺には怒りがあった。ゆえに理不尽に対する明確なる対抗心としてそれは発現し、俺の体は動いた。

だが、今俺は怒りではなく状況を冷静に分析していた。そして俺の背をかけめぐる激しい感情が今はなく、頭を過《よぎ》る過去の記憶によって、まるで地面に張り付けられたかのように動けない。

幼いころに振るわれた、理不尽な暴力。大人の手によって与えられたそれは、抵抗する術《すべ》はなく、体も心も傷つけた。事実として幼い自分では反抗などできるはずもなく、ただ体と心を固くして耐えて、嵐が過ぎるのを待つしかなかった、あの時。

ドクンドクンと、心臓の音が聞こえる。幼い獣人に対して振るわれる拳や蹴りの音が、遠くなる。頭から手の先まで、血の気が引いて冷えていく。

そんなとき、凛としたその声だけが、俺の耳に届いた。

「なにを……してるんですか！」

五人いる。自分よりも遥かに大きな男達の間に、その少女は飛び込んだ。

「え……れのあ……」

その輝く黒い瞳に怒りを乗せて男達を睨み、幼い獣人を庇うために飛び込んだその少女はエレノアだった。エレノアの声は俺に向けられたものじゃない。だけどまるで頬をはったおされたような衝撃が俺の体を駆け抜け、凍り付いていた体が意識と重なり動けるようになる。

獣人に向けられた蹴りは途中で止まることはなく、急に飛び込んだエレノアに迫っていた。もちろんエレノアは獣人の代わりにそれを受けるために飛び込んだんだろう。だが、それをあいつに受け止めさせるわけにはいかない。

瞬発力だけはある俺の足のおかげで、その蹴りが届く前にエレノアの前に立つことができた。

バキッと、肉と骨が軋《きし》む音とともに、俺の体が軽く跳ねる。

「ユートさん⁉」

エレノアは目を見開いて俺を見ていた。

あー、俺何をやってんだろうな。エレノアのおかげで、動かず後悔するクズにならずに済んだ。間に合って良かった。

「あーん？　なんだてめぇらは」

「よってたかって弱いものいじめすんじゃねぇよって、言いに来たんだよ、クズ野郎」

「ああん？　なに言ってんだ？」

俺はよろよろと立ち上がって、それをエレノアが慌てて支える。それをみて俺はぎょっとした。

「お、まえ！　びちょびちょじゃねーか！」

「え!?　あ、ごめんなさい！　さっき水から出たところで！」

「あー、湧水道か……」

俺とは別の出口から出たところだったんだろう。エレノアの体はびしょびしょに濡れていた。

そのとき、女の声が響いた。

「こんのくそ忙しい時になんの騒ぎだ！」

逆巻く灰色の髪に金の瞳の女が冒険者らしき風貌の男女を引き連れ、冒険者ギルドの扉から出てきた。

《ステータス》
ノラ・リーフィエルシェット
HP　5670／5670
MP　222／222
TA　666／666
LV　67
途中略

【魔法属性】 火 闇
【称号】 自称狼 一途な不良娘 狼は黒歴史 愛犬家
【スキル】 索敵 LV90 嗅覚 LV92 野生の目 LV55 魔法威力練度上昇 LV36 鼓舞 LV43
【職業】 《不良》《魔法使い》《冒険者》《エリアマスター》

自動的に表示された女のステータス画面を見て敵意があるのかと一瞬身構えたが、よくよくその金の瞳を観察すれば敵意よりも警戒が強く宿っていることに気づいた。

背中に流れる外向けにはねた白灰の髪と、ギラギラ輝く瞳が野生的な印象を与えた。そんな女の、状況の把握のため彷徨《さまよ》っていた視線が俺に固定される。

「獣人？」

ノラがそう呟いたときに、突如地響きが起こった。

「ノラ様！」

「……チッ。来やがったか！ 次から次へと!!」

ノラの後ろに待機していた数人の冒険者らしき格好をした奴らが身構えてノラに指示をあおぐ。

ノラの視線は俺達の方とは逆に向けられた。そちらに視線を向けても、俺にはなにもわからない。

『優人君、索敵、索敵！』

ああ、なるほど。

神に促されて索敵で気配を探ると、無数の魔物の反応がこちらに近づいていることがわかる。

「魔物がこっちに向かってる？　それも大量に」

「えっ！」

俺の呟きに反応したエレノアが声を上げた。

気配は感じる。たぶん魔物の気配だ。だけど、何かがおかしい。それが何かをもう少しと魔力を伸ばして探っていると、音もなく近づいていたノラに胸倉を掴まれた。

「うおっ！」

「てめぇ、何者だ」

「な、何者って……」

「てめぇ、変な臭いがするな。なんて言ったらいいのか……。ああそうだ。不審だ。不審な臭いがする」

「不審な臭いって、不審に臭いなんてあるのか？」

じろりと探るように睨みつけられ、どう答えていいか迷っていると、ノラは俺から視線を外して周囲に指示を飛ばす。

「戦えない者は建物の中に！　おい、ハロルド、お前達は町の裏側を頼む。その他にも何人かハロルドにつけ！　今ギルドカードで連絡を取れるのがお前しかいないからな」

「はいはい、わかったよ」

「西と東にはそれぞれサバスとバートがいけ。お前たちはなにかあればポルッポを飛ばせよ。割り振りはわかるな？」

「まかせてください！」

「合点承知の助！」

いつの間にか俺達を囲んでいた男女様々な冒険者達が慣れた様子で散っていく。ていうか合点承知の助って、今日日《きょうび》きかねぇぞ！

ノラは俺を掴んで投げ飛ばした。

「ちょっおい！」

「おい、こいつを牢に放り込んでおけ！　あとでじっくり話を聞く」

「了解でありますー」

白い獣人を抱えたまま、おそらく冒険者であろう腕の太い男に引きずられた。おい、首に腕を回すな！　しまってる！　しまってる！　力加減を考えろ！

「ユートさん！」

「は、はなせぇ！」

エレノアがその手を伸ばすが、無情にもギルドの扉は閉じられた。そしてそのままカウンターの後ろの扉から地下に降りて、牢に投げ入れられる。ちらりと見えたカウンターに座っていた女性は受付嬢か？　その女性は目を丸くしたまま俺を見送っていた。いや、見送ってないで助けて。

「しばらくそこにいろよ。よし、俺らもノラさんを手伝いに行くぞ」

「おう」

そう言って男達はこちらをちらりとも見ずに去って行ってしまった。

「……」

呆気に取られて反応するのが遅れたが、どう考えてもひどくないか。いきなり不審な臭いがするとか言われて、牢屋に放り込まれて。地面にはボロボロのワラっぽいものがパラパラと置かれていたが、こんな量ではクッションの役割を果たせず、放り込まれたときに咄嗟に地について擦り剝けた手をみた。傷ついた筋から微かに血がにじんでいる。

俺が手のひらをみて考え込んでいると、ぺろりと白い物体が俺の手をなめた。

「おい、汚いからやめとけ」

俺の言葉にびくりと怯えた様子を見せた白い毛玉は、こちらをみながらジリジリと後ずさる。

「あー、違うぞ。お前が汚いって言ったんじゃない。こんなの舐めたらお前にばい菌が入るかもしれないだろ。だからなめるな」

白い毛玉はゆっくりと丸めていた体を伸ばして俺を見る。毛玉と見えていたのは、細い体を包み込めるほどフサフサの尻尾のせいだった。体を伸ばせば、そのガリガリに細くなった手足と、いくつもある古傷と打撲の痕がみえる。そしてなにより俺が驚いたのは、その獣人の子の顔だった。

「……サラ？」

俺がその名を呼ぶと、その獣人は首を傾げた。

「……いや、違うか。サラの尻尾は茶色だもんな」

まさしく狐色と呼べる色の尻尾を持っていた獣人の少女。しかし目の前にいるのは白い布切れの

ような服を着た、白い髪とアメジストのような濃い紫の瞳。そして肌の色も驚くほど白い。だから
サラとは別人のはずなんだが、顔は瓜二つと言っていいほどに似ている。

他人の空似なんだろうか。たしかに世の中には同じ顔をした人間が三人はいるというが、あれは
地球の話だ。あれがこの異世界にも当てはまるんだろうか……。

『優人君、ステータスウィンドウ表示してみたら？』

おお、びっくりした。そういやまだいたんだったな。

『え、ひど！　まだってなんだよー。僕がいざ反応返さなかったら寂しいくせにー』

とにかく、俺はウィンドウ画面を表示できるよう意識した。

『え、スルー⁉　やめてよー。相手してよー』

《ステータス》
セラ
HP　26／666
MP　532／666
TA　3／3
LV　3
途中略
【魔法属性】　火　闇　光　氷

【称号】　三つ子　伝説の種族　銀狐　実験体　逃走犯
【スキル】　索敵　LV3　嗅覚　LV40　野生の目　LV26
【職業】《銀狐》《魔法の素養を持つ人》《獣人》

「……三つ子って、もしかして」

俺はサラに渡された腕の組紐に視線を落とす。

「サラって、兄弟いたのか？」

『さあ、どうだろうね。でも可能性は高いかもね』

セラは独り言を言う俺を首を傾げて見つめていた。痛々しい傷痕に思うところがあって俺がそっと手を伸ばすと、セラは伸ばした俺の腕にある、サラからもらった組紐にそっと触れる。

先ほどまで濁っていた瞳が透明度を増し、視線はその組紐に熱心に注がれ続ける。俺はよくわからないが、もしかしたらセラにとって大事なものなのかもしれない。

やはり、サラとなにかしら関係があると思っていいかもしれないな。

「とにかく、なにか治療をしないといけないな」

ゲリールが唯一使ったことのある治癒魔法なんだが、これで事足りるだろうか。とにかくいろいろ考えるよりもやってみようと、俺が魔力を練り上げた時、視界が激変した。

「……な、なんだ？」

牢屋中に蛍のような、しかし蛍よりは強い光を放つ粒が視界いっぱいに浮かんでいた。

『どうしたの？　優人君』

「なんか。光のちっさいのがいっぱいふよふよと……急に……」

『え、優人君微精霊見えてるの⁉』

「精霊⁉　ここまで来てそんな新要素入れてくんなよ‼」

神が見えてるのかと言うことは、たぶん一般的には見えないやつだよなこれ！　セラに至ってはさっき以上にきょとんとして俺を見てるしな！　絶対見えてないなこれ！

そんな俺が荒ぶれば荒ぶるほどその光の粒は俺に密集しだした。

なになになんだこれ⁉

そして俺がなにか言うことも出来ず、光が凝縮して閃光が走る。

思わず目を閉じて、しかしなにも起こらないのでゆっくりと目を開けると、俺はなぜか牢屋にはいなかった。


俺の目の前には戦場があった。たくさんの冒険者らしき者達が、奥にある森から溢れてくる魔物と戦っている。たくさん並び立つ広葉樹の隙間から鳥らしきもの、巨大な虫らしきもの、前にみたワイルドボアみたいなものが全て血走った目で、津波のように押し寄せて来ていたからだ。それを何人もの冒険者達が手に武器を持ってこれ以上進まないよう魔物を防いでいる。ところどころ上がる炎や水や風や氷は魔法なんだろうか。焦げた臭いと飛び散る血で地面が汚れていく様は、初めて見る大規模な戦闘だ。その中に、ノラがいた。後ろを振り返れば門があり、もしやここはルインの入口なんじゃなかろうか。

「ノラさーーーん！！！」

聞き覚えのある声に俺はびっくりした。なんで、エレノアがここにいる？

「ユートさんを、牢から出してください!!」

「あーもううるせーな！　今それどころじゃねーんだよ！」

「納得してくださるまで、私は諦めませんよ!!」

次々と溢れてくる魔物を斬っては投げ、斬っては捨てをしているノラの近くで、エレノアも剣を振って奮戦していた。というか、戦いながら食い下がっている。

「ここが落ち着けばお話は聞いてくださるんですよね!!　約束してください！」

「はあ？　できるもんならやってみろ。この事態をお前が収めたら話を聞いてやる！」

「その言葉忘れないでくださいよ！」

どうやら俺のためにノラを追いかけていたらしい。だが、収めるったってここには数十人の冒険者が居ても目一杯に見える戦場だ。俺の場所はちょうど戦線の手前で事態の把握ができるような小さな安全地帯だが、それもいつまでもつかわからない。そもそもなんでこの魔物達は湯水のように溢れてきて止まらないんだ。このままじゃじり貧になるのは目に見えている。

なにかないのか、今俺にできることは？

なんでこんな場所にいきなり移動してしまったとか、そういうことは一旦頭の隅に置いておいて、自分にできることを探す。

俺の持つ数少ない知識で、魔物の異常に関して考えられる原因は魔力だ。なら、魔力に関する異常を見つけたらいいってことだろうか。あー、でも俺にそんなの見つけられるのか？　アランみたいな頭いいやつならともかくさ！

『優人君、君は既に持ってる技能《スキル》があるでしょ』

急に出てきたウィンドウ画面に浮かぶアドバイス。

俺が今持ってるのは、〈直感〉〈逃げ足〉〈索敵〉〈鍛冶〉〈魔力吸収〉〈解析〉。

この中で使えそうなのは……そうか、索敵か！

結局これは敵を探るのに今まで使って来たが、なにも探るのは敵に限らなくったっていいはずだ。

俺は目を閉じ集中する。魔力を伸ばして伸ばして、魔物の溢れる森の奥に伸ばすよう、イメージする。

木々の森を抜け、川や丘も越えたところ。これはどこだ。地面の下か。なにかそこに、大きな物が埋まっている？

魔物が此方《こちら》に向かい出している最初の地点はそこだ。そこから魔物が何らかの意思を持つように町に向かって走り出しているようだ。そして魔力を伸ばせば伸ばすほど、なにかはわからないが同じ大きなものを、今俺が立っている遥か地下からも感じる。

そこからなにか、漏れだしている……？

さらに深く探ろうと意識を沈めていたその時、エレノアの叫びに目を開けた。

「ユートさん！　横！」

はっと右を見れば横からも魔物の津波が近づいてきていた。しまった！　集中しすぎて近くの敵に意識を向けられていなかった。

その直後からは周りがスローモーションに見えた。

「やばっ！」

為す術もなく魔物の波に呑み込まれるかと思った瞬間、時間が止まった。よく物語である走馬灯とかそういうことではない。文字通り、周りのものすべてが止まった。魔物も冒険者もぴたりと。

その代わり、俺の周りを小さな光がふよふよとたくさん飛んでいた。

「わーい、アルディリアだ！　アルディリア、アルディリア」

「アルディリア、アルディリア。ひさしぶりー」

「ふふふ。あの方も喜ぶ」

さっき牢屋でみた小さなそのふよふよした光の粒から声が聞こえた。アルディリアってなんだ。もしかして、俺に話しかけているのか？

俺の名前が呼ばれているわけではないのに、それら光の意識は俺に注がれていることがわかる。

「でも、なんでここにいるの？」

「他の精霊《こ》たちが、シルフ様のとこに連れていこうとしてたのに」

「だれか邪魔した？」

「だれか邪魔した」

「ひっぱってここに落としたんだって」

「だれだろう、だれだろう」

「でも仕方ない。いまはもう連れていけない」

「なにかが引っぱってて、わたしたちじゃ連れていけない」

「アルディリア、困ってる？」

「戸惑ってる気持ちが伝わってくるよ」

「変、変。アルディリアが動揺することって、ほとんどないのにね」

「うん、だからこそシルフ様のお気に入り」

「あ、もしかしてあの魔物達が戸惑わせてるの？」

「それならなんとかしてあげようか」

「アルディリアはどうしてほしい？」

「どうしてほしい？」

「助けてあげるよ」

「助けてあげる」

「その代わり、私達に会いに来てね」

「会いに来てね」

「ずーっと待ってるからね」

「待っているよ」

様々なささやきのような声が次々に紡がれて、ぐわんぐわんと反響している。俺が何も言えないままぽかんとしていると、その光達は勝手に納得したのかぱっとこの町全体に散らばった。

そして時間が動き出す。

だが、魔物達は押し寄せて来なかった。

「は？」

俺の間近に迫っていた魔物は足を止め、あの濁った赤い目に理性が戻る。

突如落ち着いた魔物達は何事もなかったかのように、徐々に森に戻り始めた。

「なんだ？」

俺の戸惑いは少し離れた場所にいた冒険者達も同様で、ぽかんとした表情でその魔物達を見送る。

「今のは、なんだったんだ？」

動く気力もなくして尻餅をついた俺の傍で、ザクッと土を踏む音がする。

「さてね。それはあとでじっくり説明してもらおうか」

「げっ」

「なーんーで、てめーがここにいんだよ」

いつの間にやら近づいていたノラに、再び首根っこを掴まれてしまったのだった。

「ノラ様ー！」

「おう、ファッジ。そっちは大丈夫だったか？」

「町の裏側はしのぎましたよぉぅ。急に魔物達がおとなしくなってびぅっくりしましたがぁねぇ」

短い脚でぴょっこりぴょっこり独特な歩き方をする小さな爺さんが、冒険者ギルドの地下の、数時間前に放り込まれた牢に再び俺を放り込んだノラに走り寄った。

「おや、そちらの獣人はなんでしょう？」

「こいつから変な臭いがすんだよ」

「……説明するのがめんどくさいからって、大事なところを省いて話さないでぇくださいなぁ。要するにぃ、この獣人から変わった気配がすぅるぅというこぉとですなー？」

「説明しなくてもわかるやつにかみ砕いて説明しなくてもいいだろーが。他の奴に話すときはもう少し考えてんよ」

「いぃやいや、このジジイももう歳ですんで、お若い上司についていくのもたぁいへんなんですよー」

「んなことは今はどうでもいいんだよ。ただ、この変な臭いの正体がわっかんねーんだ」

「ほう？」

地面に縛られて座らされている俺に、ノラが顔を近づける。

「……臭《くさ》い」

「え？」

「お前、どんな臭いしてんだ！　生臭いのか、獣臭なのか、生乾きの酸っぱい臭いなのかよくわからん！　それが邪魔して肝心なとこがわっかんねーんだよ！　イライラするな」

いや、そう言われましても全部です、という感じなんだが。それに関してイライラされても！って思う俺は悪くないと思う。

なにせ、海で濡れたまま地上にいて、汗や泥臭さと生乾きの臭いをまといながら、獣臭のぷんぷんする魔物のいる場所にいたんだし。

それに臭《くさ》いって言われるのは地味に傷つくんだぞ！　昔加齢臭を指摘された敏和さんはショックを受けて落ち込んでたんだ。いつもしゃっきりしてるのに、そのときは背中が寂しげだった。男心だって繊細なんだ。

と、最低限のつっこみはしたところで、状況を改めて整理すると俺は、ノラに首根っこを掴まれたまま冒険者ギルド、ルイン支部の建物の地下にいた。なんだこれ、取調室ってやつなんだろうか。冒険者ギルドってなんでもありだな。机と椅子があるのに、俺はなんで地面に座らされてるんだろうか。

「おい誰か！　こいつを洗ってこい！」

「アイアイさー！」

ノラの指示によって部下らしき男達がピューッと現れる。

「え、おいちょっと！」

大人しくしろと縛られたり、さっさと動けとあっちやこっちやと連れていかれるのはなんなの！移動するたびに縄がこすれて腕痛いんですけど！

でも俺たぶん洗われるんだよな？　もしかして、風呂があるのかもしれない！

そう淡い期待をした俺がバカだったんだけどさ、そんな都合よくお風呂なんてものがあるわけもなく、地下にまで引かれた井戸のそばに連れていかれ、冷水と石鹸で乱暴に洗われた。

痛いから痛いから！　そんな縄の束みたいな固い素材で肌こするなー!!

そんな冷たい水で乱暴に洗い流されたあと、再びノラの前に連れていかれる。今更ながら思うんだけど、これ水責めっていうか一種の拷問なんじゃなかろうか。

「ぜーぜー」

呼吸がおかしい。ひゅーひゅーと変な音が漏れる。精一杯頭の中は賑やかにしていたとしても、現実の冷たさは変わらない。

「さて」

ノラが改めて俺に近づく。

「どうですか、ノラ様？」

ファッジに問われしばらく鼻を動かしていたが、ノラは変わらず首を傾げた。

「やっぱりわかんねーなー」

「おや」

「見た目は獣人のくせに、獣の臭いがしない。みたところ筋力も大してないし、弱っちいのに、背筋に悪寒が走る」

「ふぅむぅ。ノラ様の勘は軽んじない方がよろしいですねぇぇ」

「それに、さっきの魔物の襲来も、こいつの周りで変な臭いがした途端収まった。あと、こいつがもっていた荷物」

俺が頭をあげると、俺が身に着けていた刃物セットと、カバンがノラの手にあった。

「こいつギルド証を持っていやがった。獣人なのにな？　しかも、発行はエネルレイア皇国。こんなとこまで来てるのに、ギルド証には旅券機能は付与されてねーし、出国した記録もない。あと、この様子だと知らないらしいが、ルインて町は出入りに厳しい審査があるんだ。入るには許可証がいる。けど、おまえにはそれがねーよな。おまけに登録してある名前が、ユート・オガタだ」

「うむ？　その名前聞き覚えがありまりますよねぇぇ。確か先日届いた指示文書に載っていた名前」

「そう。あのクロワルド・エディールが身元を保証すると誓約を立てた人物だ」

おっさんの名前を聞いて、俺は身動《みじろ》ぎをした。

「なあ、どういうことだ？　どうやってここまで来て、町に入った？　まさかお前がユート・オガタなわけねーだろ？　なあ、なんで獣人なのに奴隷印がない？　どうやってこの町に入った？」

「っ」

縛られた腕の擦れて血が滲んだ部分に、ノラの爪を立てられる。

あー、これって思ったよりもピンチなんじゃねーか？

旅券って確かパスポートのことだったよな。この世界にもそういう許可証みたいなのがいるのかよ。今の俺は不法入国したような状態らしい。ただ、クロワのおっさんは俺の身元を保証するようになんか手を回してくれたっぽい。活路があるとすればそこか？

「……俺は、人間だ」

「ほう」

「呪いで、今みたいな姿になっただけだ」

「呪い、だと？」

ノラの表情が変わる。

「お前、呪い持ちか!?」

ノラがばっと距離を取る。警戒するような態勢をとった。

「ちっ！　解析持ちの魔法使いは出払ってるぞ！　扉を全部閉めろ！　ここに近づけるな！」

「すぐに呼んできますぅぅ」

まるで俺に近づくと感染するかのような対応に俺が目を白黒させていると、閉められた扉がばっと開いた。

「解析もちの魔法使いさんはここにいますよ。それに、彼の呪いは周囲に影響のあるものではありません。僕が保証します」

「あんたは……」

扉を開けて中に入ってきたのは、割れた眼鏡をキランと輝かせたアランだった。

「あんたは、アラン・エリドオール！」

ノラが叫んだ。

「はい、ノラさん久しぶりですねぇ」

アランがのんびりと返すと、ノラはつかつかと彼に近づきアランの胸倉を掴んで揺らした。

「てめぇ！　今までどこいやがった！　さんざん召喚要請送っても返事は寄こさねぇし、捜しても見つからないってどういうことだよ!!」

「いやぁ、家には全然戻れてませんでしたし、要請はなにも見られてないですねぇ。いつもすみません」

「すみませんで済んだらお前の御大層な肩書きはいらねぇんだよ!!」

俺は呆気に取られる。なんだ、ノラとアランは知り合いなわけか？

「まあ、僕への依頼については後で聞きますよ。それよりも、彼を放してください。彼は間違いなく人間です。呪いに関しても本当のことですよ。その場に僕もいましたからね。あと、この町に許可なく入ってしまったのは不可抗力です。僕とユートは同じ方法でルインに入りましたからね」

「同じ方法？」

「地下水脈を通って、海の底から来たんですよ」

「はぁ？」

アランはぽんぽんと俺や自分の状況を説明していく。俺の話なのに申し訳ないが、ここはアランに任せたほうがいいだろう。

「……それをアタシに納得しろって？」

「事実ですからね。必要ならギルドマスターに説明してもいいですよ」

「……それは、あんたの立場を理解しての発言ととっていいんだな？」

「もちろん。ありがたいことに、あなた方に寄せていただいている信頼を裏切らないとお約束しますよ」

「……」

この世界においても突拍子もない話ではあるみたいだが、アランの説明にノラはとりあえず納得したようだ。逆に言えば、それだけアラン自身が信用されているということなんだろう。そんなような会話だったし。

俺はとりあえずなんとかなりそうな空気にほっと息を吐いた。一通り話を終えたアランが俺の縄を解こうと近づくと、その途中ですっころんでまた眼鏡にヒビがはいる。なんでなにもないところで転ぶんだ。頼りがいのある姿を見せた後にこれだと、余計に残念すぎる。

アランはいてててと言いながら俺に辿り着き、俺の縄を解いた。

「ユート君、無事に合流できてよかったです」

「……別に君はいらねーぞ。さっきみたいに呼び捨てで。なんか、助けてもらってありがとな」

「いえいえ、当然のことですよ、ユート」

アランはにこりと笑い、俺を支えながら立ち上がった。

あー、マジで体がボロボロだ。

「ユートさん！」

その声に顔をあげると、エレノアが俺に走り寄ってくるところだった。そしてその途中で転ぶ。え、なんでまたそんなになにもないところで転ぶの。それにそこさっきアランが転んだところと同

じじゃなかったっけ？　なに、その場所ピンポイントで呪いとかあるわけ？

と、俺の内心のつっこみは誰に聞かれることもなく、エレノアはすぐに立ち上がって俺に抱き着いた。

「ユートさん良かったです!!」

「おう。なんか、心配かけたみたいで……。悪かったな？」

なんでアランがタイミングよく来てくれたのかわからないが、エレノアも俺を助けようとしてくれていたし、二人には感謝しかない。

俺はアランとエレノアに支えられて、地下牢から地上へと出られたのだった。

「さてと、とりあえず落ち着ける場所に行きたいですね」

冒険者ギルドを出ると、アランがぐったりする俺の様子を見て言った。

「そうですね、体が冷え切ってます。暖かい場所がいいですね」

「あ、なら私がいい場所知ってるよー」

俺のもう片側を支えるエレノアがきょろきょろと周囲を見まわした時に、聞き覚えのある声がかけられた。

「あれ、テルマ？」

「うん、なんか怒涛の展開過ぎて置いてけぼりになってたテルマさんですよー」

テルマは片手を敬礼のようにあげて、苦笑を浮かべていた。

「彼女が僕に声をかけてくれて、ユートのことを教えてくれたんですよ」

「そうそうー。君がギルドに連れてかれたあと、ギルドの前でうろうろしている人を見かけてー、その人が君のお連れさんの特徴と似てるなぁと思って声をかけたんだー」

「あー、そっか。結果的にそれで俺は助かったのか……」

「それよりも、早く落ち着けるところに行きましょう」

エレノアが心配するように眉を下げて促した。

「そうだね。テルマさん、そのいい場所に案内してもらえますか？」

「うん、こっちに来て」

テルマは慣れた足取りで進み始めた。

テルマについて案内されたのは、遺跡の風情を残した食堂だった。石造りの壁に水聖殿で見た壁画のような、なにかの一場面の描かれたタペストリーが飾られている。火の入っていない暖炉があり、人はまばらだ。

なんとなく食堂の一番奥の目立たない場所に座る。

やっと落ち着けるところに辿り着けて、ほっと息をついた。

「ユート、まずはこれを飲んで。体内の傷を治そう」

「これって、もしかして魔法薬……か？」

「そう。たぶん体力もかなり消耗してると思うから、魔法水より魔法薬のほうがいい」

「でもこれ確か高いんじゃなかったか?」

「そんなこと気にしなくていいんだよ。君にはたくさん助けられたからね」

やわらかい笑顔のアランの言葉に俺は甘えることにする。

ピンク色の液体の入ったビンを渡され、俺はそれを一気に流し込んだ。ピンクの色をしているくせに、無味無臭で逆にびっくりする。

「うー、無味無臭ー」

「あはは。まあ、苦いよりはいいんじゃないかな」

「確かに」

さっそく効果があったのか、体がぽかぽかと温まり体の節々の痛みや傷のジクジクした痛みはなくなったが、ほっとして気が抜けたのか一気に体がだる重くなった。

「さてと、それじゃあなにか注文しようか。話は注文が済んでからにしよう。テルマさん……だったかな? なにかおすすめとかある?」

「ここはバルスカがおいしいんだよー。あと、ユート君はあったかいもの飲まないとねー。メモアとかいいんじゃないかなー」

テルマがテーブルに置かれたメニュー表を指しながら言ってくれるが、そのメニュー表にはどんな料理なのかは全く書かれていない。

「ごめん、どっちもどんな料理かさっぱりわからないんだけど」

「え、そうなんだー。どっちもよくある家庭料理なんだよー。一回食べてみてー」

「へえ、そうなのか」

「エレノアさん……とアランさんはどうする？」

「あ、僕もバルスカにします。飲み物はスルカにしようかな」

「私はユートさんと同じもので」

「りょーかいしましたぁ」

テルマが店員を呼び、ささっと全員分の注文をしてくれた。

「さて、あとは待つだけなんだけど……」

テルマが窺うように俺達を見る。

「そうだね。どこから話そうか……」

「あ、ではまずは私から話します」

エレノアは地下水脈の出口がなんと井戸の底だったらしい。呼びかけても誰も答えず、周りには人がいなかったようなので困ったが、井戸の幅はなんとか足と手を突っ張れる大きさだったので、よじ登って脱出したのだという。この話には俺達全員びっくりした。狭くて暗い場所は精神をやられるし、濡れた井戸の壁では滑るだろう。それを濡れて重たくなった服と金属でできた鎧を着たまま登るなんて、信じられない。

ふと、エレノアの手を見れば爪が激しく欠け、ボロボロになっていた。かさぶたもできている。俺がそれを指摘すると、エレノアはごめんなさい、みっともなくて、と言って笑った。いやいやそういう話じゃねーだろ。俺はアランに視線を向けると心得たと頷いて魔法水を出してくれた。目に見える傷は治ったが、地下水脈を通るということがどれだけ危険なのかと再認識した。壁からとはいえ安全な場所に出られた俺は幸運だったんだろう。

アランのほうはルインの町の外の近くの川に出たようだ。フィールドワークのために世界中を旅しているだけあって、そこの最寄りの町がルインだということに気づき、俺達がいるかもしれないとルインに入り、そこでテルマが言っていたように暗黙の了解としてまずは冒険者ギルドに行ってみようとしたところでテルマと出会い、俺の話を聞いてギルドに乗り込んでくれたのだという。

「そういえばあのノラって人が、ルインの町に入るには許可証がいるって言ってたが、アランは入れたんだな？」

「ああ、そうだよ。ルインは学術的にも経済的にも重要な場所だからね。入るには許可証がいるんだ。僕のはこれ」

そう言ってアランが出したのは、細かい金の字が彫り込まれた、透明のガラス板に金の縁取りがされた革紐の首飾りだった。

「え、透明？」

「うん。僕のは透明」

アランの許可証を見て、テルマが首を傾げる。テルマの疑問の意味がわかっているのか、アランは頷いて許可証を懐にしまった。

「僕の許可証は特別なんだ。世界でも八人しか持ってないんだよ」

「世界で八人!?」

よくわかってない俺がきいても、なんかすごそうだとわかる。

「許可証は基本的に滞在期間と許可の範囲によって色が違うんだ。観光客は最大滞在期間二週間の黄色のガラス。立ち入りが許されるのはもちろん観光が認められている場所のみ。研究者は基本的に緑色のガラスで、縁取りが金、銀、銅の三種類。金が一番長い期間滞在できて、最大一年間滞在を許される。銀は半年、銅は三か月。探索範囲は人によって違うけど、大抵金は広い範囲の探索を許可されてるね。それぞれ銀、銅に下がるほど探索範囲は狭まる。冒険者は青のガラスで探索範囲と滞在時間は研究者と同じ。ルインに住んでる地元の人は許可証はないけど観光客と同じ範囲しか行けない」

「……ちなみに、アランの持ってるそれは？」

「僕の持っている、透明に金の縁取りは滞在期間無制限、探索範囲も無制限なんだ」

「「「えええええ」」」

アランは変わらずニコニコしているが、そんな落ち着いた態度でできる話じゃないんじゃないか？

「それ、だいぶすごいやつだよな。俺の語彙力がなさ過ぎてちょっと泣きそうだけど」

「そうだね。ほんとに時々所有者が変わるから全員は把握してないんだけど、八人のうち五人はエリアマスターとギルドマスターだね。だからさっき会ったノラさんも持っているはずだよ」

「うわぁ」

「……エリアマスター？」

テルマの反応をみると、たぶんそれはすっごい権限だなぁと思っている反応なんだろうけど、俺は聞きなれない単語に首を傾げる。エレノアをみると、彼女もにっこり笑って首を傾げた。

「エリアマスターっていうのは、各地にある冒険者ギルドの支部をまとめている人だよ。……ユートは、ギルド証を持ってたね。そのあたり説明されなかった？」

「うーん、説明されたかもしれないが、がーっと言われただけで終わったしなぁ。ギルド証は取るだけ取ってほぼ使わずに来たから」

「なるほど」

「そもそも、冒険者ギルドって……なんだ？」

「……」

その場がしんと静まり返る。え、根本的な話過ぎて引かれたんだろうか。そんなこと言われたって、俺は漠然とアニメとかのイメージしかないんだよ。この世界のギルドってどんなものかとかわからない。そこらへんの説明役ができそうな神は、さっきから呼びかけても応えないし。

「いや、なんとなくは知ってるし、イメージもできないことはないんだけどさ。このギルド証に旅券機能がないって、ノラ……さんが言ってただろ。そんなものまで発行できる冒険者ギルドって、何なんだろうなと思ってさ。そもそもギルドってそんなに強い力を持ってる存在なのか……とか。

……ナニカヘンナコトヲイッタデショウカ」

「ううん。改めてそう聞かれるとどう説明したらいいかわからなくって」

テルマが戸惑うように視線を彷徨《さまよ》わせる。

「うーん。簡単に言うと冒険者が所属してる団体？」

「そ……れは、俺もわかってるな」

「だよねぇ。……うーん、でもそういえば冒険者ギルドって冒険者的仕事以外もしてるよね。お金の管理とか、食堂とか、武器の調達とか、研究とか、それこそユート君が言う旅券の発行とかまでやってるしー……。改めて聞かれるとどこの国でもその運営ができるってすごい力だよねー」

「冒険者ギルドとは、冒険者達の相互扶助組合である。元は冒険者という職種が危険な仕事が多かったために、そんな冒険者達を助けるための組織であったが、請け負う役割が増えたために組織自体の役割も増え、現在では公的機関の役割や、様々なギルドの窓口ともなっている……と、本とかの説明ではなってましたね」

エレノアが思い出すように口元に人さし指を当てる。アランがそれに頷いた。

「その通り。その理由はギルドの歴史を紐解いていかないといけないかな。そもそもギルドというのは職業の相互扶助組合なんだ。一定数の同業者のいる職業は必ずギルドが存在すると言っていいと思うよ。例えば鍛冶ギルドとか、商人ギルドとかもある。商人ギルドとかは同じ商人ギルドと呼ばれるけど三つくらいあるんじゃなかったかな。身近なものだと郵便ギルドもあるね。もともと彼らがなんでそういう組合を作ったかというと、一番の理由は政府との交渉とか、国際情勢に対処するためなんだ」

「おおう、難しそうな話になってきたな」

「そんなに難しい話じゃないよ。例えば農家の人が、野菜を作っていたんだけど、その肥料の税金を国が引き上げてしまった。そこに農家さんが一人で国に訴えても税金は下がらないよね。でも、一人でダメならたくさんで訴えたらどうだろう。国も耳を傾けてくれそうな気がしないかい？　もちろん他にも同じ職業同士で助け合ったら便利なことがあるから、ギルドというのが生まれたんだよ。だから、最初は精々《せいぜい》一国の中でぽつぽつといろんな職業のギルドがある程度だったんだ」

「なるほど」

「ところが冒険者ギルドができてから状況が大分変わったんだ。そもそも冒険者……なんて呼ばれてるけど、要するに何でも屋さんみたいなものだったんだよ。最初は未知の場所を探索したりして、それこそ宝を見つけたり新天地を発見したりとかが仕事……だったんだけど、それらが高じて魔物への対処とか、単純に戦闘力が高いから傭兵を頼まれたりしてね。人間が引いた境界線なんて曖昧なものだから、国同士の問題とかあったときに、どこにも所属してない団体があると動きやすかったり。旅券の発行業務とかはその最たるものだね。仲の悪い国同士での行き来の許可は、国自体ではやりにくいけど、中立の立場の冒険者ギルドならしがらみなく許可できる。いくら仲が悪かろうと交易がないと国の発展は厳しいから、要するに任せる先としてちょうどよかったんだよ」

「ふーん。いろいろあるんだな」

「そうそう。商人たちも行ける場所と行けない場所があると商売の幅が減るからね。冒険者ギルドの権限の及ぶ範囲であればどこでも行けるのはすごくありがたい。それに商人達も護衛に冒険者を雇ったりもするから、効率もいい。そんな理由で冒険者ギルドの役割はどんどん増えていったんだ。たとえば新技術の特許申請や、銀行業務、旅券の発行や、今回の許可証の交付なんかもね」

「そうそれ。でもそれってすっごい影響力だよな。世界にまたがって顔がきくってことだろ。もともとは国と対等に交渉するための組織だったのに、そこまで力を持つと逆に敵視されたりしないのか？」

「そう。冒険者ギルドは、それまでのギルドという存在の在《あ》り方をかなり変化させるほどの影響力を持った。国ごとにあったギルドも世界規模で繋がったりするようになったりね。だからユートの言う通り、冒険者ギルドの影響力を恐れた国ももちろん存在した。そこをいろいろ交渉したりシステムを整備したりと、現在のギルドマスターさんがうまく調整したんだよ。公共性の高い役割を担うなら、どこの国の影響も受けないぐらいの公平性が必要だしね。だからいつも世界中を飛び回っている忙しい人だよ。あの人のバランス感覚がなければ、冒険者ギルドは世界中から危険視されて潰されてたかもしれない」

「そ、そんなにか」

「もちろん、そんな零《ゼロ》か百かって極端なことにはならないと思うけれど、どうなっていたかはわからないだろうなぁ」

「ふーん。じゃあ冒険者ギルドがギルドの中でも一番大きな組織っぽいな」

「名実共にそうだろうね。一応ギルドはギルドで五大ギルドっていうのがあって、大小様々なギルドのまとめ役をやっているけれど、規模で冒険者ギルドより大きなものはない」

「ということは、そんなすごい組織の一番偉い人と、次に偉い人達しか持ってない許可証を、アランさんは持っているってことですよね？」

だんっと机を叩き、テルマは身を乗り出した。

「うーん、そうですねぇ」

アランは苦笑いだ。

「アランさんって、何者?」

テルマはさらに身を乗り出し、アランに迫る。アランは困ったように眉を下げた。

「僕は、縁あってギルドマスターさんと知り合いだったんですよ。いろんな役割があるとはいえ、冒険者ギルドの基本的な仕事は変わらず魔物退治や対処です。現時点でもギルドに依頼される内容は魔物関係が七割ぐらいですからね。だから、魔物を研究している僕が、専門家としての意見を求められたり、実際に依頼に同行することを冒険者ギルドから依頼されるようになったんです」

「へえ、魔物の学者さんなんだ!」

「はい」

テルマは身を引いたが、興味津々というのが伝わってくる。

あ、俺に話したような、魔物の研究と同時に魔族の研究をしてるってことは言わないんだな。

「まあ、冒険者からの依頼をこなしているうちに、かなり冒険者ギルドについて事情通になりましたし、依頼される度に許可証を発行するのも面倒だからこれを持っておけ、とギルドマスターに渡されたので、ありがたく使わせていただいているんです。僕のフィールドワークとしてもかなり助かりますしね」

「そうだったんだー。アランさんはギルドマスターの知り合いだったってことだけど、実際のところギルドマスターってどんな人ー？」

「え、どんな人、ですか……」

「それだけすごい人だったらどんな人なのか気になるー！　私は見たことないし、たぶんこれからも会えたりすることはないだろうしー！」

「う、うーん」

アランがさっき以上に悩んでいる。

なんだよ、あんまり話せるような内容ではないのか。

「あの人は、なんと言い表せばいいんですかね。飄々《ひょうひょう》としているんですけど……。うーーん」

「え、そんなに悩んじゃう人なんですかー？」

「あの人を言い表すのは難しいんです。あらゆる言語を使いこなし、見識が広い人ではあるんですが、圧倒的に謎の多い人といいますか。……私の友人が言うには、えーと。女たらしの、クズ、らしいです」

「お、女たらしのクズ？」

「ええ。ついでに言うと男性にもかなり厳しい人です。冒険者をまとめている人ですから、とても強い人で逆らえる人もあんまりいませんしね。あの第六次人魔戦争で伝説に残る活躍をした、なんて噂もありますので」

「第六次人魔戦争って、だいぶ昔の話ですよねー？　弟がそんな話をしてたのを聞いたような……」

「約六百年前の話ですね」

「え、ギルドマスターっておいくつの方なんですか?」

「本人曰く、トップシークレット、らしいです」

なんだよそのマンガのキャラみたいな設定のオンパレード。

と、話が脱線していったところで、店員が料理を運んできた。

「お待たせいたしました。バルスカとスルカ、そしてメモアです」

正体不明の料理だ。どきどきしながらテーブルの上に置かれた皿に注目していると、ついに料理の全貌がみえる。

「ひっ」

熱々の耐熱皿の中に紫のミンチと、目玉みたいな丸い何かがいくつか入ったグラタンのようなものだった。

目玉が怖いんですけど。目玉焼きならいいけど、目玉は怖いんですけど!

なんか、料理のどこをみても視線が合う気がするんですけど、これ動いたりしねーよな。

いや、ミンチっぽいのが紫なことも思うところいろいろあるけどさ。

「ここのバルスカはおいしいんだよー。見た目はちょっとあれだけど」

「え」

「どうしました? ユートさん」

「いや、あんたらから見ても見た目はアレなんだなってのにちょっとホッとした」

「あははー。まあ、目玉に見えるもんねー、これ」

「え、目玉じゃないのか？」

テルマがフォークで目玉をぐさりと刺した。

「ほら、これ柔らかいのー」

「これは、目玉茸《めだまだけ》という、キノコなんです」

「え、キノコなのこれ！」

エレノアがにこりと頷いた。

「見た目はちょっとアレなんだけど、この目玉茸から出る出汁《だし》がおいしいのー。だからどうしても外せないんだよね」

「そ、そうなのか」

「それじゃあ、いただきましょうか」

「いただきまーす」

三人がスプーンでためらうことなくバルスカをすくって食べた。

「うんうん、おいしい！　ここの料理は焦げるという外れがないからいいよねぇ」

「このお店の料理人の腕がいいんでしょうね」

三人が談笑しながら口に運ぶのをみて、俺も食べてみようとスプーンですくったときにふと思う。

あれ、この三人が気になるのは目玉だけ？　紫のミンチについてはなんにも思うところないのか？

これからの食事事情を想像するとげんなりするので、頭を振って考えないようにした。

「それで、ユートはどうだったの？」

「ん？」

俺が思い切ってバルスカを口に入れる。じゅわりとにじむ肉汁と、ミンチに混ぜてあるトメトの酸味が広がり、チーズとホワイトソースのまろやかさが全体をまとめている。そしてたしかに目玉茸のうまみがたまらない。素直においしいぞ、これ。異世界で出された料理で一番おいしいかもしれない。

ホワイトソースの下に隠れていたマカロニもおいしいうえに、これは腹持ちがよさそうだ。

「気に入ったようでよかった」

「うん、これおいしいな。家庭料理ってことは、自分でも作れるかな」

「主な材料のワイバーンの肉は市場で手に入るし、目玉茸も森で採れるから作れると思うよ」

「わ、ワイバーンの肉か、これ」

字面は強烈だが、ワイバーンてドラゴンの一種だよな。ドラゴンってうまいのか……。

「って、アランが聞いたのは俺がルインに来てからのことだよな。俺は壁泉からこの町に出たんだよ」

メモア——瑠璃《るり》色をしているが、味はココア——を飲みながら、水聖殿からルインに来てそこでテルマに会ったところから、牢屋に連れていかれたところまで話した。

「そういえば、あの白いのはどうなった？」

「白いの？」

「ああ、あの子ですか。私もわかりませんね」

アランは知らなくても無理はない。おそらくサラの兄弟であろう、狐の獣人の子供だ。エレノアもノラを追いかけていたし、わからないだろうな。まだ、あの牢の中にいるんだろうか。

「あの子はユート君が出てくる前に、所有者の手に戻ったんだと思うよー？　あの子を連れだしたおじさんを見かけたから」

「そう……か」

それは、喜んでいいことなんだろうか。結局治療もしてやれなかったし、あれ以上酷い目に遭っていないといいが……。

あのときの様子を見るに、望み薄な気もしないでもないが。

「……気になりますか？」

「……まあな」

エレノアがじっと俺をみつめる。俺は頭の中で俺の行動の優先順位をつけた。

「気にはなるが、俺にできることは何もないだろ。それに俺はやらなくちゃいけないことがあるんだ。それは、いつ達成できるかわからないうえに、時間は限られてる。だから……」

そうだ。そもそも気になるからと言って、俺に何ができる？　セラを取り戻して、それでどうするんだ。そもそもどうやって取り戻す。無理やり連れてくるだけの力なんて、俺にはないだろ。獣人の奴隷というのはこの異世界の社会のシステムに組み込まれている。そこから程度はともかく、どうこうしようなんて途方もない。

それに、地球とこの異世界がどんな時間の流れ方をしているかわからないが、帰ったとき浦島太郎状態だとしたらどうする。まだ帰る手段の手がかり一つ見つけられていないのに。

だからこそ、ブルイヤール教会のことも深入りしなかったんだ。もちろん関わったからには気にはなるし、どうなるか見届けたい気持ちも、あいつらのためになにかできることをしてやりたいって気持ちもある。

だけど俺は、そういう気持ちに蓋をして、見て見ぬふりをしたとしても。なにより帰りたい。帰らなければならない。家族に会わなくちゃいけないいんだから。

自分に言い聞かせるみたいになり、眉間にしわを寄せていた俺にアランが提案する。

「話を聞く限り、その子は獣人だったんだよね？　なら、僕からアウローラさんに連絡しておくよ」

「アウローラさんに？」

「うん。あの白蛇君の経過を報告してもらえるように連絡手段を交換しておいたんだ。また暴走したら大変だし、僕の研究とも関わりのあることだから。彼女に連絡すれば、然《しか》るべき人に連絡してくれるはずだよ」

このひょろっとしているアランという男は、普段の生活は抜けているのに、こういう所は抜け目ない。だがなるほど。確かあの教会に獣人の子を預けたのは、獣人の解放を目指す団体だと言っていた。確かに伝えてもらえれば、少しでも助けになるかもしれない。

それが、どれほど効果のあるものかはわからないが。もちはもち屋だ。

「そうだな。そうしてもらえるとありがたい」

「……詳しくはわからないけど、そっかー。三人とも獣人の人達を対等に見てるんだねー」

「……おかしいか？」

俺達の話を聞いていたテルマが微笑んだ。

獣人解放団体のことは直接口に出していない。どうやら隠れて活動しているらしいので、アランもそこを気にして然るべき人、と言葉をぼかしたんだから。

だが、なにかしら勘づかれてしまっただろうか。

どうにか取り繕えないかと四人での会話を慌てて頭で反芻したが、どうやらそうではなかったらしい。

「うん、おかしいおかしい。まあ、中には獣人を家族のように扱う人もいるけどね。けど、この世界は魔力を持たない者にはすごく厳しい。対等には見てもらえないし、仲良くなるのも難しいんだよ。人間である私でも魔力がないだけで、生きるのがとても難しかったから」

「魔力がない？」

「うん。とっても珍しいんだけど、私魔力がまったくないのー。魔力測りの水晶玉を持ってもなんにも反応しないんだー。そんな人もいるんだねぇ」

「それは……ご苦労されたでしょうね」

他人事のように笑うテルマに対してアランが労わるように言うと、彼女の目が大きく開かれた。

そして瞳が潤いだすと、大粒の涙がこぼれる。

「て、テルマさん、大丈夫ですか！」

エレノアが背をさすり、ハンカチを差し出す。

「だ、大丈夫。ちょっとびっくりしちゃったんだー。私が魔力なしだと知った人は扱いが雑になるか、へぇそうなんだーって軽く流すことが多かったから、まさか労わってもらえるとは思わなくてねー。うん、三人は優しい人なんだね。あ、ハンカチありがとう。てかなんだろう、すっごいすべすべなんだけど。もしやこれ、高級品？」

涙を拭ったエレノアのハンカチをしげしげとテルマは見つめたあと、エレノアに返した。

「って、思わず泣いちゃったけど！　そういうことが言いたかったわけじゃなくてね！」

照れたように赤くなった目をこすりながら、テルマは努めて明るく言った。

「ほら、獣人の人達って魔力ないでしょ？　だから、ちょっと私的には共感しちゃうというか……。だから、普通に人を助けるみたいに悩む三人はすごいなと思って。それにほら、ギルドに着いた時もユート君もエレノアちゃんも体を張って助けたじゃんー？　相手の子が獣人じゃなくても、普通にできることじゃないよー」

テルマはすごいすごいと頷く。

だが、エレノアは困り顔だった。

「あれは、善意でしたことではありませんから。そんなに褒めていただけることじゃないんですよ。私の、生き方の問題なので」

生き方の問題。そういう返しをする人間は初めて見たな。だがテルマはそのすごいという評価が変わらないようだった。

「そこにどんな理由があったとしても、あの行動自体がすごいと思ったんだよー私。結果的にあの子はあそこであれ以上傷つかずに済んだんだし」

「そう……なんでしょうか。なら、ありがとうございます」

エレノアは素直に称賛を受け入れることにしたらしい。

それにしても、気になるワードがいくつかあったな。魔力を持たない人間は珍しいのか。

そして、獣人は魔力を持ってないのか。……だが、セラは魔力を持っていたな？　もしかして、テルマのいう魔力がないっていうのは極端に少ないってことなのか？

ふむ。

《ステータス》
テルマ・シアンベルク（特技　ダウジング）
ＨＰ　８００／８０５
ＴＡ　７０３／７８９
ＬＶ　33
途中略
【技】《刺突》《清雅》《鳴神》《紅花火》
【魔法属性】そんなもんあらへん
【称号】精霊の愛娘　ブラコン　シスコン　苦労人　流浪の旅人　お宝発見マイスター　罠解除マイスター
【スキル】直感　ＬＶ30　逃げ足　ＬＶ56　賢者の目　ＬＶ23　審美眼　ＬＶ85

【職業】《トレジャーハンター》

テルマのステータスを表示させてみると、魔力の表示がない。ということは、魔力が全くないというのは本当のことなんだろう。ということは、獣人には魔力はあるということなんだろうか。実際にセラにはあったわけだし。

そこらへんの検証はいつかするとして、魔法属性の欄に書かれてる辛辣な言葉も無視するとして、次に気になったのは、精霊の愛娘という称号だ。

俺が町の入り口まで転移する直前、神が精霊と言っていた。

たぶん、あの光の粒が精霊ってことなんだろうが……。アランならなにか知っているだろうか。

「そういえばユートさん、どうしてあの時、町の入り口にいたんですか?」

「ああ、あれな……」

エレノアが思い出したように問いかける。ちょうどそのことを考えていたんだが、精霊についてどう言えばいいんだろうな。

「なあ、アラン。精霊って知ってるか?」

「精霊?」

アランが面食らった顔をする。

「それこそユート、君の使い魔の月夜ちゃんは、闇の精霊でしょ」

「あ、そういえばそうだったな」

うっかり失念してたが、月夜も精霊だったな。

「ん？　ということは、精霊は普通に見える存在なのか」

「あー、まあ君の月夜ちゃんは魔獣であり精霊というちょっと特殊な存在だったもんね。僕らが目にする精霊って、魔法使いや魔術師なんかと契約を交わしたものばかりだよ。契約を交わしてない精霊は見えないんじゃないかな。精霊自身が望まなければ、ね」

「んー、じゃあフリーの精霊は精霊が望まない限り見えないのか」

「どうだろうね。精霊って昔から人間と関わりのある存在のわりに謎が多くてね。魔法使いが契約すると、確かに名義上は使い魔と呼ぶんだけど、どちらかというと精霊のほうが上位存在になるんだ。お願いして、力を貸してもらう感じにね」

「え、俺と月夜はそんな感じでもないんだが」

「そこは、月夜ちゃんが魔獣でもあるってところが関係あるんじゃないかな。古くから人間と関わりがある証拠が、伝承とかおとぎ話にもよく出てくるんだよ。たとえば、火の大精霊と花の娘の恋の話とか、風の精霊と冬の女神の話とか」

「あ、その話知ってるー！　絵本とかにもなってるよねー」

「私も妹に、読み聞かせたことがあります。懐かしいな」

エレノアが懐かしそうに目を細めた。ふーん、リリアとのそんな思い出もあるのか。仲悪そうに見えたが、昔は仲良かったんだな。

「そうだね。あと、昔から特別な才のある人は精霊に愛されているとか言われるよ。僕が幼い頃祖母がよく、隣の家の裁縫上手なお姉さんを見て、あの人は風の精霊さんに好かれているね、と言ってたりしたなぁ」

「へー、そうなのか」

「祖母ははるか昔は見える人や話せる人がいたって言ってたよ。昔いたってことは、今も見える人がいないとは言い切れないかな。そういえば、エルフ族とかドワーフ族とか、妖精族と呼ばれる人達は見ることができるともきいたことがあるな」

「なるほど。精霊について聞いたのはさ、あの、最初に牢屋に放り込まれたとき、なんか小さな光の粒が大量に現れたんだよ。それにまとわりつかれた瞬間、目を開けたら町の入り口にいたんだ」

「転移したってこと?」

「たぶんそうだと思うんだよな。魔法でそういうことできるんだよな?」

「そういう術式はあるよ。でも今の話を聞く限り、術式で飛んだとは言い切れないかな。魔法が光を発することはあっても、光の粒になるかな。ユートはそれが精霊だと思ったから聞いたんだよね」

「ああ」

神が言ってたしな。

「……月夜と合流できたら聞いてみるか」

それか、神に問いただすかだな。

「さて、みんなごちそうさまだねー」

話し込んでいるうちに、それぞれの前にある料理の皿は綺麗に食べつくされていた。

「三人はこれからどうするの?」

「僕は、冒険者ギルドに戻るよ。ギルドから海運ギルドに連絡を取ってもらって、船員さん達の無事と、水聖殿にまだいる船長からの伝言を伝えないとね」

「ああ、そうだったな」

俺達と共に、沈没した船から水聖殿で保護された船長をはじめとする船員や乗客は未だに水聖殿にいたままだ。俺達が利用した湧水道は出口がどこになるかわからないということで、どこでもいいから地上に早く戻りたかった俺達とは違い、海運ギルドに船で迎えに来てもらうらしい。水聖殿から直接海運ギルドに連絡をとる手段はないから、アランが伝言を託されていたのだ。

「そのあとは、これを返しにいかないとね」

アランが食べている間もずっと下げていたカバンをなでる。俺とエレノアはその中身を知っていた。その中には、ドラゴンの卵が入っている。船で密輸されていた卵を取り戻すために、ドラゴンが船を襲撃したことで船は沈んだのだ。

アランはその卵をドラゴン達のもとへ返すつもりだという。

「だから、これを返すために護衛の冒険者も雇わないとね。そうだ、ノラさんに僕に対して来ていた依頼の詳しい内容を教えてもらわないとな」

「そうか。エレノアは?」

「私は……、私も冒険者ギルドに行こうと思います。気になることがあるので……」

「そうか」

「ユートさんは、どうするんですか？」

「俺は、月夜とやきとりを探す。あとは、まあ探し物をするかな」

「そうですか。お気をつけて」

「ああ、ここまでありがとうな」

「え、ということは、三人はこれからバラバラなの？」

テルマはびっくりしている。

「ああ。俺達はたまたま一緒にいただけで、目的はてんでバラバラだからな」

「そ、そうなんだ。なんだ、てっきりずっと旅をしているのかと……」

「あ、ユート。ノラさんに依頼して、君の許可証を今発行してもらってるところだから。三日後くらいに取りに冒険者ギルドに行くといいよ。それまでは、聞きとがめられたらノラさんの名前を出したらいい。この町の滞在に関することだったら名前を使っていいって許可をもらってるからね」

「なにからなにまで悪いな」

「いやいや、僕こそお世話になったからね」

「それと、君の身元保証の件。クロワルドさんの話ね。彼が証立てしてくれたから、君の持ってるギルドカードは旅券機能が付加されているよ。それでスムーズに旅ができると思う」

「おっさんが……。礼を言わないとな」

「そうだね。手紙を送ったらいいんじゃないかな？」

「ああ」

それぞれの荷物を手に店を出た。一抹の寂しさを感じつつ、それぞれの道に分かれて進む。

「それじゃ、また縁があればな」

「そうだね」

「うん！　みんな気をつけてねー」

「ユートさんも、お気をつけて」

「おう。……エレノア」

テルマとアランが離れたところで、俺は口をエレノアの耳に近づける。

「ギルド日報に、勇者がこの町に向かってるって載ってた」

「！」

聖《ひじり》がこの町に来る。つまり、リリアもこの町に来るということだ。

【第二章】

確かに、俺自身がエレノアに忠告した。聖とリリアがこの町に来るらしいと。だけど、まさかこんなにすぐに、しかもこんな場所で鉢合わせするとは思ってなかったな。

俺と聖は、ルインの町を出てしばらく行った先の森の中で、互いに無表情で向き合っていた。

「……」

「……」

互いに無言。

なんでこんなことになったんだっけ、と思い返してみれば、これもめぐり合わせか？　と頭を抱えたくなった。

エレノアとアランと別れた後、俺は初心に戻って元の世界に帰るための方法の手がかりをみつけようと動き出した。これまでもその目的が揺らいだことはないが、いろいろ巻き込まれすぎて横道に逸れていたようだということは否めない。だが、その中でもわかったことはもちろんある。

まず、俺を呪う魔導書……というより過去の勇者の残留思念との交流によって得られた、過去の勇者について調べろということ。そして、勇者が残した遺物というものが存在するということ。

次に、過去にいた勇者の一人は自分の世界に帰っていない。この世界の、今では海に沈んでしまった場所で生涯を終えている。……帰れなかっただけかもしれないが。

ここまでで元の世界に帰れる直接的な手掛かりは手に入ってはいないが、勇者について調べたり、痕跡を辿るくらいしかできないという結論は変わらなかった。俺としてはルインの町を出ても良かったんだが、まずはこの町に勇者に関係しているものがないかと調べることにした。町をうろうろしていると、もはやただの観光みたいになっていたがな。だが、町をまわってみて正解だった。

さて、話は一度脱線するが、旅券機能のついた俺のギルドカードは旅行情報も受信するようになった。ますますスマホに似てきているような気がするんだが。ルインも元から観光地だったということで、その説明もされていた。その中に見逃せない一文があったのだ。

『ルインの町の特徴は、なんといっても未だ解明されていない水道技術である。約千年もの間町を支える水道が壊れたこともなく、さらにどのような技術によってそれが成されているのか未だに解明されていない。おそらく魔法や魔術によって維持されているのは、魔法術式盤《マジックパネル》を表示することができることから推察できるが、その術式が未知の言語によって組まれているため解明できないのである。未知の言語はその他に手がかりが一切なく、これらの水道技術並びにこの町を、三十五代目勇者、イネス・エルランジェが造ったという逸話が残っている』

昔の勇者が造ったかもしれない町。そういうことであれば、調べなくちゃならないと、町の中をうろうろと調べていた。そして、俺はこの町に勇者が関わっているということに半ば確信を持っている。なぜなら、この町の水道に手をかざして、【解析】スキルを発動させると、魔法陣のような模様のホログラムが浮かび上がる。それこそが魔法術式盤と呼ばれるものであるってことは、魔導書で調べたら出てきた。そしてその魔法術式盤の文字が、俺には読めたんだ。

これまで見つけた勇者の遺物。この魔導書とプリムラの鍵と、地図。勇者の残した文字は、同じ勇者なら読むことができると俺は知っている。たとえそれぞれの勇者の出身地が違っていたとしてもだ。

魔法術式盤が読めたということは、これは昔の勇者の文字であるという可能性が高い。魔法陣自体の意味はさっぱりだったけどな。

そんなわけで聖がこの町に向かっていると知っていても、ほいほいと町を出るわけにはいかなくなったんだよな。それに、勇者って目立つイメージだったから避けていられると思っていたし、まさか鉢合わせすることはないだろうとタカをくくっていた。特に、俺がいるのはルインの町の周りに点在する、森の中に埋まった遺跡の近くだ。そんなピンポイントで会うとは思わなかった。テルマの言葉に従ったのが運のつきってやつか。

ルインの町を調べるといってもどこを探したらいいのかわからなかった俺は、とにかく町をうろうろしていたんだが、そんな中でテルマと再会したんだよな。それで俺がうろうろしてた理由を勇者云々の話を抜いて説明すれば、私に任せてーとテルマはルイン含む周辺の地図を用意し、ダウジングをはじめた。その結果、「ユート君の求めるものはここにあるよー」と言われた場所がここだったわけだ。他に手がかりもなかったしここに来たわけだが、確かに勇者の関わりのある場所といっても、勇者本人に会う場所ってのは困る。

そんな回想を終えたところで遭遇してしまったものは仕方ないが、何を言っていいかわからないのは変わらない。最後に会ってからまだ二か月ほどだ。それなのに、聖の雰囲気はだいぶ変わった気がする。どこをどう、とは言えないんだが……。

明確に変わったところといえば、まず服装が違う。俺のような軽装ではなく、きちんと鎧のような防具を身に着けている。

背には長い剣を担ぎ、佇まいもどっしりしている気がする。そして聖の背負う剣には、なぜか目が引き付けられるような気がした。

だが、観察していたのは俺だけではなかったらしい。すっと俺の周囲に視線を走らせて、聖は口を開いた。

「彼女は……いないのか」

「彼女？」

「いや、まだ会ってないならいいんだ」

まだ。その言葉に引っかかる。

「……エレノアのことか？」

そういえばと思いその名を紡げば、聖はほっとしたように笑った。

「あ、やっぱりもう会ってるんだ。……あれ、彼女がいたのに、呪われたのか？」

「え、ああ、これか」

そろそろ触り心地すら違和感もなくなりつつある短毛に覆われた耳に触れた。そこでふと気づく。

「……聖、もしかしてめっちゃこの世界に馴染んでる？　そんな一目見てこれが呪いだってわかるくらいに」

聖は一瞬考えるしぐさをする。

「……そうだな。魔法とかも勉強してるんだよ」

「それとも、お前もしかしていろいろ知ってるのか？」

「……」

俺の問いに、聖は目を見開いた。

「知ってるって、なにを？」

「いろいろだよ。例えば、お前が勇者じゃないとか、俺が勇者であるとか」

俺が勇者であるという事実は聖に言っていいものかという考えが過ったが、あえて言葉にする。だってこいつはたぶん俺が勇者だって知ってるはずだ。

「なんでそう思う？」

聖は、底の知れない眼差しで笑みを浮かべていた。地球で平和に高校に通っていた同級生とは思えない。

「エレノアは、勇者は他にいるとお前に言われて、勇者を探すために城を出たと言ってた。それを言ったのは、お前だともな」

「なるほど。でも今の言葉は正確じゃないな。彼女がどう言ったかはわからないけど、俺は君の勇者は俺じゃない、他にいるって言ったんだ」

「それ、どういう意味だ？」

「俺が勇者であるってのも、間違いではないってことさ」

「……は？」

さらに質問をしようとしたとき、突然木がなぎ倒されてきた。

「うえ⁉」

あわてて避けると、木をなぎ倒したのはトラの顔と鳥の翼、蛇の尾を持つ魔物だった。その魔物は俺にとびかかってくるが、すらりと剣を抜いた聖が魔物を弾き飛ばす。

「なんでこんなところにキメラが？」

その様子だけで、聖が戦い慣れているということをひしひしと感じた。

ドドン、ドン！　っと次々倒れる木々をよけながらとにかく逃げる。スキル【逃げ足】がいかんなく発揮されている。

「なんなんだよこれ！」

「……」

突如現れたキメラとやらは一頭だけではなかった。二日前の魔物大量発生の原因は未だ解明されたと聞いていないが、それよりは軽度でも似たようにキメラが森から湧き出してくる。

避けるだけの俺と違って、ばっさりと一太刀でキメラを切り捨てている聖は、時に俺に近づくキメラも倒してくれている。俺に見てる余裕はないんだが、ちらちらと視線を向けると、身軽な動作で剣を振るう聖はなにか考え込んでいる様子だ。なのにこんだけ戦えるって、本当にこいつは何なんだ。俺と同じ地球産の男子高校生に思えない。

「おい、聖！」

「……これは、この地で起きているのは魔力溜まりだけじゃないのか」

「はぁ？　なんかわかってるなら説明しろよ！」

ふいっと聖が手を止めず、不思議そうな視線を向ける。

「緒方がピンチなのに、彼女が来ないね。なんでだ？」

「彼女ぉ？……もしかしてまたエレノアの話をしてんのか⁉」

「うん。彼女はそう作られてるから。だから緒方のところにいってもらったんだぜ。緒方を、守ってもらうために」

カチリと、聖と視線が合って固定された感覚に陥る。一瞬思考が止まって、それどころじゃないと絞り出した声は口の中で唾が絡まった。

「なんだよ、守ってもらうって！」

「緒方も同じだったと思うんだけどな。俺になにも言わずに国を出たのは、自分のことで手一杯だったからだろ。俺も手一杯だったからさ。俺自身が緒方を守りながら動くのは難しかったから、彼女に任せたんだけど……」

聖が突如、足を止めた。

「なんだよ！」

「あれ」

聖の指さしたさきには、緑色の土管が土から生えていた。

「な……んでこんなところに、世界で一番有名な配管工が使うような土管があるんだよ……」

「なんでだろうな」

一瞬のんきな雰囲気が流れるが、とびかかって来たキメラを視線も合わせず聖は切って捨てた。

「囲まれたな」

「え」

聖は余裕そうな顔をしつつもため息をつく。

「いろいろ説明できなくて悪いな。でも元気そうで安心した。もし、もう一度会えてゆっくり話せる機会があったら話そうぜ」

「さすがにこの数で緒方を庇って動くのはしんどいから、ここでお別れだ」

「またって、お前……」

「は？　この状況でどう別れるんだよ！」

森の木々の間ではキメラのギラギラした目がそこかしこからこちらを覗いている。だが、聖は今しかないとばかりに早口で言葉を紡ぐ。

「緒方。入り口と出口は同じだ。あの魔法陣が使えるようになれば、帰ることができる。使えるようになれば、な。俺は、時間を稼ぐ。だから……」

「出口？　魔法陣ってあの最初の……」

俺が問いかけた瞬間、トンッと聖が俺の体を押す。

あー、ちくしょう。こんな簡単に浮く体が恨めしい。

後ろにはあのおかしな緑色の土管で、俺の体はそこに吸い込まれていく。

「聖！」

「帰り道は、任せたよ」

遠ざかる聖と空に手を伸ばしながら、俺の体は闇に吸い込まれていった。

【間章】

冒険者ギルド　ルイン支部の、依頼掲示板の前で二人の男女がはたと再会を果たしていた。

エレノアが振り返ると、アランは割れた眼鏡をくいっと上げて微笑む。

「おや、エレノアさん。二日ぶりですね。まさかここでお会いすることになるとは」

「アランさん！　ほんとですね。あ、海運ギルドには連絡つきましたか？」

「ええ、十日後に船で迎えに行ってくれるそうです」

「そうですか、よかったです」

エレノアはほっと胸を撫でおろしつつ苦笑した。

「でも、十日後って遠いですね」

「そうですね。できるだけ早く、と交渉したんですが……。そもそも水聖殿の存在を信じてもらうのにも時間がかかりまして」

「確かに、今まで聞いたことがない場所ですもんね……。それで、アランさんはどうしてここに？」

「僕は例のものを届けるために、護衛を依頼しようかと」

「例のもの……」

アランがぽんぽんと、自分の背負うカバンの他に肩からかけているカバンを叩く。エレノアが例のものがドラゴンの卵だと察した時、隣からえー、ごほん！　と咳払いが聞こえた。見上げればたっぷり髭を蓄えた大男がエレノアとアランを迷惑そうに見ていた。人の集まる依頼掲示板の前という、話し込むには邪魔になる場所である。

「あ、すみません！」

「エレノアさん、あっちで話しませんか」

ギルド利用者の邪魔をしていた二人は、アランの指した簡易的な机とイスの置かれた場所に移動した。

「エレノアさんはどうしてギルドに？　たしか、探し人がいると言ってましたね」

「はい。それで、次の目的地をどうしようかと考えてまして。決め手がないのでとりあえずギルドに来てみたというだけなんですが……」

「なるほど。ということは、その探し人がどこにいるかという手がかりはないんですね？」

「はい。手がかりは、その人が黒髪に黒い目の、オガタ・ユウトという名前ということしかないんです」

「なるほど。名前がオガタ・ユウト……。ん、それって……」

「はぁ⁉　またあのお姫様は単独行動なの⁉」

アランの声を遮るように、高い声が突き刺さった。二人が声の元を辿ると、先ほどまで二人が立っていた依頼掲示板の前に、腰に手を当てた魔法使いらしき少女と、使い込まれた鎧に身を包んだ男性、そして神官の衣装に身を包んだ少女が言い争いをしていた。

「ああ、そのようだな。一応書き置きが残されていたから、進歩と言えば進歩なんだが」

「その書き置きだって『ヨーイチ様のところにいきます』って一文だけなのよ！　どこに行くか書いてなかったら意味がないって何度言えばわかるの、あのアホ姫は！」

「リリア様も成長はしておられると……」

鎧の男性がまあまあと少女を落ち着かせようとするが、魔法使いの少女の怒りは収まらないようだ。

「そもそもあんたの国の姫なのよ！　成長ったって微々たるものじゃない。そもそも勇者の言うことしか聞かないんだから！　どういう教育してきたのよ！」

「も、申し訳ない」

魔法使いの少女よりはるかに上背のある男は少女の勢いにたじたじである。

「セイラムさん、落ち着きましょう。今から言っても詮無いことです。ヨーイチ様はちゃんとご自身の行き先は告げてくださいましたし、ヨーイチ様を追いかけたということはそこにいるのでしょう」

「あのアホ姫はその追いかけている途中で迷子になる可能性が高いって言ってんのよ！　立場上ほっとくこともできないし、あーイライラする！　そもそも、あの子のせいで旅費が足りなくなって、こっちにはギルドに稼ぎに来させといて自分はのうのうと迷子なんて、そんな理不尽許さないのよ!!」

「えー、ごほん！」

「なに!?」

「なんですか!?」

「ひぇ！」

依頼掲示板の前で騒ぐ三人に、咳ばらいをした頭のつるっとした冒険者が女性二人に返り討ちに遭い、去っていく。そんな彼を気の毒そうに目だけで鎧の男性は見送った。大きな声を出して気まずくなったのか、神官の少女は軽く深呼吸する。

「はぁ。ならば、迎えに行きますか？　ヨーイチ様は遺跡に向かうと仰っていましたね」

「遺跡と言ってもこの町は遺跡の町だ。どの遺跡に向かったらいいものか……」

「もういっそほっとくべきよ。あっちは勝手にさせといて、私達は依頼を受けましょ」

神官の少女がヒートアップする魔法使いの少女に冷静に問いかける。魔法使いの少女も少し落ち着いたのか口調が冷静になり、鎧の男性がこっそり安堵の息をつくのをエレノアとアランはみた。

その後もなんやかんやと相談していた三人は、結局ギルドを出ていくことにしたようだ。アランとエレノアは顔を見合わせた。

「は、激しい方たちでしたね」

「そうですね。あれが今話題の勇者パーティーメンバーですね。優秀な方たちをそろえていたのはさすがと言うべきですかね」

「そう……なんですか？」

「あの一番怒っていらした方はセイラム・ミュゲさんですね。冒険者ランクSの優秀な魔法使いです。男性はエネルレイア皇国の騎士団団長、ハンネス・リーゲルトさん。あの神官の方は全世界に点在する神殿の中でも総本山である中央神殿で活躍されていたネリエルさんだと思います」

「ほえー、そうなんですね。アランさん、お詳しいですね」

「まあ、ハンネスさんは昔から有名ですし、あとのお二人とはお会いしたことがありますからね。どちらとも一度少しだけお会いしただけなので、僕のことは覚えていないと思いますが」

アランは内心首を傾げながら、ただひたすら感心しているエレノアを見つめた。

その時、ギルドの扉がどんと激しく開く。

「ア～ラ～ン～！！！」

「おや、ノラさん。僕に御用ですかぐぇっ！」

「てめぇ、散々探し回っただろうが！　おい、ギルドの調査依頼を断るってぇのはどういうことだあぁ⁉」

「の、ノラさん！　アランさんの首が絞まってます！　答えたくても答えられないですよ！」

そういう問題でもないんだけどな、と一瞬遠のく意識でアランは思ったが、エレノアの言葉が効いたのかノラは胸倉を掴んでいた手を離す。

「げほっ。はあ、……ノラさん、というか冒険者ギルドには申し訳ありませんが、僕には優先しないといけない用事があるんです。正直、ここでのんびりしている場合でもないんですよ。僕の心づもりとしても冒険者ギルドの依頼はできる限り優先させようと思ってますが、今抱えている案件はそれより緊急性が高いんです」

アランとしては一刻も早くこの町から出たいところだ。今持っているドラゴンの卵の親がいつ追いついてくるかもわからないうえに、様々な武具の素材としてや研究対象としても価値のある卵は、いつ誰に狙われるかもわからない。もちろんそれはアランの身の危険もあるということで、町を出る準備は念入りにしなければならないし、その準備の一つとしてギルドを訪れたのだ。

だが、ノラもノラでアランを大人しく見送れる状況でもなかった。

「今回あたしらが頼んだ依頼も緊急なんだよ！　ここ最近、世界規模で奇病が広がっている。人間が魔族になるっていうな。その奇病が流行る前には、魔物が暴走するんだ。もしかしたらこの町も同じ道を辿るかもしれない」

「それは……」

アランが顔色を変えて言葉をつづけようとしたとき、ギルドの扉が乱暴に開いた。

「ノラ様ぁぁ!!」

「なんだ一体！」

「町に……魔族が現れました！！！」

ノラは部下の報告に、ついにかと唇を噛んだ。


【第三章】

がぶり、と腕に痛みが走った。咄嗟に腕を振って張り付いている何かを振り払おうとしたが、離れない。意識が覚醒したせいで打ち付けた背中のじくじくとした痛みが存在を訴える。

「おい、起きろ」

覚えのない声が聞こえた。うっすら目を開けると、ぼんやりとオレンジの光が壁に当たって揺れるのが見える。

「死にたいなら勝手だが、そのままだと干からびるぞ」

「干か……らびる？」

ふっと腕に視線を下げる。するとそこには見たことのあるコウモリの魔物の牙が突き立てられていた。

《ステータス》
アカマダラキュウケツコウモリ（好みは社会的弱者の血）
HP　120／120
MP　65／65
LV　10

俺は飛び起きてコウモリを右手で掴んだ。しかしはがれない。

「お久しぶりだなこのコウモリ！　ついでに好みが趣味悪！　特殊すぎる！　てかそれどうやって見極めるんだよ。血の味に違いが出んのか？」

「やっと起きたか。お前、許可証を見せろ？」

「この状況の人間に訊くことがそれかよ！」

俺に呼びかけていた人物は深くフードを被っていて、どんな奴なのかさっぱりわからない。俺も人のことを言えた義理じゃないから思っちゃいけないんだろうが、見る側にまわると怪しすぎる。

あ、俺今フード脱げてて耳隠せてないな。

「なんで獣人がこんなところにいる?」

「こんなとこっていうか、ここがどこかもわかんねーんだよ！　それよりも！　コウモリをなんとかしてーんだけど!?」

「……お前、獣人じゃないな」

「え、俺の意思が伝わってねーのかな！　助けを求めたんだけどな！」

「俺の質問に答えろ」

「おい、スルー!?　てかもしかして俺人間に戻ったのか!?　いや、戻ってねーな！　あ、これ、貧血で死ぬ」

「……」

フードの男に翻弄されている。一瞬期待して頭頂部横を触ったけどやっぱりモフッとしたけもみみの感触があった。俺の期待を返せ！

俺がしつこく腕に食いつくコウモリを引きはがそうとするが、食い込んだ牙が離れることはなく、このまま引っ張れば肉を食い破られそうだ。しかも吸血されてるせいでクラクラする。

俺の意識が飛びそうになったとき、ザシュッとコウモリが氷の刃に撃ち抜かれた。

「お、おお……」

ふらつく頭を無理やりもたげて、フードの人物を見た。今、こいつが手を振ったら氷の刃が現れたのがわかったからだ。

「お前、許可証を持ってないな。盗掘者《とうくつしゃ》か？」

するりと、なにも武器を持っていない手を刃のように首元に突き付けられた。なんとなく勘が余計なことはするなと訴える。

「俺は、盗掘者じゃない。許可証も、一応発行の手続きは進んでるはずだ。俺が失念してて、まだ取りに行ってないんだよ。だけど、遺跡への立ち入りの許可はもらってる。疑うなら冒険者ギルドのノラ……さんに確認してくれ」

「ノラ……」

さらに手が強く首に押し当てられる。くそ、さらに警戒心が増してないかこれ。

「俺は世界で一番嘘が嫌いだ」

すぅっと頭が冷える感覚がした。これは、焦って慌ててる場合じゃない。

「嘘はついてない。この遺跡に用があったんだ。その道の途中でキメラに襲われた。慌てて逃げたら……緑の土管があって、そこに入ったというか、落ちて気づいたらここにいた」

聖のことは省略だ。ややこしくなるしな。

「キメラだと？」

フードの男の視線が上を向いた気がした。地上に視線をやったんだろうが、いまは石で積まれた天井があるだけだ。そういえば、フードの男の持っているカンテラでちょっとだけ周りが見えてるな。

「この遺跡に用とはなんだ」

「それは……。ちょっと調べてることがあって、その手がかりがここにあるというヒントをもらったんだよ。まあ、ダウジングっていう、信憑性はよくわからないヒントだったんだがな」

一応恩人のテルマの助言だ。確認しようという気持ちにもなるが、またなんらかの災難に巻き込まれたくさいな、これ。

「……ダウジングだと？……そのヒントをお前に言ったのは、もしかして女か？」

「は？　まあ、そうだけど」

「……」

これまでの話のどこで納得したのかはわからないが、フードの男は俺に突き付けていた手を下ろした。

「お前、許可証は発行中だと言っていたな。何色だ？」

「え、そういや何色だったんだろ。現物見てないからわかんねーな」

「自分で申請を出したんだからそれくらいわかるだろ」

「いや、知り合いが代わりにやってくれたんだよ」

「……はぁ」

なぜかバカにされたようなため息を吐かれてむっとする。いや、マジで今回はイレギュラーだったんだろうし仕方ないんだって。

と俺が内心不満を漏らしていた時、そのフードの男は突然去って行ってしまった。

「え……」

一瞬きょとんとなったが、外に出るための手がかりはあのフードの男しかいないんだ。背中と腕の痛みに顔をしかめながら、俺はあわてて追いかけた。

すたすたと先を進む男の十数歩後ろを歩く。すたすたというと簡単に進んでいるように思えるかもしれないが、この遺跡はさっきのアカマダラキュウケツコウモリ以外にも魔物がいるらしい。でっかい蛇やらサソリやらが一瞬姿を見せるが、これまた一瞬ののちに姿を消している。それはそのフードの男がいとも簡単に、真っすぐ歩みを止めることなく倒していっているからだった。あとなんかこの遺跡は映画でもあるような侵入者を阻む罠や仕掛けがあるらしく、矢などが飛んできたりもあるんだが、その男は慣れた様子で解除しながら進んでいた。

しばらく進んで、ふとその男が立ち止まる。

「……なぜついてくる」

「え、悪いけど帰り道もわからねーし、敵もいるみたいだからさ。あんたについていったほうが建設的だろ」

男は振り返った。

「遺跡の中を立ち入る許可証ならおそらく青色だろう。だったら遺跡も潜れる階層は地下三階までだ。ここは地下四階。契約違反だな。普通なら報告して罰則《ペナルティー》だが、俺が寛容なうちに上階に戻れ。数は少ないが、ここには他の探索者もいる」

黙って進んだのは見逃してくれるつもりだったかららしい。他の探索者に見つかる前に地上に出ろってことか。罰則がどんなものかわからないが、それなりに厳しいんだろうな。この町の許可制のシステムが徹底されていることからもわかる。

ということはこいつ、意外といい奴かもしれない。

「お前、いい奴だな」

「忠告はしたぞ」

フードの男は再び歩を進める。

俺は変わらずそいつを追いかける。

そもそもの話、俺はこの遺跡に用があって来たんだ。上階への戻り方もわからないしな。

とか思っているうちに少し広い場所に出る。

「あれ、あいつどこに行った？」

視界から消えたフードの男を探してキョロキョロ見渡すと、頭上からぶふぅっと臭い風が直撃した。

「くさ！　なんだ？」

顔をあげると、鋭い牙からよだれを流すドラゴンみたいなやつが俺をじっと見つめていた。

「……ドラゴンにはいい記憶がないんだが」

すぐに背を向けて走ると、俺のいた場所にガツンとドラゴンの顎が突き刺さる。

逃げ足のスキルレベルがどんどん上がる効果音を聞きながら走り回る視界の端に、フードの男がドラゴンの向こう側で次の部屋に続いているらしい穴に入るのが見えた。

こちらにはまったく注意も向けられていない。

さてはあいつ、いい奴じゃないな！

フードの男が去ったせいで明かりもなくなってしまった。

「魔導書！　これでいけるか⁉　フレア（極小）！　またこれかよぉ！」

俺が魔導書を呼べば、ふわりとそれは俺のカバンから出てきて俺の手に収まる。とりあえず視界を確保する魔法を意識すればページが開かれ、その名を叫んだ。ぼんやりとした光が浮かび上がる。

さっきあのフードが入っていった先の入り口は小さい。あそこまでいけばこのティラノサウルスっぽい大きさのドラゴンは通れずに俺は助かるはずだ。

俺は走りながらすり抜けようとがんばるが、相手も俺の前に回り込んでくる。

俺は今更ながら横目で表示されるドラゴンのステータス画面を見た。

ワームドラゴン（ドラゴンってついてるけどドラゴンとは違う種族）
HP　4000／4000
MP　775／775
LV　50

「おおう、ドラゴンじゃないのな！　そしてイメージはジュラシックパーク！」

行ったことねーけど！

回り込んでくるなら正面突破と、ワームドラゴンの足の間をスライディングしてすり抜け、そのままの勢いで小さな入り口に滑り込む。

俺を追って頭を自分の足の下に突っ込んだワームドラゴンは、本人も予想外であっただろうでんぐり返りをしたあと口だけでもと突っ込んできた。だが、入り口の石枠に阻まれ、俺のギリギリで止まる。何とも言えない生臭い息が全身にぶつけられたが、俺はさらに押し進んでこないかを気にしながらその先の通路に足を進めた。

「よくよく考えるとこの魔法って火だよな」

俺の隣で火の玉のごとく浮かんでいる火は、魔法で作られたものとはいえ酸素は燃やしているだろう。

「ここ、通気口とかあるんだよな？　燃やしてたら窒息とかないよな」

一度考えると悪い考えは振り払えない。てなわけで、魔導書を見て違う魔法を唱えてみた。

「ルーメン（極小）」

ふわりとLEDっぽい白い光が浮き上がり、俺の前を照らす。俺の薬指の先から血液がその白い光に流れ込んでいる気がする。でもケガをして血が流れた時のような熱が流れたり集まっている感じはしないから、不思議な感覚だった。

「この魔導書もだけど、浮いててくれるのは便利だよな」

ずっと持っていなくていいのはすごく楽だ。

呪いの元凶？　と思えば持っていたくはないし、置いてきてもいつの間にかカバンの中に戻ってくるのは困るが、便利なアイテムと割り切れば嫌いきれもしない。

複雑だが、離せないのならこのままの気持ちでいい気もする。

「正直、今の状態だとこの魔導書が心強かったりするしな」

クロワのおっさんにもらった仕込み刀は一応マントの下に背負っているが、意外とこの遺跡の中は天井が高かったり低かったり、横幅が広かったり狭かったりと差がある。となると俺の力量で刀を振れば壁にぶつかって振り切れなさそうという事情がある。実は傘を背負ってたことで、最初に地面にぶつかったときはより痛かったという事情があるんだが、それでも両手は開けておきたいし、刀を抜くのも避けたいとなると背負うのが一番合理的だろうという結論に落ち着いてそのままだ。

となると、呪文を唱えれば攻撃できる魔法が一番今のところ使い勝手がよく、魔導書があれば何の魔法を使ったらいいのか迷いにくい。

今のところ必要に迫られないと魔導書が魔法を導きだしてくれることは少ないし、魔導書が選び出した魔法でないと使い方がわからないので、完全に頼り切りになるわけにもいかないものではある。

とりあえず魔導書は構えたまま狭くなった通路を進んでいくと、通路の奥から早足でフードの男が戻って来た。

「え、どうした?」

俺が困惑しているとフードの男は俺に構うことなく通り過ぎ、元来た道を戻っていく。

「おい、ちょっ待てよ！」

イケメン俳優のセリフを真似たわけでもないが、この状況打破の手がかりを逃がすわけにはいかない。

フードの男を追いかけた俺は、さっきのワームドラゴンがいる少し開けた部屋でフードがかみついてくるワームドラゴンを片手で投げ飛ばし、電撃の魔法で黒焦げにするところを見た。そのまま先に進むフードの男だが、俺は思う。

「やっぱりさっき俺をおとりに先に進みやがったな！」

そんなに簡単に倒せるならさっき倒せばよかったんじゃないかよ？

そんな文句もあのフードの男には届いているわけもなく、行きは怖くて帰りがよいよい♪　というあべこべを進んでいく。

時折魔物には出会うが必死にフードの男についていった。階段をのぼったり下りたり、はしごをのぼったり下りたりちょっと大変ではあった。

でも、途中で遭遇した魔物がさ。

クリボッチ（寂しくないよ）
ＨＰ　４００／４００
ＭＰ　20／20
ＬＶ　15

っていう、三角のキノコに靴履かせたような魔物がいたり、

ノシノシ（手を振ってるわけじゃないよ）
HP　400／400
MP　20／20
LV　20

っていう後ろ二本足で立つ亀がいたりしたわけだが、これ大丈夫なんだろうか。何に対してとかわかんないけど、なんか誰かに怒られたりしないだろうか。緑の土管を見てしまったためにちょっと連想してしまって不安が過る。

まあ、キノコの顔は下がり眉だったり、亀は後ろ足で立ってるけど前足は小さな荷を運ぶ車を押してたりと、ちょっと不思議な奴らではあったんだけれども。

その内赤い帽子の配管工とか緑の帽子の弟とか出たりしないよな。

そんな風に思考が脱線しかかったときに、フードの男が立ち止まっているところが見えた。

よくよく見るとフードの男の周りには数人の男女が集まっている。

彼らは全員壁を叩いたり触ったりしているようだ。

「ここが出口で間違いないよな」

「ああ、そのはずだ。マッピングでも合っている。だが、出口が消えた」

「そんなぁ……」

フードの男以外の男女が困惑を露わにしていた。

「……離れていろ」

一通り壁を調べ終わったのか、フードの男が周囲に指示を出す。その他の男女はその指示通りに少し下がった。

俺の立ち位置はあの男女よりも離れている。大丈夫だよな。

「古より使われし神の雷。エクリエール！」

ドカンと雷撃の音がして、砂埃が立つ。それが収まれば壁に穴が開いているだろうと思ったが、壁は無傷だった。

「え、これでも開かないの⁉」

その場の動揺はさらに増したようだった。


「え、なんでこんなとこに獣人がいるの」

という会話からはじまり、また俺が人間だと主張したり、許可証がどうのという説明をしたりして時間を割いた結果。俺が把握したのは、ここが俺の目的地だったラスという名の遺跡であることだった。俺が最初に会ったフードの男と、いつの間にか増えていた五人組は知り合いではないらしく、五人組はこの遺跡を探索に来た冒険者パーティーだった。パーティーのリーダー、剣士のタリスを筆頭に、魔法使いのカーソス、治癒師のイザベラ、解除師《リリーサー》のノル、戦士のバッカスとそれぞれ名乗った。

俺が人間であることの証明はできないが、そういう呪いはあり得るというカーソスの言葉で、とりあえずこの場は落ち着く。

「似たような恰好してるからあいつのツレかと思ったのに、そっちも知らねーのか」

「さっき会ったばかりだからな」

あのフードの男に親指を向けるタリスに、俺は肩をすくめる。

「まあ、金緑の許可証を持ってたから身元はしっかりしているはずだけどな」

「へえ、そんなに信頼性が高いのか？」

「銅だったらともかく、金は身元がしっかりしてないと発行されねーんだよ。しかも許可された人間以外は持てないようになってるしな」

「へえ、持てねーんだ」

「それに、遺跡の入り口でもギルド職員が中に入れるやつかどうか検査してる。抜け道とかがない限り、許可証のない奴は入れないはずだしな」

ギルド職員が遺跡に出入りする人間を監視しているということか。

うーん、あの土管が抜け道ってことになるんだろうか、俺の場合。

フードの男はかたくなに名乗らず、許可証を見せるだけでこの場を押し切ったようだ。ある意味すごく、訳ありってことも臭わせていることになる。

俺がフードの男を見ていると、遺跡の上階へ戻る入り口があったらしい壁をひとしきり触ったり、魔法をぶつけたりしてもなにもなかったことでしきりに考え込んでいた。すると、壁に手のひらをかざし、すいっと滑らせる。すると、ホログラムのような魔法陣が現れ、それをじっくりと見つめ始めた。

あれは確か、『解析』と呼ばれるものだ。それもスキルなので、できる奴とできない奴がいるはず。俺もできるが、魔法陣を浮かび上がらせたところで読み解けないのが難点なんだが。

フードの男が浮かび上がる魔法陣を見つめたあと、何度かそれに触れていた。まるでタッチパネルを操作するように、陣の中が入れ替えられたりしているのが遠目で見える。ひとしきりいじくりまわしたあと、男はつ、と俺の後ろの廊下を指さした。

「?」

「進むしかないか」

その場の全員が疑問符を浮かべているのに、フードの男はそう呟きを落としてなんの説明もなく指さしたほうへ歩き出す。

「お、おい！　なにかわかったなら教えてくれよ！」

タリスが追いすがるが、フードの男はなにも答えずずんずんと進んでいく。リーダーがついて行ってしまうのだから、他のメンバーもそれにつづくことになり、俺もそれを追いかけることになる。

俺は彼らを追いかけながら先ほどのフードの男の行動を思い出す。そういえば、魔法陣自体ではなく、魔法陣に繋がる二本の線のようなものがうっすらと伸びていた。その線の方向をフードの男は指していた気がする。

それと、上階に上る階段があったという場所が消えて壁になってしまったということについて、考えられるのはあいつらの記憶違いか、解析スキルをつかったことから考えるとなんらかの魔法が関わっているかだ。

俺は前の連中を見失わないギリギリの距離を保ちながら、カバンからしばらく奥に詰め込んでいた白紙を取り出す。

それは、ブルイヤール教会で手に入れた、かつての勇者が作ったと記録されている、勇者の遺物である［繋がりの地図］だ。教会に置いてきたはずが、これも魔導書と共にやってきていた。

この地図、しばらく旅をしている間に何度か広げて確認してみたのだが、俺が通った場所を記録しているようだった。つい先日までいた海底でも活躍した地図だ。

この地図を見ると、確かに先ほどいた場所に階段の表記がされている。魔法をぶつけても壁が壊れなかったところをみると、なんらかの魔法的要素で道が塞がれたと考えていいんじゃないだろうか。

と、考えていたところでその話題が聞こえてきた。

「さっき魔法をぶつけても壁が壊れなかったでしょ。てことはあの壁は何らかの結界魔法が使われてるんだと思うんですよ。だからその魔法の仕掛けを今辿ってるんじゃないかな？　あの壁周辺には僕の勘が働くような場所もなかったし。仕掛けを解除するには元をどうにかしないといけないでしょうね」

「そういうことかよ」

散々文句を言いながらもなにも答えてもらえずに憤慨していたタリスに、解除師のノルが推測を話す。

そういや解除師って初めて聞いたなと思えば、魔導書がふわりと開いた。

『解除師《リリーサー》……ダンジョンやラビリントスの中の仕掛けや罠を見抜き解除する職業。鍵開けなどもするため、その技能はシーフに類似するが、犯罪者と区別するため解除師《リリーサー》と呼ばれる』

なるほど。だからフードの男の行動がわかったってことか。

フードの男は地図も見ていないのに、先ほど俺達が出会った場所も通り過ぎて進んでいく。もしかしたら、道を全部覚えているのかもしれない。

そしてフードの男が最初に引き返したところまであっという間に着いてしまった。あっという間っていうのはほんとにあっという間だ。道中には魔物もそれなりに出てきたし、通路に罠とかだってあったのに、フードの男はあっさり回避して進んでいく。逆に俺達は追いかけるのも結構大変だった。なにせあいつは自分の後ろの俺達を気にして進んでいるわけではないから、魔物も自分の処理だけ済ませてあとは放置、後ろの俺達はそれらを倒さなくちゃいけないし、罠だってあの男が対処した以外の残り弾はしっかりとあるわけで、それはノルの助言がなければきつかっただろう。まあ、俺はその冒険者のパーティー達のおかげで楽に追いかけられたと言っても過言ではなかったのだが。

とはいえ結果的にフードの男が道筋を切り開いていることには変わりなく、あいつについていくとものすごくスムーズに進めたのは間違いない。人間追い込まれればこれだけ迅速に動けるんだなと、のんきな感想を抱いた。

そんな中辿り着いた場所は行き止まりだった。今までと同じような壁に囲まれた部屋で、何もない。壁の出っ張りであるとか、そういったものも一切ないシンプルな小部屋のような空間だった。

「ここは……」

ノルがなにかを探すように、部屋中に視線を走らせる。壁に近づき、手を当てたり叩いたりして調べ始めた。

「おい、ノル？」

「この部屋、なにかありそうな気がするんです！」

と、壁の際や天井を見上げたりしているうちに、ノルが壁際のなにか引きずった跡をみつけた。

「ここ！」

とノルが声を上げ、壁を触りだす。

「その壁を一度押し込んで手を放せ」

「えっ？」

フードの男が珍しく会話らしい声を発したことにもびっくりだが、その内容にも驚く。それは、そこになにがあるのかを知っている口ぶりだったからだ。

ノルは、フードの男の言葉通り引きずった跡のある床に接する壁を一度押すと、それは手前に押し返され、長方形に切り取られた壁が外れて空洞が現れた。

人一人が通れるような空間は下に掘り下げられているようで、ここからさらに下に探索できることを示していた。

「ちょっと待て、この遺跡で確認されている階層も地下四階までだったよな。俺達が今いる階もそれくらいじゃなかったか?」

「その通りです。ちゃんと進路は僕が記録していますから、今いる階層が、いままでこの遺跡を探索して判明している最下部です」

「だがこの穴はさらに下に繋がっている。つまりここから先は誰も行ったことがない。未知のエリアっていうことは、これは大発見なんじゃないか⁉」

タリスがノルのもつ手製の地図を覗き込みながら歓声を上げる。

「すごいわ! これは大きな成果よ! すぐにギルドに連絡してって……上の階に戻れなかったのよね」

「報告なしに進むのは危険ですしね」

「皆さんの期待を裏切って申し訳ないですが、ここを最初に見つけたのは僕ではありません。その人です」

「は? ノルがここを見つけたんじゃねーかよ」

バッカスが首を傾げるが、ノルはフードの男を指して拳をぎゅっと握り、冷静に返す。

「さっきのは明らかにこの隠し扉に気づいている口ぶりでした。たぶん一度ここに来ていて見つけたんじゃないかな。ここに来るまでの道にも迷いが無かったし」

俺はノルの推測を聞きながら、そういえばフードの男はこの部屋に辿り着いてそうだったのにすぐ引き返して来てたな、と思い出す。つまりはこの隠し扉を見つけて、ギルドに報告しようとしてたってことっぽいな。未知のエリアを見つけたら報告する義務とかあるんだろう。イザベラもそういうこと言っていたし。

なんとなく雰囲気が重くなる。この場の会話的に、恐らく探索して未知のエリアを最初に発見するのは大きな手柄なんだろう。自分達が最初の発見者だ！　と思ったらすでに見つけられていたというのは、まあ確かにショックかもしれない。期待が大きいほどそれがなくなるとより落ち込むしなぁ。

そんな冒険者パーティーを歯牙にもかけず、フードの男はこちらに背を向けて再び解析スキルを発動していた。

相変わらず内容はわからないが、先ほど見えていた二つの線が明らかにまだ先に続いているのは見える。方向は違うものの、たぶんこの穴の下に下りないとその線の先は辿れなさそうだ。

「やはり、先に進むしかないな」

フードの男は魔法陣を消してそう言った。

「あなたが辿っている、結界魔法らしきものの元はもっと先ということですか？」

「そうだ。出られない以上、進むしかない」

カーソスは問うたものの、まともに返答されるとは思っていなかったので会話が成立したことに驚く。

「……助けが来る可能性は？」

「あると思うならじっとしていろ。無駄に体力を減らして死を早めたくなかったらな」

「可能性は低いということですね」

その場の人間の全てが、暗闇に通じる穴に向かう。

「じゃあ、ここを下りるしかないのか」

その場の人間の誰もが、一番安全な方法は何かと考えただろう。

「ねえあなた。本当に人間なのよね？」

「……ああ」

イザベラはなぜか念を押すように俺に聞いた。その目は、その意図を語る。

あの目は、差別の目だ。劣ったものを見る目だ。それが当然のことと思っている傲慢《ごうまん》の目だ。

おそらく俺に本当に人間かと聞いたのは、俺が獣人であればこの未知のエリアの探索を先に行かせようと思っていたんだろう。たしかに安全を確かめるには、誰か一人がこの下に下りるのが、全体の生存率を上げる。そう考えたのは問題ない。問題なのは、誰がこの下に下りるのかを決めるうえでの判断で、獣人であるかそうでないかを基準にしたことが問題だと、俺は思う。

獣人、つまり奴隷である。

奴隷という言葉は日本ではあまり浸透していない。二次元の作品などでは出てくるが、身近なところにはないだろう。一番その言葉が流れてくるのは、ニュースだと思う。クラスメートの持ち寄るゲームやアニメ情報を聞く以外、あまり二次元に触れていない俺からすると、奴隷と言われて連想するのはそれだ。

たとえばアメリカの黒人問題とか。何年かに一度、白人が黒人を害したというニュースが流れてくる。昔、敏和さんとそのニュースをみた時の会話が思い出される。

夏の暑い日だった。敏和さんはラフな白いシャツを着て、扇風機にあたりながらもうちわを片手に扇いで、俺と二人でテレビの前に座ってそのニュースを見ていた。

それは、アメリカのどこかの州でデモに参加していた黒人の男性を取り押さえた白人の警察官が、彼を押さえつけすぎて窒息死させてしまったという事件だった。

「またか」

ぽつりとそう敏和さんはこぼした。俺が敏和さんを見上げると、敏和さんは視線を落とすことなく、しかし目元は悲しそうに俺の名前を呼んだ。

「なあ、優人。またこんな事件が起きてしまったなぁ」

「……またなの？」

「そうだ。時々このニュースが流れてくる。この死んでしまった男性は、息ができないとちゃんと訴えていたのにな。それでも止まらなかったのか……。違う国の出来事だから、日本まで聞こえてくるのは相当の事件だからだろうが、実際はもっとたくさんこんな事件が向こうでは起きてるんだろうな」

「ふーん」

その時の俺にはその事件がどういう意味を持つのかわからなかった。まだ世界史もやってない小学生だったしな。でも、敏和さんが心を痛めているのはわかって、たぶんこれは大切な問題なんだな、と記憶に残った出来事だった。

今ならわかる気がする。敏和さんがその事件を気にかけた理由。

あの時のニュースで問題だったのは、［取り押さえた側］で圧倒的優位だったにも拘わらず、［取り押さえられた］男性の息ができないと訴えた言葉が、警察官のその手を止めたり、緩めるストッパーにならなかったことだったんだ。

なぜ、その手を止められなかったのか。

たくさんの人達によるデモの混乱で、警察官も傷つけられる恐れがあって、過剰防衛だった？違う。相手は非武装の無抵抗で、しかも犯罪者の対処でそういうことには慣れた警察官が押さえつける側だ。そんなの恐怖の天秤は圧倒的に亡くなった男性のほうに傾いていただろう。にも拘わらず手が止まらなかったのは、心の、意識に根付いた部分で、そいつにはやりすぎてもいい、手心を加える必要のない、自分と同等でない、というものがあったからではないのか。

そういう意識が差別だ。

シンデレラが継母にいじめられたとき、二人の姉達もシンデレラに対して辛くあたったのは、継母がいじめるのが［普通］だったからだ。それが当然のこととしてまかり通っていたから、シンデレラは二人の姉からも差別された。

そしてその差別がなくならなかったのは、そのほうが都合がよかったからだ。面倒くさい家事を押し付ける理由。なんでも命令していい理由。重労働をさせてもそれに対する対価を払わなくていい理由。差別はする側にはとても都合のよいものだろう。

獣人は、それと同じ目に遭っている。

今回俺がもし本当に獣人であれば、危険な役目は常に俺が押し付けられていただろう。ルインの町を通るときに見かけた、遺跡を掘る重労働をさせられていた獣人達と同じように。そして彼らにはそれを断る術はないのだ。なぜなら、獣人には全て刻まれるという奴隷印は、ただ奴隷ということを見分けるためにつけられているものではないからだ。ブルイヤール教会にいる間にアランから教えてもらったことだが、奴隷印とは魔法陣であるらしい。だからそれを刻まれると魔法的に拘束され、奴隷たちは否応なく主人に逆らえなくなる。

魔法の効力とはいえ、完全に逆らえないというのは経験したことがないから実感や想像も及ばないが、それが差別という話になるとそんな遠い話ではなくなる。

俺達の周り（日本）は未だに差別に取り巻かれている。

子供は弱者だ。力では圧倒的に大人にかなわない。だから生まれた場所の運が悪ければ暴力をふるわれることもある。

学校内のいじめもそうだ。

部落差別もまだ根強くある。

女性に対する意識も、最近は変革を多く叫ばれているが、まだまだ進まず問題点も多い。

差別は手を替え品を替え、俺達に襲い掛かる。

そういう意識があったから、ノラも俺にかなりキツイ扱いになったんだろう。だから許可証の発行だったりに動いてくれるようになったのを不思議に思っていた。いくらアランが頼んでもそんなにスイスイ動いてくれるような態度じゃなかったからな。たぶん俺が人間であるという話が出たからだったんだろう。

あのニュースを見ていた時、敏和さんが俺の頭を撫でて言った。

「人間てのは賢いように見せかけてバカなとこがあってな。一度染みついたものはとれないんだよ。猫に育てられた子狼を野生に戻したらちゃんと狼に戻ったのに、狼に育てられた人間を人間の社会に戻しても戻らないんだ。それだけ一度人間の中に取り込まれた情報は消せない。だから、まだ真っ白な子供達に託していくしかない。命を繋ぐっていう代謝が俺達にはある。だからこそ、俺もお前に見せる姿はちゃんとしてないとな」

その言葉通り、敏和さんや美都子さんは俺の空虚で壊れたガラクタのように軋む心《うつわ》に愛情を注いでくれた。大事なことを教えてくれた。

生まれは選べない。俺はそれをよく知っている。俺は運よく敏和さん達のもとに来られたが、未だ俺の心に染みついているものはとれていない。俺の心はひび割れているから、注がれた愛情も漏れ出ていく。留めておけない。それでも、そんな器でも、底にはほんの少しそれが残っていて、俺はそれを大事にしたいと思っている。二人が望んでくれたように俺は生きたい。少しでもあの人達に返したい。

改めて俺は自分の帰る目的を認識する。俺は、俺の家族のもとへ帰る。

だったらこんなとこでぐずぐずしている暇はない。

「俺が下に下りる」

「え」

俺はカバンからロープを用意しながらそう言った。

「いいのか？」

「誰かが行かないといけないだろ」

「そうか」

タリスがほっと安堵した気配を感じる。

俺達のやり取りを聞いていたフードの男が、ふんっと鼻を鳴らした。

「そいつ素人だぞ。冒険者が危険な先行を素人にさせていいのか？」

お前らプロだろ、という嘲《あざけ》りを含んだ声音で、一気にタリス達は怒りで顔が赤くなる。

「そんなわけないだろ！　なんだよ、素人なら先に言えよ！」

タリスは自分達の持ってきたロープを準備する。柱のようなロープを固定する場所がないので、仕方ないが石の床に金属の杭を打ち付け、そこにロープを結ぶ。

「ほら、お前ら行くぞ！」

「一人で行かせようとして自分達は三人か」

ぼそりと落とされた言葉は三人に届くことなく溶ける。

イザベラとノルは杭が外れないよう見張りも兼ねて押さえていた。

そういえばと俺は思う。このフードの男は俺に対して態度は変わらない。フードを深く被っているから顔は見えないが、それこそ差別は感じない。まあ、差別はなくても最初からひどい扱いだっただけかもしれないが。

タリス達は柱に括り付けたロープを掴み、下りていった。

閉じ込められて外に出られないっていう不安は恐怖に繋がる。だからあえて考えないようにすれば、歴史があるらしい遺跡の未知の部分に足を踏み入れるのは少しわくわくすることじゃないだろうか。もしかしたら、この先に本当に貴重な宝があるかもしれない。

そんな興奮が一欠片ほどあったことは確かだ。タリス達が下りて、俺達が下りるのも問題ないという声が届いた時から、ロープを伝って地に足をつけるまではそう思っていた。

だが、いざ下りて目の前に広がっていたものを見た時、俺はどう感情を処理したらいいのかわからなかった。

目の前に広がるのはものすごく広い空間だった。しかも地下にいるというのに、どういう原理かライトがたくさん設置されているために眩しいほどだった。

ゴォォっとレールを滑る音、明るい音なのに短調の曲、カラフルな色。

ライトに照らされて浮かび上がったのは、ジェットコースター、観覧車、コーヒーカップやメリーゴーランド。

そう、これはつまり、遊園地だった。

「……いや、なんで？」

思わずそんな言葉が口から出る。俺以外の人間達は、これはなんだ？　という表情だった。その中でもフードの男は臆した様子もなくスタスタと進む。

「お、おい」

タリス達もフードの男に続く。

うーん。なんか、すっかりあのフードの男に頼り切りになってるような気がするんだが。

俺も俺で追いかけると、タリス達はキョロキョロと遊園地の中を見まわしていた。チケット売り場みたいな入り口はなく、いきなりメリーゴーランドがある。左手にはゴーカートがあり、無人のまま小さな車が動き回っていてシュールだ。

「これは、もしかしたら古代技術による仕掛けじゃないのか？」

「こんなの初めて見るし、これも大発見なんじゃないの⁉」

そんな興奮する冒険者達は方々に散らばっていき、いつの間にかフードの男も消えていた。ぽつんと残された俺は、客がいないのに動き続ける遊園地に不気味さを覚えながら足を進めた。

歩けば歩くほど、遊園地と言えばと思いつくアトラクションを通りすぎていく。なんなら中身のない着ぐるみが風船を配る姿勢で固まっていたり、白い機械人形のようなものが動いているのは見かけたが、今のところ俺自身に対するアクションはない。十五分ほどここは一体何なのか考えつつ歩いて、歩いているだけでは進まないと結論付けた。

「ふぅ」

ぐぅう。

一度目を閉じて深呼吸をすると、自分の物でない空腹を訴える音が耳に届く。

振り返ると、そこには腹を押さえたバッカスと、苦笑しているタリスがいた。

そういえば、俺もこの遺跡の中に入ってかなりの時間歩き回っている。腹が鳴るほどではないが、空腹に近い状態だ。

「腹ごしらえするか？　とはいえ、いつここから出られるかわからないから、手持ちの食材も節約しないといけないが」

「むむ……。そうだな。イザベラ達を探すか」

そう言って立ち去っていく。

俺は肩から下げるカバンの中身を思い出す。

あー、食料なぁ……。そういや、食べられるものってあんま持ってねーな。船で活躍した油とか、いくつかの薬草、調味料は持っているが、それ以外はない。どうしたものか。

俺は一瞬考えたあと、魔導書を呼び出した。呼ぶと言っても手を空にかざすだけで魔導書はどこにあっても俺の前にふわふわ浮いたまま姿を現す。

魔導書の内容を見ながら、俺はこれまで通って来た道に思い当たるものがあり、歩き出した。

遊園地の端につくと、そこはゴツゴツとした岩壁だ。どころどころ立方体の石が積みあがっているところもあるが、基本的には洞窟のなかの巨大な空洞のような風情だった。俺達はどうやら外には出られないようだが、逆に地上から地下に割り込んでいる物は存在する。岩壁の割れ目から伸びる木の根っこを、俺は撫でた。魔導書にこの木がパイレの木であると、表示される。魔導書からの知識と、自動的に現れるウィンドウ画面からの情報を重ねて、俺の記憶を絡めると、うん、なんとかなりそうな気がする。

そんなこんなでぐるりとこの遊園地の外周を歩いた後、中心部へ戻る途中に甘く香ばしいにおいが鼻をかすめた。

「……。このにおいって……」

香りの導くまま歩を進めると、有名なテーマパークである夢の国で、園内のいくつかの場所である、手押し車のような形のガラスケースの中で上から降り落ちる白い塊。あれはポップコーンだ。甘いにおいの正体は、キャラメルだろう。手押し車の会計を行う台の前には、そこだけ雰囲気の違う白いボディの人形が立っている。

そのにおいに誘われてだろうか、タリス達がポップコーンの周りでうろうろしていた。

「すっごい美味しそうなにおいなんだけど、これって食べていいのかしら？　というか、食べ物なの？」

「わからないが、空腹には効くにおいだよなこれ」

「……干し肉もビスケットも干し野菜も味は慣れたが、飽きた」

「しかしこれが食べ物だとしたら、こんな場所で調理されたようなものを口に入れるのは危険でしょう。いったん持ち帰って調べてからのほうがいいのでは……」

俺もこんなところで急に現れたポップコーンは、食べるのは危険だと思うなぁ。

「……」

俺は彼らから少し離れた場所で、持ち歩いていた木くずに油をかけ、火打石で火を起こした。地下空間だが、空気はたぶん十分あると思う。今のところ魔物のような敵には遭遇していないが、火を焚けば寄ってくるかもしれない。だから、あいつらが近くにいるほうがいざという時に安心だろう。

油のおかげで勢いがついた火にすかさず、食べ物以外用にもとっておいた木の根っこをくべる。

あんまり水分を含んでいないようだったし、うまく火が安定する。

その上に鉄鍋を置き、火にくべたものとは別の木の根っこを、おっさんからもらった包丁で叩く。そしてそれにベルーの実を絞った油をかけて、イカを調理する要領で端を引っ張るとずるんと木の皮がむける。中から出てきたのはアロエの中身のようなプルンとした根っこだ。まあ、こういうゼリーっぽくなったのは油を吸わせたからなんだけどな。

そしてその拳ほどの太さのある根を輪切りにし、格子状に刃を入れる。

柔らかくなった木の根っこを鉄鍋で焼いていく。じゅわじゅわと焼ける木の根っこはプルンとした見た目から変わり、焦げ目がつくとキュッと縮む。

それに塩を混ぜた、これまた岩にこびりついていた苔《こけ》をソースのようにしてかけると、なんちゃってホタテ貝柱の醤油焼きの完成だ。

一口ほうりこむと、うん、ちゃんとホタテっぽい。程よい弾力と、あのホタテの一本一本の繊維も似ている。ソースによって磯の香りもするから、普通においしい。ついでに言うなら醤油っぽい味が懐かしい。

この世界に来る前はエリンギをホタテに見立てて、なんちゃってホタテのソテー的なものを作っていたから、それの応用みたいなものだな。苔のソースは醤油ではないんだが、このマリーノ苔は陸地で生えるのにすり潰すと磯の香りがして、塩を混ぜると醤油っぽい味になる。

盛り付ければホタテにグリーンソースをかけているように見えるものの、味は醤油という見た目と味が違う感じだが、食材のない中でこれは会心の出来なのではないだろうか。

俺がうまうまと食べていると、視線を感じた。

「「「……」」」

「なんだよ」

「いや、うまそうだなと思って……」

痛いくらい注がれていた視線の主はタリス達だった。俺のホタテの貝柱の醤油焼きに彼らの目はくぎ付けで、ごくりと唾を飲み込んでいる。

「……。あんたらも食べるか？」

「いいのか⁉」

こんだけ見つめられると食べにくい。

タリス達にも木の根っこを用意しようとして、俺は少し警戒を覚えた。

「これはあんたらにもやるけど、その代わりあんたらの食料もくれよ」

木の根っこ自体はここで調達したものだが、調味料や道具は俺のものだ。いつ出られるかはわからない状態で、人に分けられる余裕があるわけではない。それにこいつらも最初食事の話をしていた時俺も近くにいたのにあえて無視したのは、あいつらも俺に分ける余裕はなかったからだろう。

この状況でこちらが差し出すだけなのは、あまりよろしくない。

「おお、いいぞ。だが、俺達のは干した硬いやつばっかりだけどそれでもいいか？」

「それでもやりようはある。何を持ってる？」

タリス達が干し肉と干し野菜とビスケットをだしたので、それぞれ少しずつもらった。

俺作のなんちゃってホタテの貝柱の醤油焼きは好評で、彼らはあっという間に平らげてしまった。まあこの状況で温かい、しかも料理と呼べるものを食べられることは普通ないだろうし、いたく感動していたのもわからないではない。久しぶりに乾燥食以外の物を食べた！　と興奮して叫んでいたのも聞いたし、まあ喜んでもらえたようだ。それならそれで嬉しい気持ちはある。

腹ごしらえを終えたところで、再びそれぞれ探索にむかった。

地下空間の遊園地をぐるりと周れば、やっぱりここは普通の遊園地にしか思えない。様々なアトラクションがあり、所々に休憩のためのベンチがあり、出店やレストランがある。こんな異世界で【俺にとっての普通の遊園地】があることが違和感なわけだが、逆にこれがあることの理由に思い当たる節がある。もしかしたら歴代の勇者がこの場所に関わっている可能性だ。だとしたら、俺の帰るためのヒントがあるかもしれない。

そういえば俺の知る遊園地とは少し違う部分が一つあった。

それは、てててて、と今も俺の前を横切る白いコケシみたいな形のロボット。例えるなら昔から人気のたしか『星間戦争』ってアメリカ映画に出てくる背の高い人型ロボットと低いロボットの低いほうみたいな形のロボットだ。それと、五歳児くらいの形をした人型ロボットがちょいちょい遊園地内を移動しているのを見かける。特にこちらを襲ってくる様子もなく、どちらかというとアトラクションを維持管理しているように見える。人ではなくロボットがそれを担っていることが、俺の知る遊園地とは違う部分だった。

そもそも今まで旅した中で、この世界の技術というのは魔法で支えられているようなものばかりだった。だからこういう機械のようなものを見るのは初めてだ。

歩けば歩くほど、来園者がいない遊園地が動いていることの虚しさのようなものを感じる。しかもここは遺跡の中だ。この遊園地が遺跡とともに造られたものかはわからないが、遺跡の下にあるなら遺跡が作られるより前とかにあったんじゃなかろうか。だとすればかなり昔に造られた遊園地がこうも錆びたり朽ちることなく保たれているというのは、恐らくあのロボット達のおかげなんだろうが、そこまでしてこの遊園地を動かしているのはなんのためなのだろうか。

ただ歩いていて考えていても埒が明かない。

とりあえずどこかアトラクションに入ってみるか、と思ったときに一番近くにあったアトラクションの看板には、『マイナス二十℃の世界迷路』とあった。

中に入ると、寒いわけではなくペンギンとかが壁に描かれた迷路が続いていた。青と白で彩られた壁に囲まれた迷路をぐるぐると歩いていると、突然むわりと鉄の臭いが鼻に届く。ふっと下をみると、血を流して倒れている男がいた。

「！」

俺が駆け寄ろうとしたところで、背後から人の気配がする。

「え、バッカス⁉」

「きゃー！」

いつの間にか後ろにいたイザベラとカーソスが声を上げていた。

目の前に倒れている人間と叫びで一瞬動揺しかけるが、いつの間にやら浮かんでいた魔導書が俺の頭に一発かます。

「いった！　いきなり何なんだ！」

角では無かったがそれなりの厚さのある本にしばかれるのはなかなかの衝撃だ。だが魔導書は血を流している人間を見ろとでも言うように揺れている。

そしてそれは確かに魔導書の言う通りだ。本当にそう言ってるかは知らないが、早く手当てをしなければ。

俺はうつぶせに倒れているバッカスの全身をさっと見た。血は、首から流れていた。これはヤバいんじゃないか、と予感が走ったが無理やり押さえつけ、声をかける。

「おい、おいしっかりしろ！」

軽くゆすっても反応はない。腕をとって脈を確かめても、皮膚の下に動きはなく彼が事切れていることを伝えるのみだった。

「……死んでる」

「!!」

俺は立ち上がって首を左右に振った。

「ダメ、ダメよ！　何突っ立ってんのよカーソス！　早く治癒術をかけて！」

「イザベラ……」

イザベラはバッカスを仰向けにして、心臓マッサージをはじめる。

「お願い！　目を開けて！　タリス！　タリスー！　魔法薬を持ってきてよー!!」

イザベラの声は大きく響いたが、バッカスが目を開けることはなかった。

その後バタバタとタリスとノル、そして一人で行動していたはずのフードの男も現れた。三人共同じように現れたということはどこかで合流していたのかもしれない。

「いったいなにがあったんだ。さっきまでちゃんと一緒にいて、しゃべってたのに！」

タリスが地に横たわる仲間の元へ駆け寄り涙を流す。

「傷の形から、刃物のようなもので切られたように見受けられますね。争ったような傷痕もないですし、魔物に襲われたというのは可能性が低いかと思うのですが……」

「じゃあ、誰か魔物以外のものに襲われたということですか⁉」

ノルは周囲を見まわした。もしかしたら、自分達以外にもなにか得体の知れないものがいるかもしれない。

「わかりません。でも私たちはここまで歩いていて、私達以外のものは見ていません。動いているものといえば、あの白い人形のようなものでしょうが、襲ってくるようにも見えませんし、隠しているだけかもしれません。あるいは、私たちの誰かが……」

「そんなのあり得ない！　俺達は仲間だぞ！　そりゃオレオレ詐欺やったり引っかかったり、だまされたり借金を負わされたりしてたし、迷惑もかけられたけど、それを許せるくらい気のいい奴だったし、ここまで一緒にやってきた仲間じゃないか！」

「それは……確かにそうですが……」

オレオレ詐欺やったり……？

そこまで静かに見守っていた俺も、ちょっと思った言葉を呑み込むくらいの空気は読める。

「それに俺達は基本、二人か三人一組で行動してただろ？」

「じゃあ、なんでバッカスさんは一人でこんなことに。イザベラさん達と行動してましたよね？」

「そう、私とカーソスと、バッカスと行動してたわ。でも途中で、用を足したいっていうから離れて……。しばらく待っても来ないから、バッカスが向かった方向を探してここがあったから、まさかここにいるんじゃないかと思って入ってみたら、こんなことに……」

「じゃあ、バッカスさんは自分から離れたんですね」

「そうよ」

「……バッカスさんは用を足すと言って離れたのに、なぜこの建物に入ったんでしょう」

ノルが顎に手を当てた。まるで見た目は探偵さながらの仕草だ。

「……そういわれれば、なんでだ？」

ノルの疑問に、タリスは首を傾げる。

「そもそも、ここで争った形跡もありませんし、首の傷以外は致命傷になりそうなものも、軽傷も含めて見受けられません。一撃でバッカスさんは絶命したということでしょうか？」

「そんな、バッカスは体力自慢のしかも耐久力はかなりの男だぞ。それが首の一撃ですぐやられるなんて信じられない」

「死因は失血死だ」

「え？」

それまで黙っていたフードの男がバッカスの体を検《あらた》めながら、言葉を紡ぐ。そして懐からガラスの小瓶を取り出し、周囲に振りまいた。

緑色の光る液体がばらまかれると、光を散らして消える。

「今のは?」

「……」

フードの男は無言で薬をかける。

『シャナの試薬……魔法の残滓《ざんし》に薬が触れると、千切れた魔法陣が見えるようになる薬。魔法を使用した痕跡を探すときによく用いられる。シャナという妖精の髪をもとに作るため、材料が希少』

ぴろりんという音と共に、その薬の説明が入った。

「凶器は刃物だな」

「……なぜ断言できるのですか?　もしかしたら魔法によるものかもしれませんよ」

「……」

フードの男は相変わらず問いには答えない。カーソスは諦めたように肩をすくめた。タリスが何とか話を進めようと会話をつなぐ。

「……はあ。とりあえず、凶器が刃物であるとすれば、犯人は魔物ではなく人という可能性が高い」

「もしこの中に犯人がいるとしたら、私とイザベラはずっと共に行動していたので、省かれます」

「僕もタリスさんと、それからフードの人とも途中で合流して行動していたので、一人になったことはありませんよ」

「ということは……」

全員の視線が俺に注がれる。

「は？　俺？」

「だって、第一発見者……」

「一人で行動……」

「待てよ！　なんで俺がそんな殺人なんて！」

とんだとばっちりに巻き込まれてるんだが!?　その時イザベラがゆらりと立ち上がった。

「……あんたが殺したの？」

「違う！」

「あんたが殺したの!?」

「違うって言ってんだろ！」

イザベラが涙目で叫ぶが、濡れ衣もいいとこだ！

『じゃーじゃーじゃーじゃーじゃーじゃーん。じゃーじゃーじゃーじゃーじゃーん』

突如現れたウィンドウ画面には、そんな言葉が浮かんでいる。もちろん音は聞こえないがそれでも俺はわかった。

え、火サス!?　火サスなの!?

いや、そういうことじゃない。また神の茶々かと思えばコメントは浮かばないし、なんで音なしの効果音文字表記が出てくるのか意味がわからん！　無駄な機能だけつけんなよな！　そんなこと

より現状打破するなにかはないか。そうだついでだ。ウィンドウ画面になにか反論のヒントはないのか⁉

と意識すれば彼らのステータス表記が浮かび上がる。

タリス・メイルズ
HP　101／165
MP　60／70
TA　15／16
LV　39
途中略
【剣技】颯香流《そうかりゅう》
【魔法】ファイヤーボール（火／攻撃）
アクアカッター（水／攻撃）
ノースクエイク（地／攻撃）
シェイハリン（火／補助）
【魔法属性】水火
【称号】やんちゃ坊主　流れ者　冒険者リーダー　颯香流使い手
【スキル】逃げ足　LV8　索敵　LV28　調香　LV30

【職業】《剣士》《冒険者》

イザベラ・アウトハウンド
HP 29／30
MP 72／77
TA 21／400
LV 33
途中略
【剣技】波音流《はのんりゅう》
【体術】自己流
【魔法】エインスペル（光／補助）
ゲリール（治／回復）
ウィンドスラッシュ（風／攻撃）
【魔法属性】地風光治　以降増可
【称号】村娘　おのぼりさん　中級冒険者　女戦士　踊り子　凶器の足
【スキル】直感　LV22　逃げ足　LV8　索敵　LV16　ダンス　LV55
【職業】《村娘》《ダンサー》《戦士》

カーソス
HP　○★▽／？　◆
MP　△△／◇×●
TA　！　＃〃／☆彡％
LV　＄＆＃
【魔法】　％＄!!　〃○▼■□＊！
【称号】　犯人
【スキル】　無
【職業】　《殺人犯》

え？

俺は思わず目を白黒させる。なんで最後の奴だけこんなに文字化けして……。しかも犯人って書いてあるし！　ドラマならネタバレだし！……いや、犯人がわかっても古畑○三郎なら有りか？　いや、そんなことじゃなくって！

突然の犯人発覚に俺は混乱した。でもたぶん、このステータスウィンドウの内容は信じていいんだよな。嘘は表示されないだろうという、なんでかはわからない確信はあった。

てか、犯人がわかってもアリバイがないのは俺だけ。それはどうやって覆せばいいんだろうか。

【間章二】

緒方優人が突如地から生えていた緑の土管の先に辿り着いた遺跡の中。そこには暗い中でも目元を隠し、周りに誰もいない中でもフードを被り続ける男がいた。

彼は、名の知れた学び舎であるデルトナ学園の学生であり、魔法に関することを研究する研究者でもあった。遺跡の中に潜って一か月。その期間、単独で遺跡に潜る許可を得られるほどの優秀な学生であった。そんな彼は遺跡の中で奇妙な存在と出会う。出入りを制限されているはずのこの遺跡に、同時に遺跡に潜っている人物として記憶している者とは違う姿をしていた存在。しかも気配が奇妙であり、男が警戒するのも当然だった。

アカマダラキュウケツコウモリに腕を噛まれたまま騒いでいた少年は、無詠唱で手を振るだけで魔法を使用し消え去る魔物にびっくりした次の瞬間、首筋に指を突きつけられる。魔物を消した手が突き付けられたということは、ナイフが突きつけられているのと同じことだ。

ざっと見てみると、少年の頭には耳が生えていた。頭に耳が生えているのは人間の標準装備だが、その少年は頭の上に生えていた。一見すると獣人だ。だが男には、その少年が魔力を持っていることが感じられた。獣人は基本的に魔力を持たない。さらに言えば突きつけた手から、まるでマグマのように燃え滾《たぎ》り、今にも噴火しそうなイメージが伝わった。今のイメージはなんだったのだろうか。一見すると何とも弱そうで、なぜこの遺跡に潜り込めたのか謎なほど、取り押さえた体は貧相で細く、弱い。にも拘わらず、勘が油断することを許さない。しかもどこにあるのか定かではないが、非常に複雑な術式の気配もする。

得体の知れない存在。

魔法に携わる時間が長ければ長いほど、見た目でおおよその魔力量を量ることができるようになる。だが見た目から受ける印象と、肌感がズレるという奇妙な感覚がある。

さらに言えば少年の言葉にも気になる点が存在した。地上でキメラに遭遇したという。キメラとは人工生物だ。そんなものがなぜこの遺跡の近くに。

そんな風に考えを巡らせていたが、男の少年への警戒は彼の言葉で収まった。この少年は、町でダウジングを扱う女に言われてこの遺跡に来たという。

男は振り子を使いダウジングを行う女に心当たりがあった。しかもダウジングを占いのように使うのは恐らくその女に間違いない。

あの女は迂闊なお人よしだが、自分のその能力を他者に使うことはめったに無い。それを見せたということは、この少年は信頼できると判断したからだ。不本意だが、動物的勘によるものなのか、あの女は人を見る目はあるし、あの能力によって、男がこの遺跡にいることを女が知らなかったとしても、彼のもとに導かれたということは、男にとって敵ではないということなのだろう。認めたくはないが、彼女の能力は、信頼できる。

とりあえず敵や盗賊ではないということを結論付け、男は少年を放置することにした。敵でないのならこれ以上の接触は不要だ。関わる義理もない。男は少年への興味を失うと、身をひるがえして遺跡の探索を続けた。

気になることは次から次へと湧いて出る。昨日からこの遺跡の中も奇妙な気配がしている。ざわりと、魔力の流れがこのひと月感じていたものと違っているのだ。

魔力の流れが異常を訴える先、それを追って遺跡の中の道を進む。遺跡の道は先に進むのを阻むように仕掛けがいくつも施されていた。歩を進めるほど、突如開いた穴に人の腕ほどもある針が上を向いて敷き詰められていたり、矢が飛んできたり、魔法が飛んできたり、猫が飛んできたり、魔物が現れたりとせわしない。なぜこんなところに猫がいたのかは謎だ。しかし男はまるで罠の位置や内容がわかっているかのようにすいすいと避けて進む。後ろの少年である優人が必死で彼を追いかける中、目的地手前の広間のような空間で巨大な竜の魔物に襲われる優人をおとりにして先に進んだ男は、その小さな部屋ほどの空間に隠された入り口を見つけた。この先はさらに地下に続いているようで、未だ報告されていない未知の領域だ。この先に進む前に、ギルドへの報告が必要だった。そう判断した男はヘロヘロになって竜から逃れた優人に目もくれず横を通り、何度もここを通るたびに相手をするのが面倒だと判断して、再び無詠唱で雷撃の魔法を竜に浴びせ倒したあと、地上へ向かう道を辿った。

上階にあがる階段があったはずの場所に着くと、そこには先客がいた。同じ時期に遺跡に潜った冒険者だろう。五人の男女のパーティーが遺跡に潜っていたのは知っている。彼らが立ち往生している理由はすぐに分かった。男も目指していた上階への階段が無くなり、周りと同じ石壁になっていたからだ。おそらく魔法的要素で隠されたと推測した男は手をかざし、魔法術式盤《マジックパネル》を表示させる。解析してみると、結界魔法が使われている痕跡がある。解析しているのに痕跡程度しかわからないのは、よほど高度な魔法が使われているということだ。しかも、かなり強固な。

冒険者の中の魔法使いも魔法をぶつけたが、びくともしていない。男の力量なら無理やり砕くこともできなくはないだろうが、そうするとこの遺跡は崩れて生き埋めになる。そうなっても自分の身は守れるうえ、他人を巻き込むことはどうでもいいが、遺跡自体が崩れるのは避けたいところだ。まだ研究途中なのだから。となると、この結界魔法の源のもとへ行くしかないという結論に辿り着いた男は、先ほど通ったのと同じ道を再び通ることになった。

魔法の源は、先ほど見つけた地下へと続いていたからだ。

来た道を戻るのに冒険者達と優人がついてきていたが、邪魔にさえならなければと好きにさせて、辿り着いた小部屋のような空間にある地下への隠し扉が解除師によって開けられる。その際冒険者達はその穴を下りることにためらいを見せた。ここから先は未知のエリアだ。なにがあるかわからない。それを恐れたのは一目瞭然だった。冒険者達は獣人の姿をした優人を先に行かせようとした。

その情けなさに呆れて男は言葉が口をついて出た。

「そいつ素人だぞ。冒険者が危険な先行を素人にさせていいのか？」

得体の知れないことは変わりないが、これまでついてきた動作や様子を見るに、優人がこういう探索や戦闘が不慣れであり素人同然なのは明らかだ。そんな人間に押し付けるのは、腐ってもそういう仕事をしている冒険者がすることではない。

男の言葉に乗せられた冒険者達は地下に下りていった。

下りた先では、ぽっかりと開いた地下空洞に何やら建造物が立ち並んでいた。優人が遊園地と判断したそこを、男がどう理解したのかわからないがそのまま迷うことなく進んでいく。

ざっと遊園地の中を歩いた男は、この場にある様々な建造物の配置が気になった。おそらく多くの人間が楽しむためのアトラクション装置が用意された公園のようなものと理解した男は、園内の見取り図が書かれた看板の前でじいっと考え込む。

さらに、園内に小規模だが不自然な破壊のあとがあること、あまり見たことのない恐らく魔法で動いている自動人形がこの園内の維持をしていることに気づく。

男が園内をうろうろしていると、いつの間にか冒険者の一人であるタリスと解除師であるノルがついてきていた。

どこまでも周りをうろうろするので、そろそろ鬱陶《うっとう》しい。そんな中、園内に響いた叫び声に、聞こえた方向を辿ってむかってみれば、迷路の中で血を流している男と、残りの冒険者のパーティーであるイザベラとカーソス、そして優人が死体の周りで声を荒らげている場に出くわす。話の流れに興味はないが、確かバッカスという男を殺したのが優人だと疑われている状態のようだ。

男は彼らのやり取りは耳半分に聞いていて、もう半分の注意はバッカスの死体に注がれている。

男はバッカスの体に近づき上から順に確認していった。

傷は頸動脈《けいどうみゃく》を切られている。頸椎《けいつい》までは折られていないようで、死因はおそらく失血死。周りが血だまりになっていたため死因はそれで間違いないだろう。傷の形状からして鋭い刃物で切られている。凶器の可能性のあるものとしてぱっと考え付くのは魔物の鎌や尻尾。魔法や剣などの武器だ。

まず魔物の鎌や尻尾ならもっと肉がえぐれているはずだ。もしくは魔物が魔法を使った可能性もあるが、試薬の結果でそれは消える。

男は普段から持ち歩いているシャナの試薬という魔法道具《マジックアイテム》を使用した。たとえばヴェント・ラムのような風の刃の魔法で攻撃されたとするならば、よっぽどの使い手でなければ必ず周りに魔法の残骸が残る。だがシャナの試薬で反応するものがないということは、魔法を使った痕跡がないということだ。つまり、凶器は刃物で間違いない。

剣やナイフといった武器の可能性が一番高い。

死体のあった場所は迷路の中で、周囲を通路を構成するための壁で囲まれている。死体のある場所は多少広さがあるとはいえ、血飛沫が壁に残るほどには狭い場所だ。その血飛沫が斜めに真っすぐの線で壁に残っている。

バッカスの身長はおおよそ百九十三センチほどだろう。もし被害者が立っているときに首を切られたのなら、たとえば優人の身長であれば首の傷はもっと下から上にかけて鋭い角度で刃が入っているはずだ。逆に被害者が中腰や座っている状態であれば、壁の血飛沫はもっと低い位置に残るはずだ。

ということは優人が犯人の可能性は低い。それにその動きから武器の扱いに精通しているとも思えない。彼の身のこなしに、戦いの出来る者が持つ動作が欠片も見受けられないからだ。

もう一つ気づいたことは、被害者の傷は右後ろから前に向かって切られているということだ。つまり犯人は左利きの可能性が高い。

身長から考えると、タリスとカーソス、男の判断の多少の誤差を加味してもイザベラが容疑者だが、タリスは剣を左に佩《は》いていて右利きのようだ。イザベラもナイフを左に納めているため右利きの可能性が高い。カーソスは魔法杖を右に手に持っているが、同職である男からすれば利き手の扱いは魔法使いの主義による。利き手のほうが使いやすいものは杖もそちらに持つし、魔法をかけているときに触媒や別の攻撃に備える者は利き手は開けておいて反対の手で杖を持ったりする。ゆえにカーソスの利き手はよくわからない。だが少なくとも目に見えるところには刃物は持っていない。

どの人物も決定打に欠ける。

まあ、もしこの中に犯人がいるとすれば、だが。

男は一度目を閉じ、そして開いた。

「アリバイがないのはあんただけじゃない！　あんたしかバッカスを殺せた奴はいないのよ！」

「だからって俺がなんでその人を殺さなきゃなんねーんだよ！　今日初めて会った奴を！　そもそもあんたらだって四六時中一緒にいたわけじゃないだろ。目を離したりはぐれたりとかあったかもしれねーじゃねーか！」

「私もカーソスもずっと一緒だった！　離れたことはなかったわ！」

優人とイザベラが相変わらず言い争いをしている。確かに彼らからしてみれば、アリバイだけで考えると優人しか犯人はいなくなるのだろう。優人を主に責め立てているのはイザベラだが、概ね同じ意見だからこそ、タリスやカーソスは口を出さない。

「いい加減にしろ。うるさいぞ。現時点での特定は不可能だ。今はそんなことにかまっている暇はない」

今まであまり声を出さなかった男の言葉に、イザベラはぐっと言葉を一度呑み込んだ。しかし納得できない彼女は今度は男に反論をぶつける。

「特定できないって、こいつしかいないじゃない！　それに、こんないつ出られるかわからない状況だからこそ、仲間を殺した奴を野放しにしておくなんてできないわ！　次は私かもしれないのよ」

「ここにいる者の中に犯人がいるならな」

「え？」

男のこれまでの考えは何も口にしていないのでその場の人間は知らないが、彼らなりに話し合ったうえでバッカスは人間に殺された疑いが高いという結論になっていた。人間ならこの場にいる者しか考えていなかった彼らは、男の言葉に混乱する。

「それ、どういうこと？　私達の他にまだ誰かいるというの？」

「いるとは限らないが、【いない】と断言もできないだろう」

男の視線はちらりと優人に向けられていた。男もタリス達も、出入りを制限されているこの遺跡で自分たちの知らない者がこの遺跡に入ることができるとは思っていなかった。優人自身が、この場ではイレギュラーな存在なのだ。だからこそ余計に、この場に自分たちの把握していない誰かが、【いない】と証明することはできない。未知の領域たるここならばなおさらだ。

「だから特定は不可能だと言った。現状お前たちの中でそいつが犯人の可能性が高いとしても、断定することはできない。決定的な証拠がない。それに今は議論をしている時間はない」

男を含めてこの場にいる者は、遺跡に閉じ込められている状態なのだ。早く脱出する方法や手段を見つけなければ、食料も無限ではないし敵もいる。死はゆっくりと近づいている。

その場は沈黙に包まれた。不満、不安、悲しみと恐れ、そして閉鎖された空間。人間を精神的に追い詰める状況がそろいつつある。

だが、男の言葉のおかげで、とは言えないがきっかけとなり、タリス達の現状考えなければならない優先順位が切り替わった。言い争いがやみ、現状打破のほうに思考が向く。

男は静かになったことを確認して、再び歩き出した。もうこの場ですることはない。

ふと優人を見れば、優人も男を見ていた。彼はちらりとカーソスに視線をむけたあと、男の後ろに続いた。

男は最初、言葉を発するつもりはなかった。死んだ人間は己に関係ないもので、自分に容疑がかかっているわけでもない。だがいったんこの場を収めるきっかけとなるような言葉を発したのは、優人を助けようとか、疑心暗鬼に陥りつつあるタリス達を落ち着かせようとしたわけではない。

なんとなくだが、悪意の気配がしたからだった。それがどこにあるのかは、まだ男もわかってはいなかったけれど。

「アリバイがないのはあんただけじゃない！　あんたしかバッカスを殺せた奴はいないのよ！」

「だからって俺がなんでその人を殺さなきゃなんねーんだよ！　今日初めて会った奴を！　そもそもあんたらだって四六時中一緒にいたわけじゃないだろ。目を離したりはぐれたりとかあったかもしれねーじゃねーか！」

「私もカーソスもずっと一緒だった！　離れたことはなかったわ！」

　イザベラの言葉の刃が俺に突き刺さる。この場をどう攻略したらいいかわからない。そもそも俺は、どういう経緯でバッカスが死んだかはわからないが、その犯人はわかっている。犯人はカーソスだ。だが、俺が犯人の正体がわかったのはステータスウィンドウを見たからだ。この場の他の連中には見えないし、カーソスにアリバイがある以上どうイザベラ達に納得させたらいいのかわからない。とりあえず現段階では俺の疑いさえ晴れれば、犯人の証明は考えなくてもいいとは思うのだがその現状のしのぎ方がてんで浮かんでこないのだ。

　あー、くそ！　どうしたらいいんだ！

　と思っていたところに、フードの男の声が差し込まれる。

「いい加減にしろ。うるさいぞ。現時点での特定は不可能だ。今はそんなことにかまっている暇はない」

「特定できないって、こいつしかいないじゃない！　それに、こんないつ出られるかわからない状況だからこそ、仲間を殺した奴を野放しにしておくなんてできないわ！　次は私かもしれないのよ」

「ここにいる者の中に犯人がいるならな」

「え？」

フードの男は他に犯人がいると思っているのだろうか。でも、犯人はカーソスだ。今までウィンドウ画面の情報が間違っていたことはないと思う。ただ、犯人という情報以外が文字化けしていたことは気になるが。

だけど、これは俺の欲していた助けだ。フードの男にどういう意図があるかはわからないが、この場から解放されるためにはこれに乗っからない手はないだろう。

「それ、どういうこと？　私達の他にまだ誰かいるというの？」

「だから特定は不可能だと言った。現状お前たちの中でそいつが犯人の可能性が高いとしても、断定することはできない。決定的な証拠がない。それに今は議論をしている時間はない」

無言の俺は置いていかれて、イザベラとフードの男の間で話が進んでいく。

だがそのおかげでそこから離れることができた。もう用はないというように、フードの男はその場から立ち去る。その後ろを俺も追いかけて、迷路から出るとほっと息をついた。

とりあえず冷静になりたい。俺への疑いを晴らす必要があるのなら、カーソスが犯人である証拠を探さないといけないしな。このままだと俺自身がすっきりしないし。

と俺が気合を入れなおした時、今まで園内に流れていた調子はずれの音楽が、切り替わった。まるで特撮もので流れるような明るく激しい曲だ。

「なんだ？」

俺より先にいて離れようとしていたフードの男も足を止める。俺とフードの男の視線の先には、小さめの舞台があった。

「ヒーヒヒヒヒ！　さあ、俺達と一緒にくるのだぁ！」

「キャー！　誰か助けてぇ！」

ヒーローショーだ、と俺は思った。黒いザリガニのような着ぐるみが、小さな女の子を連れ去ろうとしている。普通ならそこで戦隊ヒーローとかが登場する場面なんじゃないかと予想したが、一向に誰かが出てくる様子がない。

もしかしたらヒーローショーではないのか、という考えが過ったその時、ドゴォオオ！！！　という激しい音が遥か後方から聞こえた。

「今度はなんだ⁉」

何かが崩れる音とともに、キシャァァァァァという何かの叫びのような音が耳を劈《つんざ》く。声の主は、観覧車の隣の地中から岩埃を上げながら現れた、蛇のような頭をもつ巨大な魔物だった。

その魔物は首を激しく振りながら進み、その尾が隣にあった観覧車に当たる。

「え、これ、ヤバいんじゃ……」

観覧車はその巨大な輪を支えていた柱が簡単に折られたことで、ゆっくりと地面を転がり始める。

そして困ったことに、その進行方向に俺がいた。

最初はゆっくりだった巨大な輪が、まるでタイヤのように徐々にスピードを増して転がってくる。

「えええええ！　これどこに逃げたらいいんだよーーーー！！」

俺は全力で駆け出した。

さっきまで近くにいたはずのフードの男はいつの間にかいなかった。後ろからはメリーゴーランドをぺしゃんこにした観覧車が追ってきている。観覧車の進行方向から外れようとしても、こういう時に限って逸れられるような横道がない。

「えっえっえっ、うわぁぁくるなぁぁぁ！」

俺は未だかつてないほどのスピードを出せている気がする！　たぶんオリンピックに出たら優勝できる！　そもそもオリンピックが無事開催されるかわからないけど！

だがもはや観覧車は間近に迫っていた。このままでは間に合わない。どうしたら、どうしたらいいんだ！

もう間に合わないと俺もぺしゃんこになる寸前で、目の前に下に下る階段があった。一か八か、おれはその階段の段差に身を横たえた。

必死に身を縮こまらせた自分の全身の上を鉄の塊が通りすぎていく。なんならちょっと階段のコンクリートか岩かが削られたが、俺の身が削られることはなかった。

「た、助かった……」

自分が小さな奴でよかったと胸を撫でおろす。と次の瞬間にはぶんぶんと首を横に振った。

「……いやいや、小さくてよかったなんて思ってないからな！」

まだ俺の身長は伸びるはずなんだ。筋肉だってつくはずなんだ！

俺の上を横切って行った観覧車の輪は岩壁に突撃して激しい音を立てた後、ぐわんぐわんと傾き回りながら倒れた。回るたびに地響きが起きて一瞬体が浮いたような気がするが、気がするだけだ。気のせいなのだと結論付けて、首を巡らせれば、反対側には見たこともない魔物が暴れまわり、電撃がぱりぱりとそれにまとわりついているのが見えた。だがその電撃はどうも魔物から発せられているのではないように見える。

「誰か、戦ってるのか」

電撃という時点で、思い当たる人物がいた。

俺が、それこそ観覧車ほどの大きさの魔物に近づくと、やはりフードの男がタリス達を庇いながら戦っていた。タリス達はそれこそ武器を手にしているが、フードの男の戦いに入れない様子だ。戦いに目を向ければ、戦っていた相手は非常に奇妙な魔物だった。それこそ地上でみたキメラに一瞬似ているような気がしたが、目の前の魔物はもっと歪《いびつ》で禍々しい印象を受ける。上部のほうに確かに目はあるのに、くちのようなぽっかりとした穴は下のほうにある。背からはサソリのような尾が三本生えていて、水晶のような棘が背を覆い、目より下からはコウモリのような翼がある。なんか、いろんな魔物が混ざり合ったようだ。

俺が走って魔物の視界の範囲に入ると、濁った変色した血の色をした魔物の目と合う。するとぴろりんと音が鳴り、ステータスウィンドウが表示された。

蠱毒《こどく》
HP　○★▽／？　◆□
MP　△△／◇×●
TA　！　＃　〃／☆彡％
LV　＄＆＃
【魔法】　％＄!!　〃○▼■□＊！

なんか難しい漢字が表示されたかと思えば、カーソスの時と同じように文字化けしている。いや、今回は文字化けというよりいろんな文字が重なりすぎて読めない状態だ。

俺がそんな風に少し表示に気を取られた瞬間、俺は蠱毒から吐き出された光線を視界の端で捉えて、あ、ウィンドウ画面が勝手に表示されるのって俺に敵意が向けられた時だ、と今更ながら気づく。だが、気づいたところで体の反応は追いつかない。俺がせめてと目を閉じずにいると、俺の前にフードの男が滑り込んできた。

見えない壁に弾かれ、光線の軌道が変わるがフードの男の顔をかすめる。彼はもちろんそれをさけたが、フードには触れてしまったようで、光線はフードを石化させボロボロと崩れ落ちた。そして、輝く白い髪が零れ落ちた。そして彼の赤い瞳をその場の誰もが捉えた時、突如爆発してあふれ出た感情が体を縛り付けた。

「う……そ……」

「白い髪に、赤い目！」

タリス達の目は、魔物よりも彼にくぎ付けになった。だがそれは良い感情によるものではない。

彼はとても美しかった。肩で整えられた髪も、その瞳も。まさに佳人《かじん》といったようだった。なのになぜ、こんなにも心が恐怖する。近づいてはならない、危険だ、と頭のなかで警鐘が鳴り響く。

おそらくこの場にいるもの全員が感じている感覚。なぜその容姿をみただけでこんなに怖いのか。恐怖もあるが、何より嫌悪のようなものもある気がする。そう、たとえば檻の外にいるライオンと対峙してしまったかのようだ。怖い、なにをされるかわからない。生殺与奪の権利は相手にある。そんなような感覚だ。

俺達の様子に、彼はちっと舌打ちしてこちらに背を向けた。

動けなくなった俺達よりも、蟲毒の対処をしたほうがいいと判断したからだろう。それはもちろん正しい。蟲毒はこちらの事情を汲んではくれないのだから。全員が動かなければ死、あるのみだ。

そして、俺は自分の中で勝手に強制的に湧きあがるこの本能的な恐怖に納得できないでいた。フードの男が作ってくれた時間の間に、俺は理性を総動員して恐怖を押し込める。だってあいつはこちらに牙を剥いて飛び掛かるライオンではない。こちらに背を向け、蟲毒と俺達の間に入り戦っている。怖いものは怖いが、彼はなにも怖いことなどしていないのだ。恐怖に呑まれるべきではないと、唇を噛みしめて俺は理性を総動員する。

「理性を舐めんなよ！」

俺達は本能と理性、その両方を備えて生きている。本能っていうのは強い。本能のままにとか、正解を引き当てるには本能に身を任せたほうがいいこともある。じゃあ本能だけに従っていればいいならなぜ、理性があるのか。それは理性もなければ自分を滅ぼすからだ。一番怖いのは本能よりも理性の暴走だ。だから理性は使いこなさなければならない。

白い髪や赤い目がなんだってんだ！　怖いさ、怖いんだよ、怖いけど！　あいつは別に俺らの敵ってわけでも、めちゃくちゃ害があるやつでもないじゃないか。少なくとも今の時点では！　急に容姿を見ただけでこんな感覚に囚われるなんておかしいだろ！

俺らの様子を見て、そのまま逃げてもいいのに一人で蟲毒の相手をしてくれてんだぞ。俺らに背を向けて！

今は本能じゃなく、理性が勝たなければならない瞬間だ。

強張る筋肉と冷えて滞る血管に深呼吸して酸素を送る。ついでに言えば俺の中からあふれてしまっている魔力にも意識を伸ばす。

蟲毒って確か、呪術的なものだったはずだ。ムカデやらクモやらゲジゲジやらを一つの壺に入れて、蓋を閉じる。餌がないから中の虫達は互いに食い合い、生き残った奴が特別な力を持つ奴になるって話だったはずだ。

正直、ウィンドウ画面を見るまでもなく蟲毒は強い。巨大な体に似合わず俊敏な動きだし、これまで冒険者として活動してきたタリス達も動けないほどの戦いだ。俺もなにか動こうにも、フードの男の邪魔になるばかりか命を落とすのも目に見えている。

「すー、はー」

深く深呼吸をする。

蟲毒は尾を器用に使って俊敏に動いているようだ。

口から吐き出す石化光線と溶解液、鋭い爪の両手、自在に動く三本の尾、耳障りな叫びと共に発動する攻撃魔法、蟲毒の攻撃の手は多い。フードの男の攻撃も、まともに当たればもっと効くのだろうが、尾を器用に振ってバランスをとったり、地に叩きつけて体の軌道を変えたりしているせいで当たり切らない。

つまり、足止めや相手の動きを拘束できればいいアシストになるはずだ。

近づいたら死しかない中で、蟲毒とは距離を取りつつフードの男を手助けする方法。

俺は、一つだけ確実に使える魔法があった。

だが、蟲毒に使うには今まで使った時よりももっと広範囲に広げなければいけない。

魔力を編み込む布をもっと広げ、術式を拡大するイメージを持つ。目の前に上げた手のひらには魔導書がふわりと浮かび、俺の思うページが開かれていた。

初めて使ったときは、月夜がいたから魔力が安定した。だが今は月夜は傍にいない。いけるか？と体内の血が沸騰するような感覚に怖気づくが、誰かが背をふわりと撫でた気がした。

傍にはいないけど、繋がっている。なぜならあいつは俺の使い魔だからだ。

それに確信を持ち、俺は叫んだ。

「深淵よりいでしもの。暗黒の使者。嘆きを刻む魂の導くままその手を伸ばし、腕《かいな》で抱け！　アン

「ダーテイカー！」

蟲毒の足元にドロリと闇の沼が現れた。そこから無数の闇の手が蟲毒の体に絡みつき、動きを止める。

蟲毒は振りほどこうともがくが、もがけばもがくほどその沼に沈んでいく。その機会を逃すことなく、フードの男はいつの間にか宙にその身を躍らせ、バチバチとそれまで以上に激しい音を発する雷の刃を蟲毒に振り下ろした。

ぱっくりと二つに割れた蟲毒は耳を覆いたくなるような声を上げ倒れる。分割した体も修復しようとしているのか、それ独自でプラナリアのように動き出そうとしているのかはわからないしもぞもぞと動くが、未だに弾け続ける電気が肉塊を燃やす。

「や、やった？」

ちょっと離れたところにいたタリスが呟いた。彼は安堵の息を吐きかけたところで、軽く振り返ったフードの男の赤い目を見てしまい、再び息を詰める。

「ま、魔王……」

イザベラが震える声でそう言った。

今、魔王って言ったか？

俺が口を開きかけたところで、さっきの蟲毒が暴れたよりは軽いボンッという音がしたと思うと、目の前で見覚えのある光線がイザベラとタリスを焼いた。

「う、うわあ！」

「いやぁ！」

二人は一瞬で石像と化してしまう。

「は⁉」

俺が声を上げるまでもなく、再び先ほど蟲毒が倒れた地点から土煙が上がった。

「マジかよ……」

そこには、さっきの蟲毒ほどではないが、様々な魔物が混ざった姿の、小さめの蟲毒が数十体湧きあがっていた。

「ちっ」

フードの男が舌打ちして戦う構えをとる。

俺もなにかしら動かなければと思ったところで、相変わらずおかしいらしい俺のアンダーテイカーは発動したままだった。

闇の沼からのっそりと這い出てきた闇人間達は俺になにがしかの手ぶりをしたあと、湧きあがっていた蟲毒にゆらゆらと向かっていく。蟲毒のほうも爪や尻尾を振り回したり噛みついたり、光線のようなものを近づいてくる闇人間に放ったりしていたが、闇人間達はそれらの攻撃が当たってもどろりと溶けるだけで再び形を成し、敵を千切っては闇の沼に放り込み、どろりとした触手のような腕を絡み付けては引きずり込んでいった。

なんだろう。あいつらなんか喜んでないか？　顔がないから感情は読み取れないはずなのだが、体の動かし方がウキウキとしているように見える。なんというか、よし久しぶりの活躍だ！　みたいに浮かれているような、そんな風に見える気がした。

先ほどの大きい奴はデカすぎて引き込めなかったが、今相手している蟲毒は小さめなので引き込めるのだろう。闇の沼に沈んでいった蟲毒は、二度と浮き上がってこなかった。

その場にいた蟲毒が全て沼に沈むと、闇人間達は自分達も沼に戻っていく。沈んでいく際に、手のような部分の親指を立てて沈んでいく。

いやいや、I'll Be Backじゃねーからな！　頭ん中でダダンダダンダダンってなんか流れたけども！

俺が心の中で突っ込んでいると、ぱんっという音が響いた。

今度はなんだと見てみれば、それまでとは違う、表情が抜け落ちたカーソスが、石化したタリスとイザベラを破壊していた。

「カーソスさん⁉」

物陰に隠れていたノルが驚きの声を上げる。

すると頭上からきゅぽんと何かの栓が抜けるような音がした。

「くぇっくぇっくぇっ。いやあ、まさか蟲毒が全滅するとは、驚きですねぇ。まあそれはそれ、キメラよりも蟲毒を作るほうが容易いこともわかったし、収穫はあったということで納得すべきですか」

「いい加減にしたまえよ。ついでの実験に気を取られて、本来の目的が達成できなければ、私がお前の首をとる」

「おやおや、かなりお怒りで。でも仕方ないんですよ。次から次へと興味深い疑問が浮かぶんですからねぇ。たとえば、石化した人間を砕いたあとに、石化解除薬を振りかけるとどうなるのか、とかねぇ」

顔を上げると、瓦礫の上に二人の人物が立っていた。一人は、昔のヨーロッパの宮廷服のような装いに、深い紺の髪に金の目をもつ男。もう一人は白衣を着た、ボサボサの白髪の老人のような見た目の男だった。白衣の男はサーモンピンクの液体の入ったビンをゆらゆらと揺らしている。その液体を俺は見たことがあった。石化解除薬だ。

「お前ら、誰なんだ？」

「おや、これは申し遅れましたねぇ。私はファウスト・ゾム。こちらはアレクセイ。あなた方には私達の実験にご協力いただきまして感謝いたしますねぇ」

「私〝達〟ではない。お前だけだ」

「実験？」

アレクセイはファウストに視線も向けずバッサリと言葉で切り捨てた。

「ええ、最初はこの空間に用があったのですが、それには時間が必要でしてねぇ。準備がてら調べてみましたら、この空間のものを破壊しても、あの自動人形達が修復してしまうんですよ。あの自動人形も実に興味深い。私も真似て作ってみたのですがねぇ、あの自動人形のように自己判断ができる人形はついぞ作れなかった。まあ、その研究はまた持ち帰ってやりますが。この場を修復するなら、どれだけ破壊しても元に戻るということで、しかもここまでの道は閉鎖されている。ならば魔物をこの空間に閉じ込めたらどうなるのか、気になったんですよぉ。一度気になると実験してみたくなる性質でしてねぇ。結果はあなた達も見た通りですよ。食い合い混ざり合い、いい感じのねじれた魔力も生み出してくれた。あれは成功ですねぇ。キメラの研究もしていたんですが、俄然蟲毒のほうが効率がいいことがわかりました。ふぅぇっふぅぇっふぅぇっ。素晴らしい成果ですねぇ。当初の目的も準備が間もなく整うという時に、あなた方が来たのでね、今度は蟲毒の性能のほどが気になった。さらにこの閉鎖空間で殺人が起きれば人はどのように動くのかも、非常に興味深かったですよ。思ったほどこじれませんでしたが、それはあなた方が一般より理性的だったゆえでしょうしね」

「はあ？　じゃあバッカスって奴を殺したのは、あんたなのか？」

「ええ、私ですよ。正確には私の作った人形が、ですがね」

「にん……ぎょう？」

「避けろ！」

フードの男が俺の頭を力いっぱい引き下げる。俺の首があったあたりに、ひゅっとカーソスの口から伸びる剣が掠めた。

「まさか……人形って……」

カーソスは白目で口から血を流しながら剣が生えている。カタカタと操り人形のような動きは、俺に衝撃を与えた。

「ええ、人形とはそれのことですよ！　私の作った魔工に、人の皮を被せたのでね！　見た目から反応まで人間なんですよー。なにせ心臓や脳もちゃんと動いているのですからねぇ！　腐ることもない」

そう楽しげに語るファウストは紫の光がくるりと一周したかと思うと、カーソスそっくりの姿になる。

「同じ人間が二人いれば、あの状況も簡単なのですよ。ただ残念ながら私は頭脳派で肉体労働は向いていないのでね。人形のほうに任せることになってしまいましたが」

「つまり、お前は俺達の前にもいたのか」

「その通りですねぇ」

確かに同じ姿が二人いれば、アリバイなんか関係ない。あのフードの男の言葉が正解だったということだ。

「ところで、先ほどのあなたの魔法ですが、非常に興味深い。アンダーテイカーの発動がかなり不可思議でしたねぇ。術式にもおかしなところがないのに、発動が続くというのは一体……」

「いつまで待たせる気だ、ファウスト」

「おやおやおや、これは本気で怒っておられますね。もう準備は整っていますよ。では、始めましょうか」

アレクセイがじろりとファウストを睨む。睨まれていない俺がすくむほどの眼力だった。

「さて、冥途の土産に真相はお話ししましたのでね、あなた方も思い残すことはないでしょう」

ファウストがニヤリと笑うと、下から青白い光が放たれた。足元に巨大な魔法陣が浮かんでいる。

「なんだ、これは！」

おそらくこの地下空間全ての大きさの魔法陣は光をどんどん増し、体がふわりと浮くような感覚に襲われる。一方ファウストは驚くこともなく、手に水晶を持ち、いつの間にか彼らの傍らに表情の抜け落ちた少女がいた。

　魔法陣の光と呼応するように水晶も光り、同じ光がその少女からも発される。一際激しく輝いたかと思うと、そのあとは光がだんだん弱まっていった。

「……ファウスト」

「おや、おやおや？　これはまさか、失敗ですかねぇ」

「ファウスト」

「実験には失敗がつきものですよ、アレクセイ」

と、ファウストが肩をすくめた瞬間、どこからか聞き覚えのある声が降ってきた。

「はぁぁぁぁぁあああああああ！！！」

　声の主であるエレノアが上からファウスト達に斬りかかった。アレクセイが素早く剣を抜き、エレノアの剣を受け止める。その瞬間、弱まりつつあった光が復活し、今度は光が溢れて視界が白く塗られる。

「おお、これは！」

　水晶が激しく発光して光が収まると、その場にはアレクセイだけがいなくなっていた。

一瞬にして人が消えた困惑に、約一名を除いてその場に動揺が広がる。

　いったい何が起きたのか。どうしたらよいのか。なにかとっかかりを見つける前に。そう、それこそ最初の標的を見失った剣先を、すかさずもう一つの標的に切り替え、ファウストを切り上げようとしたエレノアの前にアレクセイは再び現れた。

「おやおや、ずいぶんお早いお帰りで。どうです？　会いたい人には会えましたか？」

「……」

ファウストとエレノアの間に現れたアレクセイは、エレノアの剣を左手の指二本で受け止めていた。

「っ！」

これまでエレノアの戦いを見ている俺からすれば、エレノアはとても強い。少なくとも剣技での戦闘で劣勢に立たされているのは見たことがない。そんなあいつの剣を簡単に素手で受け止められるなんて。

エレノアはぐっと力を込めているようだが、アレクセイはびくともしない。だが、一方のアレクセイはエレノアをじぃっと見つめた後、ため息をついた。

「そうか、君は彼女の……。それで時水晶《ときずいしょう》が反応したのか」

「なんの……話をしているんですか？」

エレノアの問いには答えず、アレクセイはふいっと視線をずらし、ファウストと話し出す。

「彼女とは会えなかった」

「おや、失敗でしたか」

「いや、時間自体はとべた。だが、彼女のいる時代には行けなかった」

「なるほど。時間軸も考えなければならないということですね」

そのとき、ぶわりと黒い触手のような、煙のようなものが周囲から噴き出す。

「おお、これは！『変質』！　いいですねぇ。この場所は興味がつきないですねぇ！」

「はぁ。行くぞ。あれらには手を出すな」

「おやぁ？　見逃すのですか？」

「事情が変わった」

「ふむ。なるほど。……まあ、あなたがそういうなら従いましょう」

「……今日は大人しいのだな」

「ええ。手を出さないだけであれば、私にも益がありますので。ヒヒヒヒヒ」

「そうか」

一度目を閉じたアレクセイは、エレノアと向き直り彼女の腕を掴む。

「くっ！」

「ともに来るか？」

「お断りします！」

エレノアはその手を振り払おうと力を込めるが、びくともしない。だがアレクセイはさらに腕に力を込めたように見えた。その時、俺の頭のどこかでぶちりと、何かが切れた音がする。

「その手を離せよ」

俺の足元から徐々に激しくなる風が吹きあがる。ゴオッと風の塊が走り抜け、アレクセイとエレノアの間に叩きつけられると彼らの手が離れた。

「おお！　無詠唱のうえ『変質』の影響を受けていない！　これは素晴らしい！」

ファウストが一人ではしゃいでいるが、誰もそちらに目を向けない。解放されたエレノアはそのままふわりと崩れた屋根から離れ、俺の隣に降り立った。

「大丈夫か？」

「すみません、ありがとうございます」

「いや、なんかよくわからんがあんたが来てくれて良かった気がする」

「……いいえ、恐らく私が来たせいで彼らの目的が達せられたのかもしれません」

「？」

俺が疑問を差しはさむ余裕もなく、地面が揺れ出し上から石が崩れ出している。そんな中でもアレクセイが離れた片手を眺め、今度は俺に視線を合わせてきた。

「そういうことか」

俺はその視線の強さに背筋が凍る。

そんな衝撃を受けているうちに、アレクセイとファウストは同じ光に包まれると、一瞬で消えた。

「早く動け！」

フードの男が鋭く叫ぶ。

そうだ、固まってる場合じゃない！

「でも、どこに……」

「こちらです」

緊急事態発生中のその場にそぐわない、色を感じない知らない声がかけられた。振り返れば、遊園地を歩き回っていた白い自動人形が立っている。

「ユートさん！」

「うえっ！」

俺の頬すれすれに俺の身長ほどの岩が突き刺さった。

考えている暇はない。俺とエレノアとフードの男は、その自動人形が導くままついていく。やがてどこかの入り口に辿り着き、そこに入った瞬間ぶわりと風が下から舞い上がって体が浮いた感覚があったあと、視界が変わった。目の前に広がるのは白と緑と光の世界だった。爽やかな風が優しく体を包み、ミントのような香りが鼻をくすぐる。

一瞬前の環境のギャップが大きすぎて、脳が処理を受け付けない。

つい先ほどまでいたエレノアは姿を消し、フードの男だけが俺と同じように困惑を浮かべている。キラキラとした小さな光が無数に浮かんでいて、それが微精霊だったか、とようやく頭が回り出した。

一歩踏み出せば、想定していた感触と違って膝が砕けかけた。まるで雲の上のように地がふわふわしていて、白い綿の上を歩いているようだ。周囲に生える木々の葉は緑色なのに、幹は白樺のように白い。

「やっと来てくれたのねぇ、アルディリア！」

ふわふわと漂う微精霊の中からそれらとは一線を画す存在感の彼女が、恐らく女性で彼女で合っていると思われる存在が、俺に話しかけてきた。

◇

「さて、こちらの依頼を聞いてもらうぞ」

「話は聞きますが、助力できるかはわかりませんよ。ノラさんだから話しますけど、今ここにブラックドラゴンの卵があるんです。一刻も早く親に返さないと、大変なことになる」

ギルドの中の個室でノラと向かい合いながら、アランは自分の持つカバンの膨らみを撫でた。

ノラはなるほどと納得しつつ、フンと鼻を鳴らした。

「だとしても、アタシの話のほうが最優先だ。最近世界各国で、人間が魔族に変わるという現象が起きている」

「それは！」

「そいつらは突然苦しみだし、体が魔族の姿に変化して理性を失い暴走する。今のところ一部の地域でぽつぽつとそれが起こり、伝染病のように広がる様子はないが、便宜上狂魔病《きょうまびょう》と呼ばれている。現時点では現象が起きた原因も不明。場所や人間に共通点もなし。教会や一部のお偉方は魔族の攻撃であると認識し始めている。そして、アタシの管轄であるこのルインでも三人それが起きた。一応気絶させることに成功したからそのままで置いてある。これ、お前の真の研究対象だろ。あと、お前に依頼するのはあの人のご指名だ」

「……そうなんですか」

アランは俯き思考を巡らせる。確かにそれはアランにとっても優先したい依頼だ。自分の研究は魔物の研究と表向きは答えているが、専門は魔族だ。人間が魔族化しているというのは、確かに自分が役に立てるかもしれない。とはいえ、だ。今自分が持っているものも放置はできないのだ。なぜなら、ブラックドラゴンとは、他のドラゴンよりも仲間意識が強く、さらに卵のためならずっと追いかけてくる。たとえ親を倒したとしても、その仲間たちが卵を取り戻すまで追いかけてくるのだ。さらに、ブラックドラゴンは怒ると非常に狂暴化する。つい一年前には、ブラックドラゴンの卵を奪った冒険者を追いかけて、冒険者の訪ねた町を三つほど壊滅させている。だからアランが一つの場所に長くいるのは望ましくないのだ。

それに単純に追いかけてきたブラックドラゴンに卵を返せばいいという話でもない。返した瞬間喰われる。卵を割ったり隠したりしても同じことだ。ブラックドラゴンは知能が高く、臭いなどですぐにバレる。自分が喰われず、卵を返すには、元の巣に返す方法以外にない。巣に戻すという行為は、ある意味ブラックドラゴンに、敵意や悪意はないと伝える行為なのだ。

なので、ブラックドラゴンの巣に辿り着くまでの護衛を早く雇わなくてはいけないのだが……。

「わかりました。では、僕はその依頼を受けましょう。ただし、この町にいるのは三日に限ります。そしてその間に、僕の護衛を依頼できそうな冒険者を見繕ってください」

「わかった。三日だろうが、調査してくれんなら、あの人も納得すんだろ。それに、その依頼を任せられるような奴を見繕うのも時間がかかるだろうしな」

「お願いしますね。非常にデリケートな依頼なので」

「わーってるよ」

「それじゃ、まずはその魔族になってしまったという人達に会わせてもらえますか」

「案内する」

アランはノラの背を追った。


「やっと来てくれたのね、アルディリア！」

「えーっと」

俺を迎えるように両手？　腕にも見えるし翼にも見える部分を広げた、恐らく女性のような存在が目に飛び込んだ。それは白い髪に、葉っぱのようなものが頭についていて、ガラスのような翡翠の瞳。上半身は人のように見えなくもないが、腕から先と、下半身が羽毛に包まれていた。

シルフ（大精霊）
HP　7777777／7777777
MP　800／800（風属性の場合無限）
TA　99／123
LV　200

【魔法】風属性魔法の全て

俺がどう答えたらいいか戸惑っていると、シルフはすっと俺の隣のフードの男に視線を移した。

「なぜ、招いていないものがここにいるのか」

シルフが目を眇《すが》めると、巨大な風の刃がフードの男に襲い掛かった。予備動作もなにもなく起きた現象だった。フードの男は顔を反らして風刃を避ける。

「いきなり何をする」

「あら、すばしっこいわね。そーれ！」

フードの男の冷静な問いかけを気にすることなく、まるでシーツを物干し竿にかける時のような気の抜ける声にも拘わらず、さっきより威力の強い風の刃が二本に増えてフードの男に襲い掛かる。

フードの男は舌打ちしながらいくつかを避け、残りは軽く走る電撃が打ち消している。無詠唱ではなく、小さな声で軽く呪文を唱えているようだ。

その動きから、素人の俺でもフードの男が戦い慣れていることがわかる。

そもそも魔法使いというのは戦闘において後衛を務めることが多い。数の多い敵や、龍などの硬い皮膚を持っている物理攻撃に強い敵を倒すのには、爆発的な威力を生み出すことができる魔法が有効だからだ。

ところがその魔法というのは驚異的な威力を生み出すことができる代わりに、発動までに時間がかかる。威力が大きければ大きいほど消費する魔力は多いし、呪文も長い。だからこそ、こと戦闘においては後衛で魔力を練り、敵を一掃する魔法を使う、もしくは味方の回復を担う。

ところで、今の説明は魔法使いがパーティーを組んでいた場合の話だ。目の前のフードの男が一人なのに強い敵と対等以上に戦えているのは、もちろん保有する魔力量とかの生まれ持った才能もあるのだろうが、魔法の性質をうまいこと使いこなしているかららしい。

まず無詠唱での魔法は、同じ魔法でも呪文を唱えたりするより威力は落ちるが、その名の通り呪文を唱えず魔法を生み出す。つまりラグがないのだ。さらに詠唱短縮というものもある。本来の呪文を一部省略することで、無詠唱より威力は上がるが、詠唱分発動までの時間は必要というものだ。もちろんちゃんと詠唱するよりは威力が落ちる。

つまり無詠唱＞詠唱短縮＞詠唱ということらしい。らしいってのは、こんな魔法の知識なんかを俺が知ってるわけないので、混乱する俺に解説文を見せてくれた魔導書に載ってたんだけどな。

要するにフードの男は無詠唱と詠唱短縮をうまいこと使って戦っているってことだ。だが、大精霊というからにはシルフは強いようで、小さくとも威力はある竜巻で男を地面に縫い留めた。

そのまま竜巻の根本がドリルのようにとどめを刺そうとしているように見えて、俺は慌てて止める。

「待て待て待て！　シルフ、なんで攻撃するんだよ！」

「だって人間なのだもの」

だって人間なのだもの⁉

「俺も人間なんだけど⁉」

「だって、あなたはアルディリアなんだもの」

どゆことなの、それ！　答えになってねーよ。

と、俺が爆風の余波でふらつきながらどう止めようか頭を働かせていると、ブチリとなにかが切れるような音がした。俺が見回しても、何か切れた様子のものはない。

「なんだ？」

「……どいつもこいつも」

低い低い声が聞こえた。後ろを振り返ると、フードの男の目が爛々と怒りに燃えている。

「好き勝手なこと言いやがって」

風に押しつぶされていたのに、フードの男がそれに抗いゆらりと立ち上がる。フードの男の周囲には湯気のように黒い陽炎《かげろう》が立ち上っている。彼の白い髪がそれに煽られるようになびき、フードははずれ、目は赤く光っていた。

その陽炎が魔力であるとなんとなく察しつつ、これまずいんじゃないかと背筋が凍る。なぜなら、その赤い目の光が、魔物と相対したときに見た目と似ているような気がしたからだ。

立ち上る魔力がだんだんと激しさを増し、押しつぶされるような威圧がぶつけられる。

「ぐっ！」

これたぶんあれだ。教会にいた時に俺がやったのと同じだ。魔力が多すぎて、周りに威圧を与えるんだ。

あの時は俺が与える側だったが、受けたほうはこんなにきつかったのかと身をもって体験する。

俺が膝をつきそうになるのに必死に抗っているのに、同じように威圧を受けているはずのシルフは涼しい顔だ。

「あらあら、魔力に愛された子。でも我ら精霊には愛されていない」

ふわりと、暖かい風が俺を優しく取り巻いた。その瞬間威圧から解放され、ざわざわと風の気配があたり一面に満ちていることに気づく。

この場を支配しているのはシルフなんだ。

ある意味当然とも言えることに今更ながら気づく。その証拠に、俺を守るように優しく包む風は、フードの男にのみ風の縄となって、まるで蛇が巻き付くようにフードの男を絞め殺そうとしているからだ。

「おい、やめろ！」

俺はまとわりつく風を振り払い、フードの男の圧縮された空気の縄をほどこうと手を伸ばす。

「なぜ、それを助けようとするの、アルディリア」

「そんなの、目の前で死にそうだったら助けるだろ！　それに、俺はこの人にいろいろ助けてもらったんだ」

「そうなの。でもダメなのよ。ここは、招かれていない者が入ってはいけないの。入っていいのは、妾《わらわ》達が招いた者と、縁深《えんぶか》きものしか入れない」

「縁が深きもの？」

「そう。我ら、もしくは我らが招いた客人の、家族、友、仲間、そういう縁深きものしかいられない。妾がなにもしなくとも、そやつはここにいる限り朽ちて消える。精霊の杜《もり》とはそういう場所。だからこそアルディリア。あなたはこの場所を住処《すみか》として選んだのに、忘れてしまったの？」

忘れてしまったといわれても、そもそもそんな記憶はないんだが。いや、今はそんなことどうでもいい。シルフの話が本当なら、ここでシルフを諫めようともフードの男が死んでしまうことに変わらないじゃねーか。

どうすればいい。

「ほれ、妾がなにもせずとも」

シルフが口元を手の甲で隠しながら目を細める。

じゅぶじゅぶという湿った音に振り返ると、フードの男の周りの地面が沼のようにぬかるみ、沈みこみ始めていた。

朽ち果てるってそういうこと⁉　そんなすぐに起こることなの⁉

「俺の友達だ！」

「！」

俺はシルフに叫んだ。

叫んだからには世に放たれた言葉を修正することはできないが、よくよく考えると俺友達がいたことねぇんだよな。教室でもぼっちだったし、そうなるとこれが初めての友達宣言？　え、恥ず！てか、友達宣言て考え方がなんか恥ずい。小学生か俺は！

縁深きもの＝友達、仲間、家族を指すというなら、どうやら招かれていて無事でいられるらしい俺の友ということにすれば、この場はおさまる。

状況的にそう言ったほうがよかろうということで言ったことだが、どうにもそのワード自体が気恥ずかしくなり頬に赤みが差す。

「と、友達だから、消える必要は……っ！」

恥ずかしさを頭を振って散らしてとにかく話を進めようとした瞬間、後ろでバキッと何かが割れる緊迫感の開始を告げる音と共に、ぴろりんと間抜けな音が響く。

イゼキエル・ニクス・フルメン
HP　666／666
MP　1060000／1500000
TA　666／666
LV　81
金　2000万シギン
【魔法】　エインスペル（光／補助）
ゲリール（治／回復）

ウィンドスラッシュ（風／攻撃）
ライトニング（雷／攻撃）
フィスレイ（雷／攻撃）
レイシェル（雷／防御）
以下略
【魔法属性】　地水火風光闇氷雷治　以降増可
【称号】　魔力に愛されしもの　淀む瞳　魔王　シスコン　孤独ではない孤独　デルトナ学園生徒　元首席（アンテデュクス）次席　魔術師　魔導研究者　血に沈むもの
【スキル】　直感　LV79　直観　LV66　逃げ足　LV50　索敵　LV65　鑑定　LV88　審美眼　LV44　観察眼　LV55　解析　LV78
【職業】《魔王（になるはずだった者）》《学生》《魔術師》《魔法使い》《魔導士》《研究者》《シスコン》

俺はウィンドウ画面を開くような意識をした覚えがない。自動的に開かれるのは、敵意を持たれた時だ。つまり。

つと視線を背後に向ければ、フードの男の赤い目は再び燃え上がる怒りをたたえ、俺を睨みつけていた。

あ、お怒りなんですね。

今まで何を考えているのかわからなかったフードの男の顔に、ありありと『余計でふざけたことを言うな』と書かれている。友達と言われることが嫌なのか、俺がそう言ったことが不快なのか、むしろそれの両方なのかは知らないが、わりとここに来て怒りを浮かべるまでは涼しい顔ばかり（フードを被っているときは表情は見えにくかったが）だったので、よほどの地雷だったのかと遠い目になる。

そして不快な俺の発言を続けさせないためなのか、彼はぬかるむ領域よりもさらに外縁の地面を見えない圧でへこませながら、シルフのミニ竜巻をも引きちぎり立ち上がった。たぶん魔力を使った芸当なのだろう。ああでも、友達って発言が効いたのか、ぬかるみに沈み込む現象は止まっている。

「はぁ、はぁ、はぁ」

荒い息と突き刺さる視線に振り返りたいが、シルフは俺の背後に気を逸らす様子もなく、俺に会話を投げかける。

「縁深きものとは友達と言ったけれど、妾は友達ってどういうものなのかわからないのよ。アルディリアが以前言っていた言葉ということしか覚えてないの。でも、この人とは今日会ったばかりよね？　名も知らぬ相手を友と呼べるの？」

その言葉から、シルフがいつからか正確にはわからないがずっと俺達を見ていた、もしくは監視していたことがうかがえる。

「名前なら知ってる。彼は、イゼキエル・ニクス・フルメン」

「ふーん」

バチンッとイゼキエルから太い電光が走ったが、それをシルフは風の盾で弾き返す。そしてそのまま身の丈ほどある風の玉でイゼキエルを押しつぶした。しかし彼はそれにすら魔力の障壁を張り、耐えている。先ほどまでは怒りに燃えていたにも拘わらず、少し冷静さを取り戻したようだ。

イゼキエルを拘束しているのはシルフなのに、彼の視線は俺に向いている。俺への警戒心はＭａｘなんだろうなと思いつつ、彼の視線から問いかけのようなものを察する。

まあそうだよな。なんで名前知ってるのかとか気になるよな。

それよりも気になるのは、彼の赤い目が徐々に濁ってきているような気がすることだ。なぜか、それを進めてはいけないと頭の中で警鐘が鳴る。

そして俺は、半ば予想と勘ながら、なぜ名がわかったのか理由を話せそうだと思った。なんかきゅぴーんとひらめいたんだよな。もしかしてって。

俺はイゼキエルに顔を近づけ、小声で言った。

「あんたの名前、テルマから聞いたんだ。あんたって、テルマの弟だろ」

その瞬間、イゼキエルの目が光を取り戻し、シルフの拘束も霧散した。

その様子をみて、俺のひらめきが正しかったことを知る。

さっき表示されたウィンドウ画面をじっくりと見る暇がなかったが、シスコンって文字が目に入った。テルマもどうやら溺愛している弟がいるとは彼女の話からわかったし、その弟が魔法が得意とも言っていた。そしてイゼキエルが俺の正体を疑ったとき、テルマのことを知っているようだった。しかも彼女のダウジングを信頼している様子で。

となると、イゼキエルがテルマの弟じゃね？　とひらめいたのだ。名前も違うし、外れている可能性も高かったが、当たってよかった。

『スキル直感とスキル観察眼がレベルアップしました』

ウィンドウ画面が再び開かれる。

とりあえずイゼキエルの疑いの眼差しが完全に消えたわけではないが、落ち着いたようだ。

「さてと、そちらも落ち着いたようだし、妾の話をしてもよいかしら？」

シルフの中でもイゼキエルの排除の件は落ち着いたらしい。

このまま俺が話を進めていいのか迷い、ちらりとイゼキエルを見るが、彼は無言を貫いた。じゃあまあいいかと、話を進める。

「そういえば、なんか用があるんだったよな？」

「ええそう」

シルフはまるで明日の天気の話でもするような口調で言った。

「アルディリア。あなたとの契約が切れるわ。もうすぐ冬が来るわよ」

「契約？　冬が来る？」

「そう、冬よ。あなたが妾と契約して、この場所に冬が来るのを止めたんじゃない」

春夏秋冬のある国にいた俺からすると、冬が来るのは普通だと思う。むしろそれを止めるほうが不自然じゃないのか。

「冬が来たら……いけないのか？」

「ん？　いけないわけではないわよ？」

俺が首を傾げると、シルフも首を傾げる。なんだろう、この噛み合わなさは。俺は次に言うべき言葉が見つからず、しばし口をつぐんでしまった。

いやいや、ここで諦めるな。頭を使え。契約がどんなものかは知らないが、そこまでして冬を来ないようにしたんだっていうなら、なにか理由があったはずだ。

「……あんたにとってはいけないわけではなくても、俺にとっては避けたい事態なんだな？」

シルフは口角を上げる。

「妾にとっては冬が来ることはなんの問題もなかった。でもあなたが望んだから妾は協力した。あなたが消えたあとも、妾は空気を読んで契約を続けた。しかしそれもここまでよ。不義理を働いたのは人間達。わざわざ妾の可愛い子を抑えつけてまで契約を続けてやる道理は無いのでな。しかし……」

シルフが愛おしそうに下を見ると、いつの間にかシルフに抱えられている少女がいた。そして、その少女には見覚えがあった。

「アルディリア。もしあなたが契約を続けたいというのなら、妾はやぶさかではない。しかしあなたから既にもらった対価以上の働きはすでにしたのでな。代わりに、新たに対価を要求する」

「……対価って？」

「妾のこの可愛い子を、笑顔にしておくれ。かつてあなたが、妾を笑わせてくれたように」

シルフの抱えている少女は、さっきアレクセイ達の前に座らされていた少女だった。


シルフは先ほどの少女を連れて、よく考えてねと言い残して姿を消した。

俺はどうするべきか悩む。

さくりと踵を返す音がして振り返れば、イゼキエルがその場を立ち去ろうとしていた。

「お、おい。どこ行くんだよ！」

「……こんな場所に長居するつもりはない」

「そりゃ、俺だって長居したいわけじゃないんだが……」

頭のどっかが、放置すべきじゃないって訴えてるような気がするんだよな。

「あら、あらあらあら？　あなた達友達って話じゃなかったの？」

「うわぁ、急に現れんなよシルフ！」

「うふふ。そんなことよりも、友達ってこういうとき助け合ったりするんでしょ？　前にアルディリアがそう言っていたもの」

ひょっこりと現れたシルフは俺とイゼキエルの間をふわふわと飛ぶ。

イゼキエルがギロリと俺を睨んだ。いやいや、それ言ったの俺じゃないって。

「い、いやぁ。友達みんながそうとは限らな……」

俺がごまかす前に、しゅるりと森の木の根が盛り上がり、イゼキエルの足首に巻き付いた。

「資格なきものと認識された瞬間即朽ち果てなのよ。杜が誤解しないよう、気を付けてね」

そう言いおいて、シルフは再び姿を消した。

「ちっ」

イゼキエルは舌打ちした後、俺の前に戻ってくる。確かにまた杜が襲ってきたら、イゼキエルでも切り抜けられないかもしれない。

「おい、早く解決しろ」

「そう言われても、俺も途方に暮れてる最中なんだよ。悪いんだけどさ、一度整理するのに付き合ってくれよ」

「……」

無言で続きを促され、現状わかることをイゼキエルに聞かせた。

「そもそもさ、そもそもだよ」

「……」

「アルディリアって誰だよ！」

「……」

イゼキエルの目が点になる。

「めちゃめちゃ連呼されてたしさ。精霊についてもよくわからんから否定もしなかったけど！　俺はアルディリアって奴知らないし、人違いだと思うんだよ」

それになぜだろうか、呼ばれれば呼ばれるほど、自分が塗り替えられているような感覚がある。

いや、今はそれよりも考えることがあるな。

頭を振って脱線した思考を振り払う。

「……」

「それに契約ってなんだよ。冬が来るってどういうこと。冬が来たらなにかまずいのか？　てか季節を来ないようにするってできんの⁉」

「…………相手は精霊だ」

「精霊ならできるってことか……」

俺の問いかけに根負けして、長い沈黙のあとぽつりとイゼキエルは答えた。

「それに、頭のどっかで、無視しちゃいけないって気がするんだよな」

頭を抱えてうずくまった俺の頭上からため息が落ちる。

「精霊との関わりに覚えはないのか」

「……一応使い魔として精霊と契約してたりはするけど、それが契約だったりシルフとかと関わりがあるとはあんまり思えないんだよな」

「精霊を使い魔だと？」

「え、なにかおかしいのか？　そういや、従魔とも言うんだっけ」

「そういう問題じゃない。要は召喚した精霊と契約したということだろ。契約した精霊のことを使い魔、もしくは従魔と呼称はしない」

「え、そうなのか。あ、いやあれだ。俺の使い魔は珍しいって聞いたな。闇の精霊でもあるが、魔獣でもあるんだ。森でたまたま出会って、名付けたことで使い魔になった。だから召喚ってやつもしてない」

「そういうことか。魔獣であるなら使い魔と称しておかしくはない。それ以外に精霊と関わった覚えはないのか」

「ないな」

「覚えていないだけという可能性は」

「うーん。実は四か月ほど前までは魔法がない場所にいたからなぁ。そもそも精霊とか、召喚とかと関わることはなかったはずなんだよな」

「魔法がない？　どんな辺境の田舎《いなか》でも魔法は使われているのに、お前どこから来た」

「あ、えーと。めっちゃ遠くだよ。島国で、ほとんど森に覆われてる小さい国。閉鎖的なとこだからさぁ。魔法とかなかったんだよな」

「……」

あっぶねぇ！　そうか、この世界で魔法は隅々までいきわたってる技術なのか。迂闊にしゃべらねぇように気を付けないと！

まあ日本は鎖国とかしてたし、嘘は言ってない。鎖国してたのはずいぶん前の話だけど。

「……まあいい。とにかく、本当に覚えがないんだな」

「うん、ない。でも現状がこうってことは、月夜との契約がやっぱり関係すんのか？　俺が気づいていないだけで、あれが召喚だったとか」

そういや月夜が現れた時、注連縄《しめなわ》みたいなロープがあった。あれを切っちまったのが実は召喚ってやつだったとか？

「その可能性は低い」

「え、なんで」

「……」

なんでそんなことまで詳しく説明しなければならないんだ。イゼキエルがそう思っているような表情でいたが、じーっと見つめる俺のねばりに諦めたようにため息をつく。

「お前がその使い魔と契約したのが四か月前なら、それが召喚によるものではないからだ」

「なんでそう言い切れる？」

「ここ六年程、精霊召喚が成功したことはない」

「え、そうなの？」

「原因は不明だが、精霊が召喚に応えなくなった。以前はそれなりの数いた精霊術師はかなりの数が廃業している」

「ほーん。あ、そうか。六年前から召喚できなくなったってことは、四か月前の俺のも精霊を召喚したわけじゃないってことか」

「今日の様子を見る限り相当好かれているようだから例外だった可能性はあるがな。だが、恐らく

「……」

「だよな。あれは、【俺】を好いてくれてるわけじゃないからな」

本当に人違いなのか、それとも俺を通して別人を見ているのか。どちらにしろ、俺自身でないのは確かだ。

「てなると、そのアルディリアって人が冬を止めたって話から推測を……ぐっ！」

「！」

突如頭痛が俺を襲う。頭の中が割れるように痛い！

だが、その痛みの中で見えたのは、町の中が猛吹雪に埋もれていく光景だった。見覚えのある石壁が真っ白い雪に消されていく。それは生易しいものではない。そこにある命が一瞬にして凍り付くような極限の世界。息をすれば肺が凍り、一歩踏み出せば足が冷え固まってボキリと折れる。命あるものを全て刈り取るような、そんな冬の光景がフラッシュバックした。

「ぐぅぅぅ！」

「おい！」

「…………………………いってぇ」

脳を駆け巡る光景が収まると、頭痛も引きはじめる。痛みを口に出せるぐらいには回復した。

「……あれは、ルインだ」

「は？」

「今、たぶんシルフが言う【冬】が来た光景を……見た」

「どういうことだ。なぜそんなものを見る」

「わっかんねぇ。でも、今見た光景の中に、ルインで見た壁泉もあった。だからルインに【冬】が来るんだ。ほとんど雪で埋まってて、とても人間が、人間だけじゃなく動物や魔物もそこにいられないような状態だった。だって凍るんだよ。しかも突然来る。それまでは比較的暖かかったのに、一気に氷点下だ。その落差に耐えられる奴はいない」

「それが本当にシルフのいう【冬】だという証拠は」

「……ねーよ。けどさ、この状況でこんな頭痛と一緒に見せられた光景が、無関係とも思えねーだろ。別に今俺寝てて夢を見たとかでもないんだぜ」

「……お前が自覚してないとしても、シルフと因縁があるだろうお前が見た光景なら、それが奴らの言う【冬】である可能性はある、か。他に読み取れたことは」

「いや、今わかるのはそれくらいか。場所がルインだってことと、暖かかった気温が一気に下がるってことくらいだな。なんつーか、急に来るみたいなんだよ、その冷気」

「……。ならば今【冬】が来たとしたら、死ぬな」

「！　そうか、それならそのアルディリアって人が止めようとしたのもわかるな」

そこまで話して、俺はふと気づく。

「あー俺、またろくでもないことに巻き込まれてる気がする……」

と、俺の呟きが終わるか終わらないかのところで、細かな地響きが足から伝わって来た。

「今度はなんだ、地震か!?」

揺れは段々と大きくなり、なにかがこちらに向かってきてることがわかる。俺がそれが何か確定させる前に、イゼキエルがスッと俺を横切り走っていく。

「え、なに、なんで⁉」

嫌な予感がして、俺もイゼキエルを追いかける。

走りながら微かに後ろを振り返ると、黒い粒粒が波のように迫ってくるのが見えた。

なんだあれ。

と、俺の頭がそれを理解する前に体は本能に従ってイゼキエルの後を追うように走り出した。

「なんだあれなんだあれなんだあれ！」

地面を覆いつくすほどの小さい何かが迫ってくる。それらから逃げているのは俺とイゼキエルだけではない。森にいる小動物たちも俺達に並んで逃げている。

ピコンピコン、ピコンピコンと、ウィンドウ画面の音がうるさい。スキル【逃げ足】のレベルがどんどん上がる音だ。

あの黒い奴の詳細も画面に表示されてるんだろうが、まともに読んでる時間と余裕がない。動体視力と息切れしない体力が切実に欲しい！

「なあ、あれなんなんだよ！」

イゼキエルにやっと走りながら並んだ。俺の問いにイゼキエルはちらりと視線を向けるだけだ。

これ、たぶん悪意ではなさそうなんだよな。言う必要性を感じてない、そういう考え方の奴に見える。しかしそれがどういう性格や意図の結果だとしても、なんにも教えてもらえないのはイラつくし困るんだよな！

「あのさ、この状況を打破しなきゃいけないのは同じだろ？　だったら協力しろよ！　気づいたことがあるなら教えろ！　それでアイディアが浮かぶこともあるし、状況の打破にもつながるかもしれないだろ！　あんたからすれば俺はなんにも知らないアホかもしれないけど、アホはアホなりに考えてんだからさ！　一人より二人の頭合わせたほうが生き残れるかもしれねーじゃねーか！」

イゼキエルの目が微かに見開かれる。

「……あれはアーミーモス。肉食の苔だ」

「え、あれ苔なの⁉」

「軍隊のように隊列を組み、規則正しい動きをしながら通るところにいる生き物を食い尽くす。人間も例外じゃない」

「なにそれ。軍隊アリみたいな奴だな。そんで、これいつまで逃げてたらよさげなんだ？」

「逃げ切れるまでだ。死ぬ気で逃げろ。追いつかれたら、食いちぎられるぞ。ついでに言うなら奴らに魔法は効かない。物理攻撃は効くが、見ての通り数が多いうえに苔の一つ一つは小さくてキリがない」

「はぁはぁはぁ………………」

いや、これ俺死んだよな。俺は瞬発力はあるが、持久力はない。今も息切れが酷くなって、体力も限界が近い。

俺が無言になってしまった時、ふふふ、と軽やかな声が風に運ばれてくる。横を見ればシルフが楽しそうに俺の横を並走するように飛んでいた。

「大変そうね、アルディリア。でも。あなたならどうしたらいいか、知ってるはずよ」

なんだよそれ。俺が知るわけないだろ。

そう思ったはずなのに、俺の頭に見知らぬ木が思い浮かべられる。そしてそれを探すべきだと、反射のように目が周囲を見回した。

いや、探すだけじゃない。俺の体は、俺の意思に関係なくどこに向かえばいいのかがわかっているようだ。

「はぁ。イゼキエル、こっちだ……」

なぜわかるのか、そんなことは考えられない。けれど、まるで慣れ親しんだ道を歩くように、道がわかる。

獣道ですらないルートを進みながら、俺の目がその木を視界に入れた瞬間叫んだ。

「あの木の洞《うろ》以外の部分に抱き着け！」

俺についてきていたイゼキエルと共に、俺はその巨木の幹に抱き着いた。するとこちらを追いかけていた苔も俺達に向かってくるが、その洞に苔が近づいた瞬間、洞がそれらを吸い込み飲み込んだ。吸引力の変わらないアレのように見事に、通る道にはなにも残らないと言われた苔が飲み込まれてしまった。

「……た、たすかった」

「……」

イゼキエルは幹から手を離し、見上げる。

「この木は……」

「これは、動くものは割となんでも食べる木の妖精。ドライアド」

「……」

「あれ、俺なんでそんなこと知ってるんだ?」

すこし、頭の中をモヤがかかっているように感じた。

震える自分の手を見つめても、まるでそれは自分の手ではないような。精神と体がズレたような、そんな感覚に襲われる。

そんなとき、ザクリ、ザクリと土を踏みしめる音がした。顔を上げるとこちらに近づいてくる影がある。それはだんだんと明確になり、それが黒い牡鹿に乗った、髪が植物の蔓でできている黒い服を着た女性であるということがわかる。

マズイ、と全身が凍り付いた。なにがまずいのかわからない。だが、あれがこちらを認識する前に隠れなければということが頭の中でガンガンと響く。

けれど俺が行動する前に、その女性と目が合ってしまった。

その瞬間、金縛りになってしまったかのように動けなくなる。

「くっぐ! 死……と冬の……カミ!」

呼吸がしにくくなり、体が地面に押し付けられる目に見えない圧力が襲う。そんな中で声が紡いだのは自分では知らないはずのその女性の正体だった。

「ぐっ！」

後ろでイゼキエルがうめく音がする。振り返ることもできないがたぶん、あいつも俺と同じ状態なんだろう。そんなことを考えているうちに、死と冬のカミは牡鹿の上から俺を見下ろせる目の前まで来ていた。そしてそのままにゅっと俺に顔を近づけて覗き込む。

ぐるりと体温が死と冬のカミに吸い取られている感触がした。俺が体温だと感じているものは俺の命だ。このままだと命を吸い取られて死ぬ。

その時、声が響いた。

「その子はダメよ！」

声が響いた瞬間、呼吸ができるようになる。一気に楽になったことで思わず深く空気を吸い込み、俺は目の前の死と冬のカミのお腹が膨らんでいることに気づいた。

もしかしたら、新たなカミが生まれるのか。

「その子はダメ。私の大事な子」

微かに焦りを含んだ声が響いた。命を吸い取ろうとしていた冬と死のカミを止めたのはシルフだ。彼女が今までにない焦った顔で俺の前に庇うように浮かんでいる。だが、止めたのは俺に対してだけだったようで、冬と死のカミはイゼキエルに視線を向ける。

だめだ、そのまま進めさせるわけにはいかない。対象から外れたことで強張りの解けた体で、ドライアドに近づいて見上げると、いつの間にやら見覚えのあるキラキラした小さな光達が舞い上がる。俺の欲しかったものを察した微精霊《小さな光》がそれを俺の手に落としてくれた。体を動かそうと抵抗しているイゼキエルを上から覗き込んだ死と冬のカミの横から、俺は手にある葉の塊のようなものを差し出した。すると、死と冬のカミはぴたりと動きを止め、俺の手から寄生木《ヤドリギ》を受け取る。

　死と冬のカミはそれに頬ずりをすると目を細め、膨らむ自らの腹を一撫でして去っていった。

「……今のは、なんだ」

「俺にもわかんねーんだよ。それより大丈夫か？」

　イゼキエルが喉に手をやって問いかける。まだ呼吸がしにくいんだろうか。

　しかし俺の心配を意に介することなく、視線は今のがなんだったのかを問いかけている。

　いつの間にやらシルフもいなくなっているし、俺はどう説明したものかと頭をひねる。

「俺も、なんでそんなこと知ってるのかわからない。だけど、急に頭の中に対処法が浮かんだんだ」

　イゼキエルの目が眇められる。

「……俺は、この世で一番嘘が嫌いだ」

「……」

　それは、遺跡の中でも聞いたな。

「俺は、嘘はついてない」

　口ではなんとでも言えると思われればそれまでだけど。今んとここいつに嘘をつく意味もないし、後ろめたいこともない。慎重なのは結構だが、そんだけ警戒されるとしんどいんだぜ。俺のそんな意思が伝わったのか、イゼキエルはその赤い目をとじて、続きを促した。

「……それで？」

意外とグダグダこれ以上続けないんだな、と思いつつ俺は話を続けた。

「さっきの女の人は死と冬のカミ。それを乗っけてた牡鹿は灰と再生のカミ。神じゃない、カミと呼ばれるもの。あの二人は夫婦だ。昔から冬の森に入ると死と冬のカミに遭わないように気をつけろ。カミと呼ばれるものはなにをするか予想がつかない。遭ったら命を吸われるぞ。みたいな伝承もある……らしい。そんで死と冬のカミは身ごもっているようだった。その状態の死と冬のカミは動くものを見つけるとほぼ命を吸い取ろうとする……らしいな。今浮かんできた記憶だと」

「そんな伝承は聞いたことがない」

「……そうか」

「さっきのヤドリギはなんだ」

「あー、なんかヤドリギは死と冬のカミにとっては、根もないのに冬でも緑色だし生命力の塊らしくって、もし出遭ってしまったらヤドリギを渡すと命を吸い取られなくて済むんだと。悪いものから子供を守る魔除けでもあるから、今回みたいな身ごもったときに渡せば祝福にも思ってもらえたんじゃねーかな」

まあ、俺の頭に勝手に浮かんだ知識なんだから、そういわれたら肩をすくめるしかない。だが、イゼキエルは言葉を続けた。

「シルフがお前をアルディリアと呼んでいた。お前には、その人物の記憶があるんじゃないのか」

「ええ？　だからアルディリアって人は知らねーんだよ」

「お前の記憶じゃない。そのアルディリアという人物が持つ、お前からすると他人の記憶がお前の中にあるんじゃないのか」

「それは……」

なぜか、違うという言葉が出てこなかった。突拍子もないことを言われているのに、否定できない。まあ、この世界でこれまでの経験みたいな状況を過ごしていれば、もうどんな突拍子もないことが起きてもあり得るかもしれないと思ってしまうのは確かだが。

「あくまで仮説だ。だが、お前の記憶通りに動いて、あいつらが何もせずに立ち去ったというのなら、お前の記憶は間違った知識ではないといえる」

「俺の話を信じるってことか？」

「完全に信じたわけではない。が、確かにお前の言う通りお前の知恵も借りなければ、ここから抜け出すのは難しいだろう。暫定だがな。効率の問題だ」

「お前、理屈っぽいって言われねー？」

「……言われたことはないな」

「ほんとかよ」

思わず笑いが漏れる。

「さて、俺に自覚があるかはさておいて、俺にこの森の記憶があるってんなら、見覚えのあるほうに行ってみるってのはどう思う？」

「好きにしろ。それ以外に手がかりもない」

「んじゃ、俺なんとなく進んでいくからさ、道覚えたりとか周囲の警戒とか頼んだぜ」

なんか、思い出しているとボーッとしちゃうみたいだからさ。

体が導くまま、既視感を覚えるものを辿って進み続ける。それは例えば木であったり、巨大な岩の形であったり、川であったり。視界を過ぎるものが時々なぜか懐かしく、穏やかな心地をもたらす。

微精霊達が遊ぶようにキラキラという光が舞う。カミに遭遇した以降は脅威もなく、木漏れ日が差し込む美しい森の中で、耳が癒される風が葉を揺らす音があたりを満たしていた。森の湿ったにおい。川のせせらぎが行く先を示し、やがて滝に辿り着く。その滝から樋《とい》で作られた水路がどこかに伸びていた。

急に出てきた人工物。

だが俺はそれに驚くこともなく、その樋による水路を辿って足を進める。

イゼキエルはそれに何も言わず、大人しくついてきていた。

そして辿り着いた先では、他は朽ちて石壁だけが残ったように見える家が、そこに佇んでいた。

家の側面には軸のような木が突き出している。ここには、水車があった。木でできていたから長い年月で風化して、今は軸しか残っていないが、滝から引いた水をここで屋根の上まで運んでいた。

そういう機能の家であったのだと、確信があった。

「ここは……」

吸い寄せられるように、その家に入る。

中は、普通の家のようだった。石で出来た窯がある部分はおそらく調理スペースだった場所だろう。家の中にも水受けがあり、水は流れていないが、外にあった水受けから壁に開けられた穴を通って家中に水を引いていた。使わないときは穴を塞げばいい。

中央部分にある、木粉とかろうじて木片とわかるものが撒かれている部分には、机と椅子が置かれていた。

そして何よりも目が吸い寄せられるもの。家の一番奥の壁一面にあった、升目状の引き出し。目の前にあるのは半分崩れているが、そこに何が入っていたのかまでわかる。

「ここがなにかわかるのか？」

「ここは……家だ」

この家が、どういうものだったのかわかる。

「そこは、調理台だった。そこには机と椅子があった。椅子は二つ。そしてこの壁には、一つ一つ薬の材料になるものが入ってた。薬簞笥《くすりだんす》だったんだ」

「ほう」

「この家の屋根の上、水車で水を上げてたんだが、それで薬草を育てていた。姉と、私の二人で」

それを聞くと、イゼキエルは家を出て側面に回ったようだ。足音から、側面に組み上げられてた石階段を上って確認しに行ったんだろう。

俺は、見なくてもわかる。

屋根の上は平面で、屋上のような作りになっている。石で作られたプランターに沿うように水を流し、常に水が絶えないように作られた、薬草畑があるはずだ。長年手入れをするものがいなかっただろうから、もはやなにも植えられてはいないだろうが。水も与えすぎては根が腐るし、水に問題がなかったとしても土を入れ替えなければ枯れるだけだ。

俺は、周囲を見回して、その一つ一つを記憶と照らし合わせていく。

そうしていくうちに俺が俺でなくなるのを感じていながら、それを止めることができなかった。

このままでは【俺】は消えてしまうのに、なぜか。今まで感じたことがないほどの郷愁と懐かしさに突き動かされて、視線は巡る。

今はもうないが、よく乾燥させた薬草を梁《はり》から吊るしていた。

あそこには、軟膏《なんこう》をつくるための、ヒノカミダイコンの根から作った粉が入った壺があった。皮膚の乾燥を守る薬に使うシルフィンの穂はいつも吊るされ、まじないと呼んで隠した、我ら一族の魔法の痕跡も残っている。

魂が、震える。まるで、包んでいた布が裏返ってしまうかのように。

俺は、私は、かつてここに住んでいた。

トントンと階段を下りる音がした。

「確かに、上には栽培の跡があった」

下の階に下りたイゼキエルはそう言いながら、こちらを見て、そしてすぐに身構えた。

「おまえは、誰だ？」

「君には、誰に見える？」

俺が話そうとしたわけでもない言葉が口から飛び出た。

俺の精神というのか、人格といっていいものかは、度重なる過去の魂の記憶に揺り動かされるのに負けて、ぐるりと彼女と入れ替わる。

「アルディリア！　ああ、やっと！」

シルフの、待ち焦がれたような声が響いた。


「シルフ……」

これまでにないほどの喜色を滲ませたシルフとは真逆で、優人の姿をしたアルディリアは厳しい目をしていた。その瞳の色が、黒から緑石色に変化していることに、イゼキエルは気づく。アルディリアは拳をキュッと握りこんだ。

「なぜ、私を呼んだんだ。私はもうすでに死んだ。生きている者を、今ある生を必死で生きている者を押しのけてまで、私を表に引きずり出した。その弁明を聞こうか？」

その声は硬さを滲ませているのに、シルフは首を傾げる。

「弁明？　そんなものするつもりはないわ。だって、あなたしかどうにもできないと思ったんだもの。あなたは妾の【トモダチ】でしょう？　どうしても、あなたの助けが必要なの！」

見た目はその瞳の色以外に変わっていないのに、優人がアルディリアと呼ばれていた存在に変化した。考えられるのは多重人格説だが、これまでの言動を考えるとそういうわけではないらしい。が、とにかく人格のようなものが変わったのだろう。そしてなぜ、という部分は別の場所に置いておくしかない現実に直面したイゼキエルでも、もはやアルディリアと仮定せざるをえない存在がとてもとても怒っているということは察せられた。

アルディリアの目がすっと細められる。

「シルフ。私はとても怒っている。死んですでに亡く、土に還って眠りにつき、新しい生をはじめた魂をいたずらに揺さぶって過去の人格たる私を呼び起こした。君は、魂に干渉したのだよ」

魂への干渉。その言葉に、それまで悪びれることもなかったシルフの顔に気まずさが浮かぶ。今まで身を乗り出すように浮いていた身を引いた。

「わかっているわ。さすがの妾も本来ならせぬし、また魂の記憶を呼び覚ますなんてことはしない。そもそも前世の人格は魂の裏側に固く閉ざされて、引っ張り出すことなんてできないもの。だけど、その子は違う。魂に隙があった。一目でアルディリアの魂《あなた》だと私が見抜けるくらいに」

「隙があればそこにつけこんでいいのか？　それにそれは彼が、深く傷つけられた人生を送っているからだ。本来は綺麗な球体をしているはずの魂が、擦り切れひび割れて、傷つくほどに。自分のことを大事に思えず、無頓着で、自分がボロボロで傷ついていることにも、痛みにも鈍感になり気づけないほど。それでも彼にとって大切なもののために、自分を愛する心と、他を愛する心を拾い集めて、魂の傷を癒しながら進もうとしている人間の魂を砕こうとした。特にこの子は、ただでさえ過去の因縁に巻き込まれてしまっているというのに。そこにはシルフ、おまえが母と呼んでいる者も関わっているはずなのだよ」

「母は母だもの。妾も言いなりになっているわけではないわ。それに、確かに魂への干渉は大精霊たる私も分を超えたこと。そこに手を出したのはごめんなさい。あなたの眠りを妨げたのも悪かったわ」

考え方の違いというのは、価値観の違いというのはもどかしい。アルディリアはこの短時間で言葉を重ねても通じ合うことはないと知りながら、無力感に嘆息する。

「シルフ。私はそこを怒っているわけではないのだよ。精霊たる君と、人間である私と根本的に考え方が違うのは理解しているし、精霊とは人とは違う倫理と掟で生きている。そういうものだ。私が君に怒っても、それは君に通じないことだろう。だからといって、よりによってシルフ、私を【友達】と呼んだ君が、人にとって蔑ろにされたくない部分を蔑ろにしたことが腹立たしく、とても悔しい」

「アルディリア……」

「それに、優人は悪くない。魂がここまで傷ついたのは可哀そうだが、多くいる人間の中ではとても珍しいことでもない。問題は、【私】の我が強すぎたということだ。だが、それは死んでも治らなかったのだから今更治ることはないだろう」

アルディリアはスッと視線をイゼキエルにずらし、静かな眼差しを向けた。

「君も、その容姿だとこれまで苦労しただろう。それは、人間の生理現象だ。私の生きた時代からどれだけ過ぎていたとしても、人間が本能的に恐怖を感じてしまうのはどうしようもない」

白い髪と赤い目を持つ者は、魔力に対する耐性が一般的な人間よりある。だからこそ生来から体内に留めておける魔力量が平均と比べると桁違いなのだ。そして普通の人間は、相手と自分の持つ魔力量の差が大きければ大きいほど本能的に危機感を抱き、恐れる。ある意味では敏感に危機を感じ取っているとも言えるが、悲しいことに魔力量が多いだけで相手も人間だ。人の社会で生まれ育ち、人として生きる。だからこそ、魔力量という『差』において、少数派となってしまう。社会に沿おうと努めれば努めるほど、生きにくさに雁字搦《がんじがら》めになることだろう。

だが、それに同情するのは違うとアルディリアは考える。正確には生前に考えていて、今も変わらない。

生まれる環境は選べない。ならば、自分の持つ手札で勝負するしかないのだ。

イゼキエルのほうも、アルディリアの言葉からはなにも感じられなかった。哀れみも同情も恐怖もなく、ただ淡々と予想を語っただけのように聞こえた。

ゆえに、シルフの時とは違い、イゼキエルの心は凪いだままだ。つまり、シルフの「あらあら、魔力に愛された子。でも我ら精霊には愛されていない」という言葉はイゼキエルにとっての地雷だったのだ。人からは魔族に近いと恐怖と軽蔑と差別を受け、精霊からは魔力は多いけど人間だから大した存在ではないと侮られる。どいつもこいつも好き勝手言いやがって怒って当然だろう。

アルディリアは目を閉じた。

「申し訳ないが、私は名乗れない。私は～だと名乗ってしまうと、それで存在が固定されてしまう。言葉は言霊。特に名に関する言葉は力が強い。だからこそ、魂の裏側にこびりついていた私を揺さぶり、呼び起こすためにあれが何度も私の名を呼んだのだから。存在を固定させてしまうと、優人が戻れなくなってしまう」

イゼキエルはそういえば、やたらとアルディリアという名をシルフが連呼していたな、と思い出す。

「それに、私が何者かは察しているだろう？」

アルディリアは目を開けて、胸に手をあてイゼキエルの視線をからめとった。強い眼差しをイゼキエルは受け止める。

「だからこそ君に頼みたい。彼の名は優人という。私が奥に引っ込んだら、名を呼んでやってくれ。できるだけ、存在がさらに揺さぶられることがないように」

名前が存在を固定するというのは、抽象的だがなんとなくわかる気がする。だとしても。

「俺がその頼みを聞く道理はない」

「そのとおりだな。警戒心があることはいいことだ。だが、今は君に頼むしかない。もし頼まれてくれるのなら、これも伝えてほしい。もっと自愛せよと。君は寛容だが、自分には薄情だ。けれど君が今生きているのは、生かされているからだ。生かされるからだけでなく、自分の価値を認め強く生きろ、と」

気が向いたらでいい、とアルディリアは空を見上げた。

「さて、ではそろそろ行く」

「待って！」

アルディリアが表から去ろうとしたところで、シルフは必死に呼び止めた。

「あなたしか、頼る人がいないの！」

今までの余裕など無かったかのような、懇願という名の悲鳴だった。

「どうかこの子を、助けて！」

シルフは目を開いたままぴくりとも動かない少女の肩を抱いて、切実な表情で叫ぶ。

「その子は……」

アルディリアの頭は少女を見た瞬間、生前からのクセで高速で記憶を手繰る。

それは、優人が経験した記憶だった。

遺跡の地下、崩れる遊園地の中で、二人の男の足元にいた少女がシルフの前にいる少女だ。そして、少女の隣に置かれた水晶と、あの時発動した魔法陣の形。

その後にめぐるのは、生前の記憶。

アルディリアは微かに迷う。この事態の一端は、生前の自分にあるとわかってしまった。だが、ささいなそれを、ここまでこじらせたのは別人達だ。恐らくと言わず、確実にあの二人の男達だろう。

……優人は、もう少しだけ私が動くことに同意してくれるだろうか。

アルディリアが裏側を探っても、まだ優人が表に戻ってくる様子はない。

彼が意思をもって動かないのか、それともまだ眠ったままなのか。どちらにしても今目を閉じれば体は意識を失うだけで、危険か。

そう結論を出し、アルディリアはシルフの抱える少女に近づき、その体に触れた。

「これは……」

アルディリアはその少女の体の中が、ぐちゃぐちゃであることに気づく。臓器も、魔力回路もなく、ただ肉と魔力を粘土のようにこねて、人の皮を被せただけだ。しかも、これはただの魔力ではなく瘴気《しょうき》。肉に使われているのも様々な魔物や人間や獣人や動物を混ぜている。キメラといえるかもしれないが、これはキメラよりも悍《おぞ》ましいものだ。おそらく肉体に関してはキメラの研究の発展形。触れただけで、作り手の好奇心に裏打ちされた狂気と悪意がわかる。どうすれば、なにを合わせれば、人の形になるのか。そして、それを動かすには何を入れればいいのか。気持ち悪いのは、これは人間を作ろうとしているのではないことだ。人を作るなら臓器や魔力回路にも手が及ぶはずなのに、それがない。これは人の形をした別物。肉で作る人形を目指しているとでも言えるのか。

そしておそらく、その作り手によって人形を動かすものとして選ばれたのが、精霊だった。

そこに押し込められた微かに感じる清浄な精霊の気配は、もうすでに残りかすの状態で、めちゃくちゃに組まれた瘴気と悪意に絡めとられて、解くのは不可能だ。

内部を探ったこちらが吐きそうなほどの酔いをもたらす。

「くっ」

「大丈夫？　アルディリア！」

アルディリアは口を手で覆いながら問うた。

「シルフ。この子は、あの時の、雪の女王だな？」

「そう、そうよ！　あなたも世話をしてくれた、あの子よ！」

シルフの顔に喜色が浮かぶ。

「では、あの遊園地の魔法陣。あれは私が施した封印ではない。あれでこの子を封じていたのは、誰？」

「それは……。昔の勇者よ」

「そうか。なら悪意はそこではないようだな」

アルディリアは口元に手を当て少し考えたあと、ちょいちょいと手を振ってイゼキエルを呼んだ。

意外にも大人しく近づいたイゼキエルに促し、彼にも少女に触れさせる。

イゼキエルは躊躇《ためら》うことなく、銀髪の虚ろなアメジスト色の目の少女に触れ、そして彼も少女の状態に気づいたようで、目を見開いた。

「無理はするな。吐きたいなら吐きたまえよ」

「っ！」

イゼキエルは唇を噛みしめ、耐えたようだ。その様子を見てアルディリアは話を進めることにする。

「君、精霊の召喚はできるか？」

「ああ。だが……」

「大丈夫だ」

「……」

精霊の召喚自体はできる。だが、六年前から精霊は召喚に応えなくなった。そのことは優人に話したし、アルディリアも聞いていたようだ。それでもなにか考えがある様子に、イゼキエルは魔力で地に魔法陣を浮かび上がらせる。

「早いな。さすがだ」

アルディリアは笑みを浮かべた。

魔力を流しながら陣を描くというのは、本来はとても時間のかかることなのだ。それを一瞬で行えるというのは、相当の魔力量とコントロールができるということ。

無詠唱もできるようだし、実力も相当なものだということがわかる。魔力に愛され、なおかつ勤勉で努力家の証だ。

「召喚対象は？」

「あの子だ」

アルディリアは虚ろな少女を指す。

「……」

イゼキエルは対象を魔法陣に組み込み、発動させた。

まばゆい白銀の光が発生し、少女の座る地に同じ魔法陣が現れるが、バチンと何かが弾ける音がして光が弱まる。

「……シルフ」

「……むぅ」

アルディリアが釘を刺してシルフが渋い顔をすると、再び光が戻って少女の前に扉が現れる。だが、その扉が開かれることは無かった。

「……ふむ」

アルディリアは一つ頷くと、イゼキエルの魔法陣に手を翳《かざ》した。

「少し歪《ゆが》めるぞ」

「！」

アルディリアの干渉によって、魔法陣が少し書き換わる。すると白い光に緑が混ざり、もう一度扉が現れて、今度は開かれた。

「ああ……」

「なるほど」

シルフの絶望した声に、アルディリアが手を引くと、イゼキエルも魔法陣を閉じる。

「……六年前から精霊が召喚に応じなくなったのは、お前が止めていたからか」

「……そうよ。私より下位の精霊は上位の精霊の意思に従うから、私の拒絶はほとんどの精霊もそれに倣《なら》うでしょうね」

シルフは意気消沈しつつも、イゼキエルの問いに答える。

アルディリアが手のひらを上に向けると、小型化したイゼキエルの召喚陣が浮かんでいた。

「この魔法陣の形態だと、私が生きた時代から五、六千年くらい経っていそうだな」

アルディリアの生きた時代に使用されていた魔法陣と、イゼキエルが使っている魔法陣は同じ召喚陣でも変化している。研究が進めば進むほど、余計なものは削ぎ落とされ、より効率的に変わっていった結果だ。生前アルディリアは召喚陣の研究が進めばこのような形になるだろうな、と想定していた形に変わっているイゼキエルの召喚陣を見て、魔法技術の進歩具合を知る。

要するにアルディリアは六千年前に現代の魔法陣の形態を想定していたということになるのだが、アルディリアは精霊の召喚陣に関しては現代において古臭い形をあえて使い続けていた。それには理由があるのだが、それについて深掘りするのは置いておくとする。

それよりも、だ。

「シルフ。その子を助けることはもう無理だ」

「……」

シルフは涙を溜めた瞳でアルディリアをみる。

「精霊の召喚陣の扉が開かなかった。対象をシルフに変更したら扉は開いた。魔法陣の不備ではない。その子はもう、精霊としては死んでいる」

シルフの目から涙が一粒こぼれた。

「精霊に肉体は存在しない。受肉されてしまった精霊はすでに【変質】している。だからこの子はすでにべつのモノだ。実質的な精霊の死。それに、この子はただの精霊ではなく、雪の女王の座につくものだ」

「ええ」

アルディリアがイゼキエルを振り返る。

「雪の女王と呼ばれる精霊がいる。この子は冬を呼び、季節を巡らせる精霊。死と冬のカミ、灰と再生のカミの娘だ」

「……」

イゼキエルは思い出す。死と冬のカミ、灰と再生のカミといえば、先ほど遭遇したカミ達だ。

「だが、精霊召喚の扉が開かなかった。だからもう、この子は精霊ではない」

「っ！」

シルフは少女を、雪の女王だった精霊をぎゅっと抱きしめる。

「それに、雪の女王という座は一つだ。そこが空席になったから、死と冬のカミと灰と再生のカミの間に新たな命が宿った。あれが、次代の雪の女王だ。そこから導いても、その子はすでに雪の女王ではなく、精霊でもない」

イゼキエルは軽く息を吐いた。

この状態を解決するのは、限りなく不可能だ。

「……シルフ。この問題をどうするかは、私が決めることではない」

「……でも」

「今はその、昔の勇者という人物が施した封印を流用して瘴気となった魔力を抑えているんだろうが、それも時間の問題だ。あの二人によって封じも意味のないものになっているし、間もなく崩壊するだろう。それに……」

アルディリアは一瞬考えた。あの、アレクセイという男達の目的は、おそらく。

「封じられていたこの子を引きずり出して受肉させたのは、あの二人の男か？」

「そうよ」

周囲で風がざわめく。シルフの怒りに風が反応している。

「この子は、自分の力をコントロールできなくて、大人しくずっと眠っていたわ。あなたが死んでしまってからは、何千年か過ぎたあたりで当時の勇者が眠らせた。その封印の下からこの子を引きずり出して、そしてあの人間達が……」

シルフは辛そうに顔を歪める。

「彼らの真の目的は、時間への干渉だな」

「そうだと思うわ。どこで見つけたのか、時水晶を持っていたもの。おかげで私の力ではこの子を守れなかった」

「彼らの言動と、あの時の魔法陣からすると、おそらく過去へ飛ぼうとしていたのだろう。過去へ行ってなにをしようとしていたのかは、わからないが。しかしその目的のために余計なことも多くしていったようだな。遺跡の状態と、この子の状態を見ればわかる」

時系列を整理すると、あの二人は時への干渉を実行する準備段階から、悪意をまき散らしていたようだ。

シルフはアルディリアに手を伸ばした。

「お願い、アルディリア。あなたほどの人でなければ、この状況を覆せない！　だから、妾は、魂に干渉してまであなたを！」

だがアルディリアは首を横に振る。

「シルフ。それはダメなのだよ。人も精霊も、例外なく、今自分にある手札で勝負するしかないのだ。私は君の手札にはなれないし、ならない。少なくとも今はね」

「ならば、妾に、この子を見捨てろと？　それにこの状態を放置すれば、あなたの大事にしてたこの世界もめちゃくちゃになるのよ！」

「私はなにもしない。四聖賢と呼ばれた当時の私はもういないのだ。どうにかしたいのなら、今生きているものに頼むんだな」

「だとしたら。でも、その子は……」

アルディリアはニッと口角を上げる。

「シルフ。彼を、なめるなよ」

私にできないことを、できる子なんだから。

そしてイゼキエルを振り返り、声なく口の形だけで頼んだぞ、と言った。

「さあ、来る。彼を呼び戻す、存在が」

その瞬間、地震が起こる。

それはシルフにも予想外だったようで、腕の中の少女を守るように抱きしめた。

そのあと、空間にひびが入り、そこから金色の少女が身を滑り込ませ、さらにその後ろから小さな影も三つ飛び込んでくる。

「とりゃー！」

「にゃー！」

「こけー！」

「きゅー！」

月夜が優人の足元に体をこすりつけ、やきとりがもう片方の足にひしっと抱き着き、遊園地でみた自動人形がなぜか、巨大阪の夏祭りの出店で売ってる金魚を入れる袋に入った白桜を持っている。

そして。

『や、やっと繋がったー！　話せないし、君のこと見えないしで焦ったよー！　大丈夫かい、優人君？』

ウィンドウ画面が激しく点滅している。音と光がうるさい。

エレノアがすぐに優人を見つけると、黒い瞳を輝かせて駆け寄り、優人の目を覗き込んで手を握った。

「ご無事ですか、ユートさん⁉」

優人はぱちくりと瞬きを一つ。そして口元が笑みを彩る。

「大丈夫じゃなかったけど、今ご無事になったわ」


「ごおおおおけえええええええ」

「んにゃあああぁ」

「きゅー」

優人と従魔の契約を結んだ使い魔三匹は、気が付くと地下水の道に流されていた。気づくと言っても水の中から水に移っただけなので、異変に気付いたのは呼吸ができなくなったからだった。

水聖殿から地上に戻るための湧水道を通っている間は呼吸ができたのだ。水中から飛び出た先も水中という地獄に対処が遅れた二匹は、水の中でこそ真価を発揮する新たな仲間である白イルカの白桜が二匹を救い岸に導かなければ、溺死していたかもしれない。幸いなことに水面はちゃんと存在し、二匹は思い切り息を吸い込もうとするが今度は急流に巻き込まれ流される。白桜は二匹を背に乗せ、石を積み重ねてできた岸におろされた。

「うぅぅぅ。うにゃ、うにゃうにゃ」

「こけー、こっこ」

「きゅー」

ぜぇぜぇと荒い呼吸を整えながら、二匹はぶるぶると身を震わせ水を飛ばした後、白桜が気遣うように鳴いた。周囲を見渡せば明かりはなく、夜目のきく月夜はここが人工的に整備された暗渠《あんきょ》だと気づいた。

やきとりはぶわりと身を震わせると光を放つ。やきとり自身が発光すると、石で積み上げられた先が遠くまで伸びていることがわかった。

「うーにゃ。うにゃにゃ」

「こけこけ」

「きゅっ」

三匹はそのまま先に進むことを相談した。月夜とやきとりは岸沿いに、白桜はそれを追いかけながら下水道を進む。

一刻も早く主である優人と合流しなければならない。それが共通見解だった。

三匹は使い魔の契約で優人と繋がっている。まだ優人自身の実力と知識が魔獣達と釣り合っていないために、繋がり自体は薄く明確に居場所がわかるわけではないが、互いのいる方向はなんとなく感じ取れる。しかしそれはしばらくすると位置が変わり、何度も方向が変わるところを見ると優人が移動しているだろうことが察せられた。かと言ってこちらを目指しているわけでもなさそうなので、迷子の時のお約束のように合流できるまであまり動かない、という選択肢は除外する。

「んにゃっ！」

「こーこけ！」

「きゅー！」

月夜が身の回りに影をゆらめかせながら、鞭《むち》のように影を振るう。すると一気に先を阻んでいた、数百の目玉を混ぜ込んだもちのような姿のタイサイや、下半身が蛇のナーガといった魔物が薙ぎ払われていく。やきとりは風を起こして吹き飛ばし、白桜は水を操って押し流す。

しかし、何十もの赤い目が、やきとりの光の届かない暗闇の中からこちらをのぞいていた。

次から次へと魔物が湧き出てくる。しかもこちらを襲う魔物の中にはワイルドボアやマンティコラといった、本来森に生息する魔物までいる。

しかも最初に人工物であると結論付けたこの場所なのに、一向に人が出入りするための入り口や梯子などが見つからず、地上に出ることができない。

「んーにゃ。うにゃうにゃ。にゃーう」

「こけ！」

「きゅ！」

月夜が提案すると、他の二匹は了承したと頷いた。白桜が月夜を水の籠《かご》で包み、やきとりがゴォッと炎を吐き出すと、その火は波状に地面を伝って魔物達を燃やし尽くす。そのまま押し出せる限り道の先まで炎を押し出し、魔物が再び湧き出るまでの時間を稼いだ後、月夜が水の籠から出て、触手を伸ばすようにとろりと溶けたように滴る闇を四方に伸ばした。

急速に魔力が消費されるのを感じながら、月夜が伸ばした闇は周囲の状況を探る。そして、闇が届かないほどさらに奥から魔物が湧き出していることと、ここが恐らくかなり深い場所に埋まっている場所だということがわかる。だが、これだけではここから抜け出すヒントは拾えない。月夜はぐぅっと力を込めて限界まで探った闇の先端で微かに、見知った気配が二つ触れたことに気づいた。

「……にゃー」

不本意そうな声に、やきとりと白桜が首をかしげる。

「んにゃんやにゃー。にゃ」

「こけこけ」

「……。きゅっ！」

ここから出ることを優先するのならば、月夜が発見した気配を追いかけるべきだ。しかし、その方向には水道が伸びていない。

月夜とやきとりがどうするか白桜に問う。

水がなければ白桜は移動できない。それを聞いた白桜は、自分はこのまま水道を進んで出口を探すと決意した。誰か一匹でも優人と合流できれば、あとはなんとでもなる。

三匹は二匹と一頭で別れ、月夜達は先ほどの気配を目指して走り出した。道中には相変わらず魔物があふれていたのをできる限り避けるため、一歩当たりの移動距離は小さくなるが体は小さいまま移動し、戦闘による体力の消費を抑えた。

そして辿り着いたのは、これまでとは違う、十二畳ほどの部屋のような空間だった。そこはこれまで通ってきた道とは違い、青白い光で照らされ、優人がいればモニターだとわかったであろう画面が複数あり、操作盤のようなものがある不思議な部屋だった。そして、そこで月夜の感じた気配の元が嬉しそうに、もう画面を見ていた一人の男に抱き着いた。

「ようやくお会いできました！　ヨーイチ様！」

「リリア」

鈍い紅色の髪と黒い瞳を持つ少女、リリア。月夜にとっては約三か月ぶりの邂逅《かいこう》だった。

とは言え、リリアは月夜とやきとりには気づいていない。二匹はこっそりと陰に隠れ、様子を見守ることにした。

洋一は苦笑してリリアを受け止める。

「ついてきちゃったのか」

「はい！　聖女たるわたくしが、ヨーイチ様をお一人にしてしまうわけにはいきませんわ！」

「……よく、ここまで一人で来られたね」

「ええ、最初は魔物に襲われたのですが、途中から全く現れなくなりましたので、ここまで来られましたのよ」

「……そっか」

なら、彼女も来てるんだね。

洋一は口の中で溶けるように呟く。

「ヨーイチ様？」

「ううん。それよりも、地上は大変なことになってるっぽいよ」

洋一は彼を見上げるリリアに首を振って真剣な表情をモニターに向けた。操作盤を慣れたようにポチポチと押すと、モニターにルインの町が映される。まるで防犯カメラで監視しているかのように、町のいたるところがそれぞれ映し出され、何人かの人間がのたうち回り、しかも今は夏で、ルインの夏は暑い季節のはずなのに吹雪《ふぶ》いている。

「これは……」

リリアは身を乗り出して映像を見る。リリアにとっても、二日前とは全く違う光景だ。

「さっき一瞬地響きがあったけど、リリアも感じた？」

「あ、はい。そんなにひどい揺れとは思いませんでしたが、確かに揺れましたね」

「そのあとから、吹雪き始めたみたいだ。俺が映像を見る限り、だけど」

「では、その地響きが、ひいてはこの遺跡もこの現象に関係しているのですね？」

「完全には断定できないけど、この遺跡の成り立ちからすると、十中八九そうだろうなぁ」

洋一が遠い目をする。割と壮大な目的のもとに作られた遺跡だと推測したからだ。

「ヨーイチ様は、この遺跡について詳しくご存じなのですか？」

「うーん。大体はなぁ、理解できてると思うんだよな。推測にはなっちゃうんだが」

「まあ、さすがわたくしの勇者様です、ヨーイチ様！　世界中の学者や研究者達もあまりまだ詳しいことはわかっておりませんのよ、この辺りのことは！」

リリアはにこにこと手を胸の前で握り、キラキラとした瞳を洋一に向ける。洋一は操作盤で操作しながら説明した。

「この遺跡と、ルインって町は同じ人物によって作られてる。根拠は建築様式が同じことと、町の形や遺跡の形で大きな魔法陣を作ろうとしているとこが一緒なんだよな。地図で見てもらえればわかると思うんだけどどさ」

洋一がぱちんと一際大きな音でキーを叩くと、正面のこの部屋で一番大きな画面に遺跡とルインの地図が表示される。

「ほんとですね。とても美しい、魔法陣に見えます。けれど、なんの魔法陣なんでしょう」

「だよね。無駄が一個もないやつだよ。よく考えられてる。しかもこれ実は何層にもわたって作られてるんだよね」

「層……ですか？」

洋一が再びパチンとキーを叩くと、今まで重なって表示されていた地図が二つに分解される。

「これ、上下水道の経路なんだけど、みんながこの町でそのまま使ってる機能。どこから水が来てるかわからないって言ってたけど、これ遺跡の地下で流れてる地下水を使ってるんだよね。実際に見てはいないけど、地図上ではそうなってる。それでそれが約二千年ももってるのは、ルインと上下水道で作られた魔法陣のおかげ」

「しかし、これまでの研究者がいくらルインや周囲の遺跡を調べてもわからなかったのは、なぜでしょう?」

「やー、たぶんルイン自体が魔法陣を形成してて、それが上下水道の維持に関係しているってのは、なんとなく気づいていた人はいたと思うよ。俺でもそれくらいはルインに来た時点でわかったし。ただ、あくまで予測止まりにしかできなかったと思う。崩れて砂に埋まってたりしていたこの遺跡とルインの完全な地図を見られたのは俺もここに来てからだし、確信が持てなかっただろうからね。俺がこの遺跡とルインが繋がってると確信を持てたのは、ルインの上下水道の魔法術式盤《マジックパネル》で読み解けたから。そして、研究者たちがいくら研究しても読み解けなかったのは、使われてた魔語《マジックワード》が未知の言語だったから」

「それを、洋一様は読み解けたのですね?」

「そうそう。この世界とは違う世界の言語。しかも全く違う言語体系で、資料となるものもないから研究のしようもない。当たり前だよね、違う世界から来た人物が作ったんだから、資料だって一人の人間が残したものしかないんだし」

「それは、もしや……」

「元からある伝説通り、ルインとこの遺跡はかつての勇者が造った。幸いなことに、同じ勇者は昔の勇者の世界の言語を読めるんだよね。まあ、読むことしかできないんだけど。書くことはさすがに無理みたいだなぁ」

洋一は大きく伸びをした。画面を見続けると、長時間同じ体勢でいてしまう。

「まあ、それだけで充分素晴らしいことですわ！　けれど、そこまで巨大で複雑な魔法陣はなんのために機能しているのでしょう。町の機能として上下水道をずっと使っていくためだけなのでしょうか？」

洋一はよくできました、というように目を細める。

「いいところに気が付くね」

「っ！」

洋一が褒めると、リリアは抑えきれなかったかのように喜びに軽く跳ねる。

「町の形で封印を、上下水道の形で機能の維持を、そしてその二つを重ねることで封印の維持を担う魔法陣にしている。なにか大きなものか、大きな力かを封印しているんだ。場所的に後者かな。あ、機能の維持ってのは、その後ろで積み重なってるヒューマノイドを動かすってことだよ」

リリアが振り返ると、部屋の隅に白い人形のようなものが確かにたくさん折り重なって積みあがっている。

「ひゅーまのいど？」

「おっと、聞きなじみがないかー。この世界ではあまり浸透してないやつなんだな。俺の世界だと映画とか、漫画、アニメによく出てきてるんだけど。この世界の奴は、魔法で動く人形って感じかな」

「えいが……まんが、あにめ……」

リリアの戸惑った様子に、洋一は苦笑する。

「あー、また時間のある時に説明するな」

「はい！　楽しみにお待ちしております。でも、魔法で動く人形とは……。ホムンクルスとは違うのですよね？」

「あー、あれとはまた成り立ちが違うと思うんだよなぁ。ホムンクルスってたしか人形とは言えなかったんじゃなかったっけ」

「なるほど。人造人間ですものね」

「そうそう。どうやらこのヒューマノイドは魔力を注入すると動くみたいでね、このヒューマノイドが基本的に魔法陣の劣化による損傷を修復し、そして健全に保たれた上下水道の魔法陣によってヒューマノイドも整備されて動くっていう、半永久的に動かせるようになってたっぽい」

「半永久的！　なんだか、わくわくするお話ですね！　では、このヒューマノイド達も魔力を入れればまた動くということですね！」

「いや、そこにあるのは、もう動かないよ」

「え、ですが半永久的に動くのですよね？」

「魔法陣との相互関係がうまくいけばね。そこに第三者の介入があれば、その均衡が崩れる。そこに積みあがってるのは、なにか魔力以外のものを入れようとして、故障しちゃった子達だと思う。さっき軽くしか見てないんだけど、回路が焼き切れてたし」

「魔力以外のもの、ですか？　一体何を……」

「わかんないけど、キメラとかに会っちゃったしなぁ。この場所であるということから考えると、この町が封じてるもの……かもしれないなぁ、なんて」

その時、ジジッとなにか無線が繋がるような音が響き、声が流れてきた。

『……やぁすご……なぁ。そこまでわかるなんて』

「っ！」

音はどうやら天井のスピーカーから流れているようだ。

洋一は素早く操作盤に手を伸ばす。

『あー、無理無理。そっちからは俺の位置を特定したりできないよ。操作の優先権はお前のやつより俺の端末にあるからな』

こちらの入力した指示が弾かれたのを確認し、洋一はスピーカーを見上げた。

「えっと。君は、誰？」

『さっき、話題に上ってただろ。俺は、イネス。確か三十五代目勇者なんで、よろ〜』

「ええ、過去の勇者様ですって？　確かに、三十五代目様はイネス・エルランジュ様と記憶しておりますが」

リリアが口元を軽く手で覆う。

「……リリア、歴代の勇者全部の名前覚えてんの？」

「ええ、もちろんですとも！　歴代の勇者様はもちろん、聖女様方のお名前も全て覚えておりますわ！　当代聖女としては同然です」

誇らしげに胸を張るリリアに、洋一は純粋にすげーと手を叩いた。

『おお、名前だけでこんなに信用してもらえるとは思わなかったな』

「信用したわけではありませんけども」

これまでの洋一に対する態度とは一変してリリアは半眼になり鼻を鳴らした。

「まあ、信用するかしないかは置いておいて、話しかけてきたってことは俺達に用があるんだろ？」

『そうそう、要件なんだけど。今までのお前達の会話や様子は聞いていた。俺は、今はお前らと同じような部屋から話している。こっちはお前達の様子が見えるが、そっちからはカメラが壊れてて見えないはずだ。一つブラックアウトしてるモニターがあんだろ。さすがに時間が経ちすぎて劣化がなぁ……。術式に介入された途端に一気にここまで崩れるなんて。いや、そう考えるとあっちの装置の回路を入れ替えて……』

「……んー、話が脱線してるように思うんですけど？」

『おー悪い悪い。まあとにかくお前達の様子と話は聞いてたんだよ。察しが良さそうで話が早く終わることを期待してるよ、俺はね』

「さあ、期待に応えられるかは、話を聞いてみないと何とも」

『そうだよな。今お前達はラティンタジェルBにいるんだよ。ここな』

その言葉とともに、モニターに映っていた地図が消え、四つの遺跡が表示される。ルインで発見されている遺跡の全体図だ。そのうちのBと表示された部分が赤く点灯する。

「え、おかしいですわ！　わたくしが入ったのはルフロワ遺跡のはずです。この地図で言うところのAです！」

リリアがモニターに表示されたAとされている遺跡を指さす。そうしながらはっと目を見開いた。

「あっ」

『名前のことは後世の人間が勝手につけたんだろう。俺はラティンタジェルと名付けた。お前達からすればややこしいだろうが、慣れろ』

「そんな横暴な！」

リリアは顔を朱に染めて怒る。洋一は口元に手を当てた。

「……名前のことはこの際いいよ。それよりも、リリアがラティンタジェルAに入ったのに、現在地がBなのは、空間を繋げたから？」

『察しがよくてほんと助かるねー。そう、それぞれの遺跡で空間を繋げた部分がいくつかある。だからそこの女がAに入ったが、途中で空間を飛んでBに移ったんだろうな。全然気づかなかっただろ？　継ぎ目がわからないようにこだわって作ったんだよな。ははは』

洋一は感心したように息を吐く。

「道理で俺の脳内マップと現実が合わないはずだ」

『そのための仕掛けだからな』

洋一はこの部屋に辿り着くまで自分の通った道を全て記憶していたにも拘わらず、道や部屋の配置が変わることを不思議に思っていた。幻覚の気配もなかったし、途中で自分の記憶力に自信が無くなったりもしたが、どうやら記憶力には問題がなかったらしい。ものすごく巧妙に隠されていただけだったというわけだ。

「俺もまだまだ修行が足りないなぁ。空間の継ぎ目《ポータル》に気づかないなんて」

『気づかれたら意味がねーよ。そこまで俺の腕が落ちてたら落ち込むどころじゃない。それで、ルインの様子はお前達の知っての通りだ。困ったことに遺跡の中をめちゃくちゃにした、というか、体《てい》のいい実験場にしやがったやつがいてな。割と苦労して整えた封印が壊れた。もうほとんどもたない。町でいい動きをしてる奴が何人かいるから住民の避難等は進んでるようだがな。いかんせん人数が多い分時間がかかる』

先ほどのモニターで映し出された映像には、なぜか割れた眼鏡の男性と冒険者ギルドのエリアマスターであるノラを筆頭に、住民の避難や安全地帯の構築に動く様子があった。

それよりも、だ。

「その封じてたものがなんなのか、知りたいんだけどなぁ。魔力に関係するものだってことは、町の現状でわかるんだけど」

『そのものずばりを言えば、精霊だ』

「……精霊？」

洋一は驚く。精霊はむしろ、魔力を制御する存在だ。

『訳アリの精霊だったんだよ。氷の魔力を纏《まと》い、季節を押し出して巡らせる特別な役割を負った存在。雪の女王』

雪の女王と言われるとアンデルセン、を連想してしまったが、たぶん全く関係ないんだろうな。だって精霊だし。

「へえ、そんな精霊がいたのか」

リリアとしても雪の女王と呼ばれる精霊がいることは初耳だ。

「その、雪の女王を封じていたのは、なぜですか？」

『力を制御しきれなかったんだよ。必要以上に周囲を凍らせ、人間どころか動物や、草木の一本すら生えない世界になりかけたんだ。今の時代にもちゃんと寒さの厳しい地域ってあんだろ』

「ええ、北のミネレンス山脈周辺は年中氷に包まれていますけれど……。その他にも寒冷地はいくつかあります」

リリアは世界地図を思い浮かべる。主に北の地域が寒かったりするが、ぽつぽつと南や東にも寒冷地は存在していたはずだ。

『封じられてるからその程度で済んでるって言えば、想像できるか？』

「……それは、由々しき事態ですわね」

リリアにとっては書物でしか見たことのない知識だが、場所によっては極寒の地域でもそれに対応して人は住んでいる。だが、それが対応しきれないほどの冷気が世界に蔓延《まんえん》すれば……。もともと暑い国まで冷えてしまえば、大量の死者が出る。気候変動は大ごとだ。

『本来は雪の女王が自分の力を制御し、世界中を移動することで冬が移動し、季節を動かすってのが正常らしいな』

「ああ、なるほど。女王から遠ければ遠いほど暑い地域になるってことか。ふーん」

「……いいえ、今の話はおかしいわ！　封じられていたのなら女王は同じ場所に長くいたということでしょう？　けれど世界中で季節の移り変わりはありますわよ。地域によりますが、わがエネルレイアには五季がありますわ」

『シルフが、封じられてすら漏れだしてた氷の魔力を風で押し出して送ってたんだよ。暫定処置ってところか。とはいえかなりの労力だ。ご苦労なことだ』

「シルフとは、風の大精霊たる？」

『ああ、その辺の事情はお前らに説明する気はない。精霊の事情なんて説明が難しいし、時間も惜しい』

「えー。……その力の制御ができなかったってやつ、場所が悪かったんじゃないのか？　ここ、地下深くには魔力溜まりがある噴火口だぞ」

洋一が厳しい顔つきになるが、気楽な答えが返ってくる。

『そこは現在町で起こってる現象には関係あるが、雪の女王の話とは関係ない。あれは場所の問題じゃなかったから。まあ、精霊《ほんにん》の問題だったんだよ。力の制御ができないことはな。雪の女王の封印のついでに魔力溜まりの覆いにもなってたってのは確かだが。というか、そういうふうにしたんだ』

「あー、ほんとによく考えられてるのな。町の機能の維持、精霊の封印と、魔力の適正な放出量の調節もあの魔法陣で担ってたみたいだし」

洋一が肩をすくめる。考えることはできたとしても、ここまでのものを実際に作り上げることはなかなか難しい。そもそもこの遺跡だってかなりの広さなうえ、町をまるまる一個作るなんて。

『はっ。こういう方面が強かっただけだよ。向き不向きの問題だ』

イネスの声からは、自嘲が混ざっているように聞こえた。

「それで、この事態の収束方法を教えてくれるのかな？　封印のお膝元のおかげでこの場所までは魔力が来てないけど、どんどんこの場所の魔力の濃度が上がってる。このままいくと魔力過剰で町は全滅だ」

リリアははっとモニターに視線を移す。変わらずのたうち回る人々が映っていた。

『俺の考え抜いて作ったシステムを壊しやがったやつがな、雪の女王を殺しやがった。このままだとやっとこさ封じてた氷の魔力と合わせて、蓋っつうか、ダムの役割をしてた封印が完全に崩壊して、魔力溜まりが一気に放出される。しかも、俺の最高の住処たるラティンタジェルに魔物を閉じ込めて実験場にしやがった。さらにその際に生じた魔力が混ざって、瘴気が蔓延している。ただの魔力じゃない、瘴気が噴き出したりしたら、何が起こるかわからない。町で苦しんでる人間なんか目じゃないんだよ。滅びが来る。全身の穴という穴から血を噴き出して死ねたらまだマシなんじゃねーのってことになるぞ』

リリアは青ざめる。

「そんな……瘴気というものはそんなに危険なんですか？」

「瘴気はそれ自体が薬になることがない毒なうえ、状況から考えて量が半端じゃない。イネス……さんが言うことはたぶん間違いじゃないだろうな」

洋一は眉間を指で押さえた。

頭の痛い問題だ。ことが魔力に関する問題なら、人の身でどうにかするのはかなり難しい。最初に考えていた魔力をゆっくり浄化することでは、とてもじゃないが間に合わない。

「……雪の女王が死んでしまったなら、この事態を収拾できないのでは？」

精霊自身は魔力でできた存在なのではなく、実体のない精神体だ。魔力を制御することには長けているが、その実彼らの究極的な存在意義は魔力を必要な場所に必要なだけ流すことにある。つまり循環装置なのだ。季節を巡らせるというのも、あくまで世界の大いなる循環の一つである。雪の女王は制御できなかったとはいうものの、その循環に耐えることのできる精神体であるはずだ。並みの精霊や、他の精霊では替えがきかないものだろう。だが、現状の魔力に関する問題を解決するにはどうしても、いったんこの地にある莫大な魔力を操り、浄化し、受け止める存在が必要になる。

それがなければ、動きようがない。

『新たな雪の女王はこの世に存在している。ただ、生まれるまでにもう少し時間がかかりそうだ。時間稼ぎが必要なんだよ。今の想定だとな。それと、殺された雪の女王自体の魔力が暴走一歩手前でな。それをどうにかできそうなやつを、お前達に起動させていってほしいんだよ』

「そんなものがあるのか？」

『一応昔作ってたやつが、まだ使えると思うんだ。いいか、場所は……』

『イネス様、充電が進んでないみたいです』

『おおっと、そっちは……』

洋一は急に入り込んだ女性の声が聞き覚えのあるもののような気がした。リリアのほうをみると、彼女は気付いた様子はない。

「そちらに誰か、いらっしゃるのですか？」

『ああ、あんたらと同じようにここに入り込んでたんだよ。今は猫の手でも借りたいんでな。それよりも、場所はここだ。指示は出すから、インカムつけてここに行け』

モニターの地図の一部が赤く点滅している。

「わかった。リリア行こう」

「はい」

制御室を出ていく一瞬、洋一達をこっそり見ていた月夜とやきとりと洋一の目が合う。だが、洋一はなにも言及せずそのまま出て行った。

月夜とやきとりは無言で今聞いた話を消化しながら、互いに頷きあう。そして二匹もその部屋を出て、イネスがいる制御室へ向かう。そこにあの声の女性がいるはずだからだ。

二匹はエレノアを目指して走り出した。

「どこに行ったの、あの子。……リリア」

妹の名に気持ちがこもる。

振り返りざまぐしゃりと切り捨てられた魔物が崩れた。エレノアは剣の血を払いながら、迷路のように続く通路の先を見据えた。

ルインの冒険者ギルドでリリアが迷子になっていると聞いて数時間後、彼女を追いかけることに迷いはすれど見捨て切れなかったエレノアは、リリアが向かったと思われるルフロワ遺跡まで来ていた。リリアには死んだと思われているかもしれないし、そうでなくても疎まれている。死んだと思われているのなら好都合。だからこそ姿を見せる気は毛頭なかったが、聞いてしまった、知ってしまった以上、このまま放置して憂いなく勇者を探すという目的に邁進《まいしん》できるとも思い切れなかった。今更家族として心配し、姉として気に掛けるなんて、リリアからすれば激怒する事柄であろうけれど。恐らく誰から見ても本当に今更、なのだから。

けれどエレノアとしては、城から出て世間的には死者となり、勇者を未だ見つけられない状況の今が、エレノアに許された束の間の自由でもあった。

今更と言われればそれまでだが、今だからこそ動くことができる、ということでもある。もしかしたらこの遺跡の中に探している勇者がいるかもしれない。そんな時にたまたま妹を見かけて、自分に立ちはだかる魔物を切り捨てていたら妹を襲う魔物もいなくなっていた。そんな言い訳を心の中でとある相手に向けながら、エレノアはリリアを追いかけてきた。

半分埋まった入口とも呼べない穴を見つけ、内部に侵入した後は薄暗い通路と、なぜか大量に発生している魔物をくだして、あの懐かしい赤髪を探す。

片っ端から魔物を切り捨てても次から次へと間欠泉のように湧き出てきて、エレノアは剣を振っても落ちなくなった血脂を持ち歩いている布で拭った。

浄化の魔法を使ってもいいが、エレノアは魔法や魔術は不得手だ。魔力も温存したいこともあり、疲れた様子も見せず歩みを進める。

疲れてはいないが、エレノアは順調に歩みを進めることはできなかった。

ある時は少し浮いた石に躓《つまず》いて転んだ。前のめりで地面に体を打ち付けるが、その際体で押さえることになってしまった床石一つが沈んだ後、頭上でひゅんっと矢が飛ぶ。あのまま転んでいなければ頭を打ちぬかれていたであろう矢を気にすることなく、地に打ちつけ軽く赤くなった額をさすりながら、少し恥ずかし気にエレノアは立ち上がった。

またある時はとびかかってくる魔物を避けようとすると、落とし穴の仕掛けが作動し床が消え、飛びかかってきた魔物達がエレノアとともに落下する。エレノアは咄嗟に身をひねって魔物の体を踏みつけて跳躍すると、力を入れすぎて天井に頭をぶつけ、涙目ながら安全な地に降り立った。一方踏みつけられた魔物達は槍だらけの落とし穴に吸い込まれ落ちていく。「うう、痛い……」とこぼしながら頭を抱え痛みが引くまで耐える。ちらりと落とし穴の底を見ると、槍に貫かれた魔物達がまだかすかに動いていた。ふと、その魔物達がよく森で見かける種の魔物ばかりだな、と思うけれど、そのことを深掘りして考える気にはなれず、頭の隅に追いやった。

遺憾なく発揮されるエレノアのドジのためそうこうしているうちに、ズドン、ドドドドと地が揺れ、思わず壁に手をついた。それと同時に、エレノアの右目が疼《うず》いて押さえる。鏡があればエレノアの右目から四つの歯車が浮かび上がった姿が見えただろう。

「これは……、お母さん？」

エレノアは右目に起きた異変に思い当たることがあった。

別の場所で起きた何かに共鳴したのか、エレノアに残された微かなエレノアの母の魔力が引きずり出された。

もしこの場に優人がいれば中二病設定……、と呟いたかもしれないが、ここに優人はいない。

エレノアは引きずり出される魔力をぐっと力を込めて収め、魔力が引き寄せられるほうに歩を進めた。やがて辿り着いたのは石の扉。それを開くと、そこは広い地下空間で、たくさんの建物や、珍しい形の建造物がひしめく場所に出る。

巨大な一つの車輪のようなものが一番に目に入り、長い蛇のような線路のあるものが目立っている。エレノアがこの不思議な空間に驚いていると、視界の下からブワリと光が発せられ、考える間もなく走り出した。この空間の地表いっぱいに広がる魔法陣。建物の屋根伝いに跳ねながら、その光が一際輝いた場所へ身を躍らせる。先にエレノアの目を引いたのは光の元よりもその近くにいる優人だった。その次に、その場にいた二人の男と一人の少女。

右目が痛む。男の一人が持つ水晶は実物を見るのは初めてだが、白い結晶の中に金の光が反射している時水晶だ。ということはつまり、この魔法陣は時間に干渉するもの。時の扱いは非常に難しいとエレノアは母から聞いていた。それに優人が巻き込まれてしまうかもしれない。エレノアは誰を一番に叩けばいいかを瞬時に割り出し、眼鏡をかけたボサボサ頭の男に斬りかかった。

「はぁぁぁぁぁあああああああ！！！」

しかしエレノアの剣は紺の髪の男に受け止められ、そのあと一瞬収まりかけていた地表の光が先ほどよりも強く輝き、思わず片目を閉じる。意地でも敵から目を離すつもりはなかったが、その男は光とともにどこかへ消えてしまった。

受け止め先を失った剣先はそのことに動揺することなく、エレノアは地に降り立つと同時に蹴り上げ、下からもう一人の白髪の男の首を狙った。

しかしエレノアと男の間に紺の髪の男が再び現れる。

さすがにエレノアが目を瞠るが、白髪の男はのんびりと紺の男に問いかけた。

「おやおや、ずいぶんお早いお帰りで。どうです？　会いたい人には会えましたか？」

「……」

紺の男は悔しいことに、エレノアの剣を左手の指二本で受け止めていた。

「っ！」

ぐっと力を込めるが、びくともしない。押すことも引くこともできないが、エレノアは冷静に相手を観察しながら敵意を向ける。だが、一方の男はエレノアをじぃっと見つめた後、ため息をついた。見つめていた時の彼の目には、哀切が浮かんでいるように見えた。まるで、エレノアにエレノア以外を見ているような。

「そうか、君は彼女の……。それで時水晶が反応したのか」

「なんの……話をしているんですか？」

エレノアの問いには答えず、紺の男はふいっと視線をずらし、白髪の男と話し出す。

「彼女とは会えなかった」

「おや、失敗でしたか」

「いや、時間自体はとべた。だが、彼女のいる時代には行けなかった」

「なるほど。時間軸も考えなければならないということですね」

エレノアの剣は彼の指に止められたまま動かせない。自分との実力差が明確に察せられる。だからと言って引けるものではないけれど。

そのとき、ぶわりと黒い触手のような、煙のようなものが周囲から噴き出す。その煙が近づくごとに体内の魔力がざわつき始めた。母の魔力ではない、エレノア自身の魔力に与えられた影響。これは言うまでもなく良くないものだ。

「おお、これは！　『変質』！　いいですねぇ。この場所は興味がつきないですねぇ！」

「はぁ。行くぞ。あれらには手を出すな」

「おやぁ？　見逃すのですか？」

「事情が変わった」

「ふむ。なるほど。……まあ、あなたがそういうなら従いましょう」

「……今日は大人しいのだな」

「ええ。手を出さないだけであれば、私にも益がありますので。ヒヒヒヒヒ」

「そうか」

一度目を閉じた紺の男はエレノアと向き直り、右手で彼女の腕を掴む。

「くっ！」

「ともに来るか？」

「お断りします！」

一考の余地もない。母から残された魔力の共鳴によってほんの少しだけ覚醒していたエレノアは、むしろこれは捕まってはいけない男だ、という脳からの警鐘を受けている。

エレノアはその手を振り払おうと力を込めるが、びくともしない。だが紺の男はさらに腕に力を込めた。その時見た彼の目には、暗い執着の色が見えた気がした。まずい、とエレノアは瞬時に心を閉ざそうとしたとき、優人の声が耳に届く。

「その手を離せよ」

ゴオッと風の塊が走り抜け、紺の男とエレノアの間に叩きつけられると手が離れた。

「おお！　無詠唱のうえ『変質』の影響を受けていない！　これは素晴らしい！」

白髪の男が一人ではしゃいでいるが、誰もそちらに目を向けない。解放されたエレノアはそのままふわりと崩れた屋根から離れ、優人の隣に降り立った。なぜかそれだけなのに、安心感が全身を包む。

「大丈夫か？」

「すみません、ありがとうございます」

労わるような優人の視線にエレノアは目を伏せた。執着というものはよくない。それに触れてエレノア自身の感情が引きずられてしまうと、これまでの聖女達が多大な犠牲を払って守ってきたものが解けてしまう。

あの紺の男の執着はエレノア自身に向けられたものではなさそうだが、あてられてしまう可能性があった。それだけ、深く暗いもののような気がした。

だからこそそこから引きはがしてくれた優人への申し訳なさと感謝が胸に満ちる。

「いや、なんかよくわからんがあんたが来てくれて良かった気がする」

「……いいえ、恐らく私が来たせいで彼らの目的が達せられたのかもしれません」

「？」

あの二人の目的は時間への干渉だ。だけど、おそらくなにかが足りずに発動せずに終わりそうであった。そしてそのなにかがきっと、エレノアの中にあった母の魔力で満たされたのだろう。軽率に近づくべきではなかった。

意識なく唇を噛みしめる。

そのとき地面が揺れ出し上から石が崩れ出した。そんな中でも紺の男が、エレノアから離れた片手を眺め、今度は優人に冷たい眼差しをむけた。

「そういうことか」

優人の体が強張ったのを感じる。

しかし紺の男と白髪の男はそれ以上なにもすることなく、同じ光に包まれると、一瞬で消えた。

「早く動け！」

フードの男が鋭く叫ぶ。そういえばと、エレノアはこの場にもう一人いたことを認識した。視界には入っていたが、完全に意識の外にあったのだ。

「でも、どこに……」

「こちらです」

緊急事態発生中のその場にそぐわない、色を感じない知らない声がかけられた。声はいつの間にか立っていた、白い魔導自動人形《オートマタ》から発せられたようだった。はっと上から落ちてくる岩に気づいて優人を引き寄せる。

「ユートさん！」

「うえっ！」

その、先のとがった岩は一秒前まで優人のいた場所に突き刺さった。

エレノアの入ってきた入口は今の自分達が見下ろせる場所、つまり一段高い場所にあった。そこを目指すには危なく時間もないように感じる。エレノアもそう考えていたところに、優人もその魔導自動人形についていくことにしたようで、エレノアもそれを追いかける。やがてどこかの入り口に辿り着き、そこに入った瞬間ぶわりと風が下から舞い上がって体が浮いた感覚があったあと、目の前で優人とフードの男が消えてしまった。

「え、ユートさん!?」

「……」

困惑しているのはエレノアだけでなく、魔導自動人形も同じようだった。エレノアの腰のあたりまでしかない体長の自動人形は、人間でいうと目のあたりになる黒い画面を忙しなく点滅させる。

「……とにかく、あなただけでもこちらへ。彼らの行く先は、この先で探すことができるかもしれません」

困惑を伝える挙動と、抑揚のない無機質な声のズレに違和感があるが、エレノアは他に方法もないのでそれに従うことにした。

「それが一番いい方法ということなんですね？」

「はい。それに、他に選択肢はありません」

「わかりました」

背後の揺れはいっそう酷くなっている。優人の気配も一切感じられない。魔力の痕跡などもあるかもしれないが、今のエレノアはそれを追いかける術を持っていなかった。

動き出した自動人形を早足で追いかけると、やがて一つの部屋の前に辿り着く。閉ざされた扉に近づくと、それは自動的に開かれた。中は先ほどの地下空間以上に見慣れない空間だった。たくさんの自動人形に似たような機械が並ぶ場所だった。とにかく四角く、カクカクしたものや、コードのようなものがたくさんある。エレノアにはそれがなんなのかはわからないが、かつての聖女の記憶の中に似たものがあったような気がした。そう、これはこの遺跡の中を管理する装置だと、エレノアは理解する。

一番正面奥にある巨大な壁は、モニターと呼ばれるもの。今は真っ暗だが、かつてこの場所を作った勇者は一日中そのモニターを見てなにかしていた。

そのモニターの前には、一つの椅子が置かれていた。エレノアが近づくと、その椅子にはなにかが座っているように見えた。それがなんなのかを半ば理解しながら、その椅子の正面にまわると、そこには白骨化した亡骸があった。第三十五代目勇者、イネス・エルランジュの成れの果てだった。

「……イネス・エルランジェ様」

「マスターをご存じなのですね」

自動人形はそう言いながら、鉤爪《かぎづめ》のような手で、小さな長方形のものを差し出した。

「知識だけですが。これは？」

「この中に、マスターの人格情報と記憶を保存してあります。今この場所で起きている事態に対応できるのは、マスターだけです」

「人格情報と、記憶？」

「私が、マスターに無断で残していました」

「あなたが？」

自動人形の目が点滅で肯定を示す。

「カタリナ様が、のちに現れる勇者を助けてほしいとマスターに言いました。マスターは、そのとき自分が生きていたらな、と答えました。しかし、マスターの生きている間に新たな勇者は現れませんでした。だから、マスター自身を残すことにしました」

「そうですか」

エレノアは目を伏せた。そのやりとりを、エレノアは知っている。カタリナとは、その代の聖女であった人物の名だ。

「これを、私の背中にある挿入口に入れてください。そうすれば、マスターと話せるようになります」

「背中、ですか？」

エレノアがそれの背後にまわると、パカリと細長い蓋が開いた。エレノアはそこに、長方形の記録媒体を差し込む。

「マスターに、勝手なことをして申し訳ございませんと、お伝えください」

「え？」

首だけがふくろうのようにぐるりとまわり、エレノアを見つめる。今まで無機質だったのに、そこになにか感情の波があるかのように感じた。

「でも魔導自動人形《わたし》は、マスター自身こそが、次代達へ残されるべき力だと結論を出しました」

エレノアの手から記録媒体が離れ、吸い込まれる直前にそんなことを言った自動人形は、しばらくカタカタと読み込みを行う音だけをさせながら、そのあとは呼びかけても答えなくなった。

時間にして五分ほど。エレノアは辛抱強く待った。まさか壊れてしまったのかと焦る気持ちがざわつく。やがてぴたりとそれまで響いていたカタカタという音がやむ。自動人形は頭の部分を虚空に向け、動きが止まった。三十秒ほど待っても動かない。まさか壊れた？　これは、一度叩くべきだろうか。

「……あの」

思わず声をかけると、ぐるぐると首が何周も回りだしてまたぴたりと止まり、無機質な機械音声に似合わない軽快さで話し出した。

「あー、あー。すげ、ちゃんと声出るな。さす俺」

「さす……おれ……」

左右のアームを地面につけて伸ばし、ぴょんぴょんと飛び跳ねながらそれははしゃいでいた。

「おお、すげー。機械の体ってこんな感じなのか。若干人体とは形が違うせいで予想と違う動きになるが、逆に新鮮な動きができるな、おもろい」

「あ、あの……」

「しかし、ところどころメンテが行き届いてないな。関節部に違和感が。メンテナンスができなくなるくらい時間が経ったのか？　今何年だ。てか俺データだよな。本物の俺はどこ……」

「あ、あの！」

「ん？」

エレノアが声を張り上げると、はしゃいでいた自動人形がやっとエレノアに気づいたかのように見上げた。

「誰だ、お前。なんで俺の城にいる？」

「それを話す前に、あなたはその子が言っていた【マスター】、ですか？」

自分自身を見知らぬ女に指さされて、それは目の部分の液晶を揺らしながら考える。

「その子ってのは、この魔導自動人形のことだよな。俺はこいつの言う【マスター】のデータだ。この自動人形を作った奴が【マスター】で、俺の元になった奴は人間だから、マスターって呼ばれるならそいつが……。あー、そうか。もしかして死んだか？」

その言葉に察したエレノアの視線を辿り、自動人形はコロコロとモニター前の椅子の前に回り込んだ。

「あー、なっさけねーの。結局墓にも入らず、ここで一人で死んだのか。俺らしいなぁ。こんな見事に骨になりやがって」

魔導自動人形《イネス》の記憶《データ》では、普通にいつもどおり夜に眠った時点での記憶しかない。つまりその時点、死ぬ前に人格と記憶データがコピーされたということだろう。それが本来のイネスの知るところなのか、何者かによっての陰謀なのかは不明だが。

「あの……」

「お前の質問に答えると、本体がこうなった以上は、俺がお前の言う【マスター】だ」

「では、その子から伝言を承っております。【マスター】の人格と記憶を残したのは自分で、勝手なことをして申し訳ない、と。でも、次代に残すべきはあなた自身だという結論を出したからだ、と」

「………………。ふっ。あーっはっはっはっは」

イネスがしばしの無言のあと、高く笑い声をあげた。

「次代に残すって、俺とカタリナの話を聞いてたのか！　そしてそれを俺の命令もなく自分で考えて、行動まで起こすなんて……。はぁ、そうか。こいつは、新たなる可能性だったんだなぁ」

「……」

それはエレノアに伝える気のない、独り言だった。だがイネスはエレノアに説明するつもりはあったようだ。

「この場所も、この魔導自動人形も、俺が作った。要するに創造主だ。そして被創造物であるこの魔導自動人形は俺の命令を忠実にこなす存在であり、そのために俺が作った。本来なら命令以外の行動を起こすなんてありえないんだよ」

イネスはそう言いながら、この部屋のあらゆる場所にあるスイッチを手慣れた様子でつけていく。

「そうなんですか」

「だが、こいつは自分で判断し、俺の命令もなく俺の人格と記憶データを抜き取り保存した。いいねぇ。申し訳ないなんて思う必要ねーよ。自分の意思を持ってくれるなんて、魔技師《まぎし》冥利に尽きるじゃねーか」

自動人形が申し訳ないと言っていたので、イネスが怒る可能性も考えていたエレノアはほっと息をついた。

「それじゃあ、怒っているわけではないんですね？」

「ないないない。まあ、こんな形で復活？　するつもりなんてなかったから、そこは不本意だけどな。こいつがやったこと自体を怒る気はねーよ。それにははっ！　おもしろいじゃねーの。まあそれはさておいて、だ。俺が呼び覚まされたってのは、なんか理由があるんだろ？　そういう時のために俺のデータが残されてたんだろうから」

「そうなんです。助けてください！　ユートさんが、消えてしまったんです！」

その叫びに、イネスから呆れたような空気が流れる。

「お前、頭いいのか悪いのかわからない奴だな」

「そう……ですか？」

「ああ。まずユートって誰だよ。現状の説明もなしに思ってること脳から直接口に出されても、他人には理解してもらえないんだぜ」

「ご、ごめんなさい」

しゅんと項垂れるエレノアに、イネスはなんとなく胸を張っていそうな勢いでぴょんっと跳ねた。

「まあ？　そんな頭の悪い奴の話も理解できる方法を見つけられるくらい俺の頭は優れてるんでな。安心しろよ」

「ほんとですか？　よかった……」

「お前、そこでよかったって言うようなほどバカなのか？」

嬉しそうにニコニコ笑うエレノアには、イネスの毒舌が効かないようだった。

「はぁ。さて、せっかく自分の胴体《ボディー》を差し出してまで蘇らせてくれたわけだが、これからいろいろやるのにこの体だと不便なんだよ。てなわけで、俺の体を用意する」

「よ、用意、ですか？」

エレノアの視線が白骨に向かう。

「用意っつっても、とっくに骨んなった本当の体じゃねーよ。俺は魔技師だ。今の俺の人格であるデータを入れるためのコンテナを即興で作るんだよ」

「そんなことできるんですか？」

「できるように、この場所を作ったんだ。ここは天才魔技師である俺が作り上げた、城なんだぜ？」

自動人形の体ではわからないが、イネスはにやりと笑う。すると一斉にモニターに映像が浮かび、左右の壁からはたくさんのコードや、人が入れそうな大きさの円柱状のガラスの容器が現れる。

それらのコードを自動人形である自分の体に繋ごうとして、背中に手が届かないことにイネスは気付いた。

「やべ、自分で繋ぐことは考えてなかったな」

「これを差せばいいんですか？」

エレノアが近づき、壁から伸びるコードを手に取る。

「ほんとにお前バカなのか賢いのかわかんねーやつだな。そうだ。それと、緑と黄土色のコードを差せ」

エレノアが言うとおりにすると、そこからイネスの指令がこの空間を制御するシステムに繋がる。

「お前から説明を聞くよりも、保存してあるあらゆる場所の映像を見たほうが早い。だが恐らく膨大な量を見ることになるから、少し時間がいる。それと同時進行で俺のコンテナも作る」

「そうなんですね」

よくわからないが、とりあえず頷いたエレノアの内心は見通されていた。

「そうなんですね、じゃねーよ。他人事じゃねーんだぞ。お前にも役割があるからな」

「え、なんでしょうか」

エレノアはなぜか居住まいを正して聞く態勢をとる。

「第一に、俺はシステムに集中するから無防備になる俺の体を守れ。なんかあるかもしれないからな。それと、今繋がってわかったがシステムの端々が壊れている。平常時はそれでもいけるが、コンテナ作りと映像の分析やらなにやらをしていると電力が足りない」

「電力……ですか」

「そ。このシステムは主に電力で動いてんの。だからお前、発電機になれ」

「発電機とは……つまり電気を発生させるもの、ということですか？」

「そうだ」

「でも私、雷属性の魔法は、というか魔法そのものがうまく使える自信がないのですが……」

エレノアの眉尻は悲しいくらいに下がっていた。

優人に教えてもらったとはいえ、まだ魔法が完全に制御して使えるようになったわけではない。

それにエレノアは現時点で雷属性は持っておらず、自分の持たない属性での魔法は使えなくはないが、制御も難しく威力も出せない。とてもじゃないが、失敗が許されないような今扱えるようなものではなかった。この遺跡を力任せの高圧電流で破壊しろ、というのなら話は別だが。

「安心しろ、発電方法は魔法じゃない」

「え、ではなにで？」

「踊れ」

エレノアが面食らう。

「……え？」

イネスが指す先には、地面に四つの矢印が点滅する床があった。

「その上で流れる音楽に合わせて矢印の方向に足を踏み出し、踊るんだよ」

なにその発電方法!?　ゲーセン!?　などとつっこむことのできる人間は、不幸なことに今この場にはいないのであった。

【第五章】

上上下右左左左下上右右上上上上下。

「おー、初めてのクセに見事なものだな。ハードモードに初見でついていけるとは」

「はっはっ！　体を動かすのは好きなので」

巨大モニターに映される矢印と、両脇にあるスピーカーから流れる音楽に合わせて、エレノアは華麗にステップを踏んでいた。初めて聞く曲で、初めて挑戦するリズムゲームだったが、彼女は順調にコンボとモニターの端に表示されている得点を増やしていく。

既に十五分ほど続ける激しい振りで、キラキラとした汗が舞い飛ぶ。けれどエレノアの呼吸はあまり乱れておらず、イネスは見かけによらず体力のあるやつだなと思いながら、同時に遺跡内の映像の精査が九割がた終わっていた。

「あの、こんな感じでふっ、電力はできてるんですか？　はぁ」

「ああ、お前の運動エネルギーと、下の矢印を踏む動きの両方で発電できる装置だ。なんでそんなのがここにあるのか補足すると、俺天才だけど引きこもりだから運動不足でな。ただ運動するのも気が乗らないんで、俺の世界であったゲームを再現したんだよ。運動ついでにエネルギーも作れたら効率的だろ」

「そうなんですね。確かにこれ自体は楽しいです」

これが今のような切迫した状況でなければ、純粋に楽しめるのに。

そう思うくらいには、このダンスは楽しいものだった。

「楽しくて何よりだが、想像以上に発電できてんだよなぁ。まあ、結果的にかなり助かるわけだが」

積みあがっていく得点が、彼女の生み出すエネルギー量が尋常ではないということも示している。

正直当初イネスが考えていた期待値以上の発電量だった。ただ自分も魔法なんて見知らぬ技術で異世界から呼び出された身なうえ、生前は自分の常識外の存在にこの異世界で遭遇したこともあった。だからそういうこともあるよな、とそのあたりの思考を放棄する。映像を精査すればするほど、状況は良くないものであり、自分が手を加えるなら電力はあればあるほどいいのだから。

ちなみにこのシステムは、完全なる引きこもりだったイネスが運動をするために自分の故郷を参考に作ったものだ。体を動かしながら発電もできるなんてさすが俺、と自画自賛する。

「それよりも、状況は思った以上に悪いな」

「映像の分析というものが、終わったんですか？」

「もうすぐ終わる。俺は優秀だからな。何にも進んでないのに、今どれくらいできました？　って聞かれて進捗六割です、なんて嘘つくやつとは違うんだよ。ちゃんとできてるうえにほぼ終わった。

しかし、俺が死んでから二千年ほど経ってるのか……」

二千年分の早送り映像の確認はさすがに骨が折れる。しかも動画容量が半端ないので動作が重い重い。だがイネスの死後、彼の命令通りこの遺跡を管理していた魔導自動人形達が映像を都度都度ファイルごとに仕分けていなければ、もっと時間がかかっただろう。生前は自分がいなくなればこんな映像を使う人間なんていないだろうから、魔導自動人形達の仕事に入れなくてもいいかとも思っていたが、一応プログラムに組み込んでおいてよかった。

なんでも備えておくべきだな、と死んだ自分には役に立たない教訓を得る。

ついでに言うなら二千年はこの遺跡を維持できていたのだから、己の技量も上出来ではないか。

「これは誇っていいだろ俺。ただの臆病な引きこもりにしては、よくやったほうだよな」

骨になった本来の自分に語り掛ける。それでも彼女の、カタリナの勇気にはかなわないかもしれないが。

イネスはふしゅぅーと白い煙の立つカプセルが開くのを見上げた。

その中には、生前の自分の姿がある。痩せこけ隈の酷い落ちくぼんだ眼の、パッサパサで傷みの激しい、長い白髪の混じったブルーグリーンの髪で白衣を纏うヒューマノイドだった。

「今更思うが、せっかく自分で作るんだから、別にもうちょい美化してもよかったよなぁ」

その言葉が魔導自動人形から発せられる最後で、次の瞬間にはそのヒューマノイドが動き出す。

それは体の動きを確かめるように手を握ったり開いたりしながら動き出した。

「よっし。んじゃやりますか。やっぱ手がこうじゃないとやりにくいんでな」

「え、え⁉　イネスさん、生き返ったんですか？」

「察する能力悪すぎるだろ。生き返ってねーわ。いや、ある意味生き返ったともいえるのか？　まあ亡霊みたいなもんだよ」

「そうなんですね？」

エレノアにとっては遠い記憶でも確かに覚えのある姿が、骨という動かぬ死の事実を見た後に動き出したことは不思議な感覚だ。なにせその骨はまだ椅子に鎮座している。

多少の困惑は頭の片隅に追いやるエレノアを尻目に、イネスはつかつかと自分の骨に歩み寄り、それを椅子からがばっと払いのけた。

骨は軽い音を立てながら地面に落ち、骨のいくつかは地を転がる。イネスはそれを気に留めることもなく、どかりと椅子に座って目の前のモニターに向き合い、手元の操作盤をものすごい勢いで叩き始めた。

「えええええ。死者への冒涜では……」

「だって自分だし。作業の邪魔」

それにしたって死者に対してあまりにも暴挙ではないかともエレノアは思ったが、確かに本人による本人の遺体の扱いなので、そういうものかもしれない、と納得した。

そもそも本人によって本人の遺体を扱うということ自体が異常事態なのだが。

「あの、私はこのまま踊っていたらいいんですよね？」

「ああ。そのほかにもやってもらうことはあるが、指示を出すまでは踊ってろ。電力はあればあるほどいい。各所の端末の復旧からはじめるか。ったくあの野郎ども。好き勝手いじくりまわしやがって。中途半端に面白い術式を食い込ませてるとこが逆に腹立つ！　だがこれは俺の組み上げたシステム。しかも俺は天才だ。お前らが三か月もかけていじくったやつを、二時間で立て直してやんよ！　ふはははは！」

「おおお！　すごいですね！　さすがです！」

「……」

イネスは半眼になり肩から力が抜けた。引きこもりは基本的にそばに誰かがいることがないし、自分は独り言が多いタイプの引きこもりだ。一人で騒いでおかしな発言をしても誰に気に留められることもない。せいぜい経験があるのはカタリナの反応くらいだが、彼女はスパッとあしらう一言を叩きこんできていたので、純粋に褒められ拍手までされるとなんか違う、という気分になってしまう。

気を取り直して。

「まずは手始めにこいつらに動いてもらおうか」

モニターに映っていたのは、こちらと同じような端末に向き合う洋一と、彼にまとわりつくリリアだった。リリアの姿を見て、エレノアは安堵の息を吐く。

「そんでこいつらのあとに、お前の探してる奴のところに行くぞ」

「ユートさんの居場所がわかるんですか⁉」

「ああ、今起きてる事件の中心のとこにいるみたいだからな」

イネスが振り返りながら指す親指の先には、森のような場所にいるユートの姿がモニターに映っていた。

「ま、そんなわけでここまで来たわけよ。ここに来るまでに猫と鳥とイルカ？　こいつらも合流してきてな。というわけで、俺が来たからにはお前はこの場所から出られるが、あれをこのままにはしておけないよなぁ」

【第六章】

エレノアと俺が別れた後の説明を、なぜかさっき見たときは無機質な話し方しかしなかった魔導自動人形が流暢《りゅうちょう》に話す。

急に時空間を歪めるように空間に開いた穴から現れたエレノアと月夜とやきとりと白桜にちょっと泣きそうになったあと、ざっとこの白い魔導自動人形がこれまでのことを説明した。

曰く、自分は俺達が遺跡と思っているここ、イネスに言わせると遺跡＝城と、暴走気味だった雪の女王を鎮めるための魔法陣、はたまたあの実は封じられている雪の女王の退屈しのぎのためにあった遊園地とルインの町を作った元勇者のイネスの人格データで、エレノアと自分が作った魔導自動人形によって体を得たので、一応現在起こっている事態の収拾に来たのだそうだ。

さらに、この魔導自動人形の中はコピーデータで、原本の入っているやつは未だに制御室でがんばっているらしい。

ここまでの内容が濃すぎないか？

感動しきりで俺の手を握りながら涙ぐんでるエレノアに手を放せとも言いづらく、俺が言い淀んでいるとブクブクという何かが溶けて泡立つような音がした。

音のもとは雪の女王の体だった。元は少女の形をしていたものが、黒い泥がにじみ出て溶けていくように見える。じゅぅっと泥が地におちたところからも溶けていて、まるで酸をかけられたように煙が昇る。

「そんな！」

「シルフやめろ！」

シルフが浮かびながら寄ろうとしてイネスが呼び止め、イゼキエルが抑えるようにシルフの前を腕を掲げて阻む。

「近づくな」

「でも！」

シルフの気持ちに呼応するように、風がざわざわと騒ぎ始める。そんな中、頬にふんっと生暖かい空気が吹きかけられた。視線をずらすと、いつの間にか灰と再生のカミの面長の顔が間近にあり、俺を覗き込んでいた。

「うえあ？」

いつの間にこんなに近くに来ていたのか。改めて間近でみると、それは不思議な生き物だ。白い鬣《たてがみ》はまるで仙人のヒゲのよう。枝分かれしている角は立派だが、背に乗る妻である死と冬のカミを守るように囲う形になっている。赤い瞳に金の結膜《けつまく》。灰の体躯《たいく》はどっしりとしていて、牛ほどの大きさだ。

そしてその『不思議』という得体の知れなさは、『畏《おそ》れ』を抱かせる。

灰と再生のカミには、目が合うと死んでしまうという話がふと『思い起こされた』。

そんなことを思い出したのも目がばっちり合った後で、思い出すならもう少し早く思い出したかったと思いながらも、俺は死んでいない。さらにその背に乗る死と冬のカミにも笑みを浮かべながら見つめられている。彼女の頭には俺が渡したヤドリギがのせられていた。やがて彼女は夫の背上から腕をのばし、その冷たい腕が俺の腕に触れる。人の手のような見た目から想像できる感触と違い、ひんやりとしたゼリーに触れられたように感じる手で彼女の腹に俺の手が導かれ、その腹に触れたときに感じたのは小さくとも力強く脈打つ鼓動だった。

脈打つリズムに合わせてだんだんと強く、『それ』の意思が全身に叩きつけられるという摩訶不思議を体感する。みずみずしく未熟で、弱く柔らかいのに力強い。死と冬のカミに宿る次代の雪の女王。けれど俺が感じたのは、雪とはかけ離れた熱量をもつ意思の力。未だ世に出ていない原始的な命の輝きゆえにむき出しのその力は、光をともなって膨らみ、俺を蹴り飛ばすような衝撃の形で弾けた。まるで竜巻が体の中を通り抜ける際に言葉を落としていくといった感じだ。

「うおわっ」

早く姉を助けて！

俺が返事をする間もなく、体は元雪の女王のほうへ吹き飛ばされる。今更身をひねろうがなにをしようが避けられそうもない。というかそういう運動神経は残念ながら俺は持ち合わせていない。

俺がぎゅっと身を固めてその瞬間に備えると、想定していた衝撃は来ず、ただ少女の体から溢れていた黒いなにかがぱっくりと口を開けて飲み込まれる。まるでスライム風呂に沈むようなひんやりとした感触だけがあり、そのあとはなんの感触もしなくなった。あ、でもスライム風呂ってなんかちょっと憧れがあったりするよな。

「……?」

スライム風呂の感触はすぐに消えてなんの感触もしなくなったあとは、ただ俺は立っているということを自覚した。視覚がはっきりするとそこは真っ暗闇の中。前も後ろも上も下もなにも見えない。ただ、足元からひんやりとした空気が這い上がってくる。ぶるりと身震いする体を抱きしめた。

「あー、あー」

声は出る。だが、秋の日の早朝のように冷気は増していた。しかも、そんな清々しいものではなくなんとなくしけっているように空気が重い。

「すー、はぁー」

光一つない真っ暗闇。伸ばした手すら見えず、一歩踏み出すのも躊躇ってしまう。だが、今のところなんの気配もない。深呼吸して息を潜めたついでに、思い出す。

早く姉を助けて。その意思とともに流れ込んできた続きの言葉。

あなたにしか、できないから――――。

胸のあたりに手をあてる。

それは、俺の中にいる人物も言っていた言葉だ。他にできることもない。今はその言葉に、沿ってみるか。俺にしかできないというのなら、決着をつけるために腹を据えて動くしかない。

思い返してみれば、この世界に来てから俺は逃げ続けてきた。

クロワのおっさん、アウローラやサラ達のこと、ミツハやユキシロ。関わって、知って、助けて、助けられて。

でも俺はそれらに深く関わらないように、そう意図して行動してきた。人との関わりには、縁という見えない糸があるらしい。深く関われば関わるほど、その事情に足を踏み入れれば踏み入れるほど、それは俺の元の世界に帰ろうとする意思を引き留めてしまう気がして。

誰かと関わって、縁を結べば結ぶほど。そしてそれを大事に思えば思うほど。

俺がかたくなに制服を脱がない意味。それには相反してしまう。

だが、そうやって逃げていても、どこまでもどこまでもそれは追いかけてくる。

逃げるのがダメなら、立ち向かうしかない。戦うしかない。そのほうがより傷ついて、困難があったとしても。一歩でも前へ。そしていつか帰れる道に繋がると信じて。

少なくとも、今回は逃げていれば状況の打破はできない。

俺は改めて目を閉じて耳を澄ませ、これまでの出来事を思い返しているうちに、心臓のあたりから三本の糸のようなものが繋がっているのを感じた。その先にあるのは。意識で辿っていけば燃え滾る炎と風、命を育み、やすらぎを与える土と闇、循環と浄化を繰り返す水。その気配がなにを示すのかは、考えるまでもない。

俺はあの黒い泥のようなものにぱっくりと食われた。なら、今俺がいるここはあの雪の女王の中なのだろう。

冷気はだんだんと強くなっていて、指の先がかじかんでくる。今は真冬の寒さだ。

俺はその糸をちょんちょんと引いて、思いつくままに魔法陣を脳内に浮かべ、詠唱の言葉も思い出す。だが長いし言いにくい。

『縁《えにし》の結ばれた眷属《けんぞく》よ、主の呼び声に応える契《ちぎ》りを今結ばん。応じるならば、その姿を今示せ』

ちょっと古臭い言葉なのは、俺の中の人が昔の人だからだ。中の人って別の意味にも聞こえるな。

とはいえこれだけ言うのは面倒だ。あとなんか……照れくさい。だから省略する。実力か技術がないとできないらしいが、今の俺にはできるとなぜか確信があった。あと、あいつらなら多少ぞんざいな言葉でも応えてくれるという信頼もある。だから。

「来い！」

そう短く言った瞬間、足元に俺の思い描いた魔法陣が金の光を放ちながら浮かび、そこから黒い穴が開いたかと思うと、吹き上がる炎とともにやきとりと月夜、白桜が召喚された。

『職業　召喚士《サモナー》を得ました』

そんなウィンドウ画面も浮かぶ。

やきとりの炎のおかげで体の表面に熱があたり、同時に周囲の状況も見えた。

「……」

俺は言葉を失った。

俺の周囲には、積みあがった人や魔物の骨と、人の顔のようなものが浮かんでは消える黒い泥のようなものがうごめいていたからだった。

うん、あんまり怖くない。アンダーテイカーでも似たようなの見慣れているからか？

月夜とやきとり、そして白桜が並んで俺を見上げていた。まるで命令を待つように。

そんな俺とあいつらとの間にウィンドウ画面が差し込まれる。

『うわぁ、いっぱい死んでるねぇ』

「お前、いたのか」

『いたよ！　いたっていうか、いるわけじゃないけどずっと見守ってはいたんだよ！　ここ最近のやつは見られなかったことも多かったけど！』

久しぶりの神の介入にピロンピロンと効果音がうるさい。音を消す設定はどこだ。

『僕が話しかけられないときは、仕事で忙しいときか、僕の力が及ばないときだけだから！　それ以外はずーっと見守ってるんだからね！』

「それはそれでキモイ」

『えええ⁉　（、・ω・´）』

「ついに顔文字まで使いだしてんじゃねーか」

『顔文字って便利だよね。今の心境とか相手に伝わりやすくなるし。僕も成長しているんだよ（＋・´ー・）ドヤ』

「顔文字使い始めただけでドヤ顔すんなよ！　おじいちゃんか！」

『そんなことよりも、ようやく優人君とおしゃべりできて僕はほっとしてるんだよ！　最近僕の影が薄かったじゃん？　このまま優人君に忘れ去られるんじゃないかってヒヤヒヤしてたんだから！』

この状況でそんなことよりも、とか言えるか。まあ、あの黒いドロドロは今のところ大人しくこちらを襲う様子もないし、大丈夫か？　それに。

「まあ確かに、お前がいること忘れてた時もあったな」

『ほらやっぱり！　ずーっと話しかけたかったんだよ？　だけどこの町は魔力溜まりと過去の勇者の術式の影響力が強すぎて力が及ばなくてさ。喋れないばかりか、君の姿も見えにくくて本当に焦ったよ。おかげで手元が狂ってちょっと嵐起こっちゃった地域とか、次元に穴が開きそうなときもあったけど、まあいいよね！』

「なにをもって良いと言っているのかさっぱりなんだが？　うっかりで天災を起こしてんじゃねーよ！　天災というか、次元の穴ってなんだ！　てか、要するに圏外だったわけな？」

『僕の存在を携帯電話で例えるのやめない？　うん、携帯電話っていうより、せめてスマホってことにしよう。どちらにしてもあってるんだけどさ』

「携帯電話とスマホの違いがそんなに関係あんのかよ。あれ？　じゃあなんで今しゃべれてるんだあんた」

『やー、携帯電話っていうとガラケーのイメージがあってね！　ガラケーとスマホじゃスペックが違うイメージない？　それと、やきとりくんが近くにいるから、僕の力が通るようになって話せるんだよ！　ルンルン！』

「自分でルンルンって……。やきとりはルーターか！　なに、テザリングしないと全然役に立たない奴⁉」

『常にＷｉ－Ｆｉが通ってるといいんだけどねぇ。Ｆｒｅｅ Ｗｉ－Ｆｉみたいに。でもＦｒｅｅなだけあって危険なものもあるから繋げる時は注意だよ』

「この世界でＷｉ－Ｆｉの注意点なんか意味ないだろ！」

そういえばと視線を落とせば、相変わらず月夜たちがじっと俺を見つめて待機していた。見つめて、待機していた！

そういやこいつらはウィンドウ画面が見えているんだろうか。見えてなかったら、俺は一人で喋ってる危ない奴に……。いや、見えてない可能性が高い……よな？　最初に神は俺以外には見えないって言ってた気がするし。

再びちらりと三匹を見たあと、目をそらす。

あー、こいつらの視線が怖い。何一人で虚空に向かってしゃべってんだこいつ、みたいに視線が訴えてきているように感じる。いや、被害妄想かもしれんけども。

一人で気まずくなっていると、ウィンドウ画面は再び文字が切り替わる。

『と、いつものやりとりができて僕は満足できたんで、本題にもどろうか。優人君の目の前のあれ。あれは、雪の女王の器にされた子達の怨念。もはやあれは呪詛《じゅそ》だね。ていうかこの空間も呪詛の中。呪詛の表層部ってとこかなぁ』

「じゅそ……」

俺が呟くと、いつもついてまわってくる魔導書がふわりと浮かび、俺の前でページがぱらぱらと開かれた。

『呪詛……人を呪うこと。魔法においては分野の一つでもある呪いの中でも、解呪が複雑で難しいものを指す。解呪方法は呪詛の種類、成り立ちによって様々であり、深い知識と運を要する』

「なるほど。無理じゃん」

『無理だねぇ。そもそも、呪詛の解呪方法なんて、優人君が知るわけないしね』

そう、俺は解呪方法なんて知らない。だけど、あの雪の女王の妹（たぶん妹）が、俺にしかできないと言っていた。だとすると、俺にしかできないことがあると、あれは確信しての発言と行動だったんじゃないかと思う。問題はそれがなにか、ということなんだが。

俺は、ウィンドウ画面をじーっと見つめた。

『ん、なあに？』

「なんか可愛らしく首を傾げてる気がするが、全然可愛くないからな」

『なんでそんなことわかるの！　実際見たら可愛いかもしれないじゃん！』

「俺は解呪方法を知らないけど、あんたならわかるんじゃないのか？」

『急に話切り替わった！……僕ねぇ。うーん』

悩むように、神の次のコメントが浮かぶのには数秒かかった。

『実は僕もいろいろ制限があってね。この世界の理《ことわり》には逆らえない部分があるんだ。だから、君にも話せることと話せないことがある』

「理……」

『それは絶対不変のその世界そのものを成り立たせるルール。精霊も人間も僕やこの世界そのものでさえ、それを破ることはできない。それは例えば雪の女王のような重要な役割を担う座についた精霊は一つしか存在できないとか、君はこの世界では強大な魔力を持っているけれど、そもそも君の世界では魔力というものがないという理《ルール》だから、魔力が発現することはなく、君の世界に魔法は存在できないとか、そういう根源的なもの。あるものをある、ないものをない、と定義するもの』

「お前、今の言葉……」

今の神のセリフの中に、重要なことがあった気がした。それがなにか確信を持つ前に、鼻に異臭が届く。

「くさっ！」

「うーー、しゃーーっ！」

「きゅう！」

「こけ」

急に漂い始めた異臭は言語化するのが難しい何とも言えない臭いだった。ぐっと喉がつまり、酸味のような分厚い布地が鼻に押し込まれるような臭い。

その臭いのもとは先ほどまで大人しくしていたはずの黒い泥がぶくぶく泡立ち、その泡が弾けるごとに強さを増している。腕で鼻を覆っても阻めそうにない。

そしてそれは生きる津波のように、高波が襲い掛かる。

月夜が影の壁で阻み、やきとりが焼き切り白桜が水で押し流す隙間から漏れた泥が、俺の顔にどろりとかかった。

先ほどまでの異臭にさらに廃棄物のような臭いが混ざったものに顔を覆われて、拭おうと顔をかきむしるがへばりついて取れない。

「くっ」

助けて……。

その泥からは臭い以外の、感情記憶、死んだ者たちの怨念と恨み、無念さが流れ込んできた。

辛い痛い痛い痛い痛いお父さんお母さん助けて家に帰して苦しい苦しい苦しい！　なぜ私がこんな目に帰りたい帰りたい帰りたい悲しい殺して殺してなんで死ななきゃいけなかったの死にたい死にたい死にたい死にたくない死にたくない死にたくない。

様々な顔が浮かんでは溶けて、激しい感情が俺を侵食しようとする。これ以上俺の中に入ってこられれば、取り返しがつかないような気がする。頭の中の警鐘が激しく鳴っていた。

その時、走馬灯のようにさっきの神の言葉と、雪の女王の妹の言葉、海底のエンリケでの出来事が流れていく。

俺は顔からへばりつく泥をはがすのをやめて、鳥居を思い浮かべながら、手を打った。

あの神の領域へ踏み込むとき。周囲に流れる清浄な気配。神社に参りに行くときの気持ちで手を叩いたそれは、柏手《かしわで》だ。

乾いた音が広がるのと同じように、俺の顔に張り付いていた黒い泥からじゅわりと煙を上げて乾き消えていく。清浄な波紋が広がり、その場に満ちる黒い感情の渦が浄化されたようだった。

よかった、やっぱり効果があるみたいだな！

なんとなく柏手ってのは、邪気を払うという効果の記憶があった。

神が言うには、世界には理があるという話だった。そしてそれは世界ごとに違うらしい。ということは違う世界から来た俺は、違う世界の理の影響下にあるということなんじゃなかろうか。そしてそれこそが、雪の女王が俺にしかできないと言った根拠なのではないだろうか。それくらいしか、俺に『しか』できないという俺の特殊性は思いつかない。

それに俺は深海のエンリケで、日本の風習であるお盆の棒を刺したナスの牛が魂を送ったという現象を目にしている。

この二つから出した結論は、俺の知ってる風習や作法もこの世界に通じるということ。

そして現実に、柏手は効果があった！

「これで少しは攻略が進むんじゃねーか？」

手を痛めつけ、叩き続けて黒い泥や靄は消えるが、時間が経つごとに俺はこれでは無理だと悟った。柏手で浄化されるのは俺の近くにあるほんの少しだけで、次々とあふれ出す黒い泥の物量を見るに焼け石に水だった。やきとりと月夜、白桜が大量の黒い靄を処理しているが、できるのは精々押し戻すことだけで、根本的な解決にはならない。さらに知恵を絞る必要がある。

「うううううっがうっ」

月夜は猫の姿からクロヒョウの姿になり、襲い来る黒い泥を黒い影で押し戻し、押し戻されを繰り返していた。その間からやきとりが焼き切ろうと口から火を噴くが、燃えた様子はない。宙に浮く水球の中で同じように戦う白桜に、彼女の魔力で操る水の脇をすり抜けて黒い泥の波が迫る。俺はその前に立ち、柏手を打つとじゅわりとそれは蒸発したように消えるが、せいぜい一メートルほどしか消えない。要するに焼け石に水だ。しかも何度も気力を込めて叩いていると、手も限界が近い。

「方向性は間違ってないはずなんだ。だとしたら」

他に邪気を払うといえばで思い出すのは、破魔矢くらいか。だが、ここに弓なんてない。

「あー、くそっ！　手いてぇ」

それでも、ときに使い魔達の防壁を越えて迫る怨念達から身を守るには叩き続けるしかなかった。

「いや！　あとは塩が！」

ふっと思い出した。清めの塩とか、盛り塩とかがあったはずだ。

あれでもない、これでもない、と言いながら鞄の中のものを出してあさる。

どこぞの四次元ポケットから未来の道具を出すロボットよろしく、鞄の中にあるため込んだビンやら食材やら薬草やらを取り出す。そして底にあった塩の入ったビンに指先が触れた。そしてきゅぽんと音を立ててコルクのフタを開け、片手でひっつかんで塩を投げつけた。すると、ざぁっと塩の触れた部分の怨念は縮み始めて消える。

「よっし！」

塩！　ビバ塩！　手を叩くより浄化される量が多い！

だが、一つ問題がある。そんなに手持ちに大量の塩があるわけではない。

「うわっ！」

残りの塩はピンの半分。無駄使いはできないうえ、これも決定打には欠ける。

背後から黒い波が再び飛沫《しぶ》き、振り向きざままた塩をまく。

なんとか突破口はないかと目を皿のようにして見ていると、黒い泥の消えた部分にきらりと光るものが見えた。

「あれは……？」

すぐにその光は黒い波に覆いつくされてしまったが、それがいやに気になる。もしかしたら状況の打破を望むあまりに、今の光にすがっているだけかもしれないが、その後の黒い泥波の動きで思い過ごしではないかもしれないという自信が生まれる。他の波は俺達を呑み込もうとしているくせに、それだけは俺から離れていき、手の届きそうにない遥かな上で高波がぴたりと止まったようになっていた。まるで、そこには手を出してほしくないかのように。

「俺の勘が正しいなら、あそこになにか、あるんだろうなぁ。十中八九」

だが、そこは塩を投げても届かなそうだ。それこそ、破魔矢と梓弓でもあれば、届くかもしれないが。いや、弓矢があったところで、扱ったことのない俺では射てもしないが。

成功する自分のイメージが思い浮かばなくて、黒い泥を避け走りながら半眼になる。そのとき、俺の背後から温かいなにかに包まれる感触がした。まるで教室の窓から差し込む太陽の光が背中にあたっているような温かさだ。だが、この状態でのそのぬくもりは異常でしかなく、びくりと固まる俺の体を抱え込むように、そのぬくもりが俺の手に添えられた。

「っ！」

一瞬身構えたが、人型をした既視感を覚える金色の光の熱は、夏のギラギラした痛みを感じる日差しではなく、冬の寒い日に日向ぼっこをするようなやわらかいぬくもりで、じんわりと指先、足先から伝わり、警戒心がゆるく溶ける。そして光の手は後ろから俺の腕をとり、まるで弓矢をつがえるような動きをさせた。すると俺の手に淡く薄紅色に光る矢が顕現していた。それと同時に弓を引き絞る力が必要になり、急な力に思わず手を緩めてその矢はあらぬ方向に飛んで行った。

「こけっ⁉」

「やばっ！」

予想外の方向に向かった矢の先にいたやきとりは間一髪で体を反らして避けた。結果的に黒い泥に命中したその矢はじゅわっとその周囲にあった瘴気を浄化する。

「ごめん、やきとり！」

「こ、こけぇ！」

こくこくと首を縦に振ってやきとりは俺の謝罪を受け入れる。あ、当たらなくてよかった。

ふと振り返ると、さっきの人型は消えている。

俺は力に負けてびりびりしびれている自分の手を見つめた。弓を引き絞るだけで、かなりの筋肉がいる。なにより、引き絞った後に狙いを定めるまでが、力に負けるし手が震えて話にならない。

「……やれるか？」

いや、やるしかないだろう。無理でも無茶でも、やるしかない。

俺は黒い泥のきらりと微かに光る部分を見上げると、泥の波が俺に覆いかぶさってきていた。俺が逃げようと動き出しても間に合いそうにないと思ったとき、大きくなった月夜が頭で俺をすくい上げて背にのせ、間一髪で抜け出せた。

「月夜ナイスだ！」

「にゃー」

その姿でも鳴き声はにゃーなのな！　と頭によぎるが、今はそんなことを考えている場合ではない。その後も波は明確に意思をもって俺に襲い掛かるのを繰り返した。泥のほうも波の形だけでなく水鉄砲のように飛ばしながら俺を攻撃するが、月夜がうまいことかわしてくれている。だが、肝心の俺は動き回る月夜の背ということと、そもそも弓矢を扱うのが初めてということもあり、試し打ちもままならない。そもそも俺が矢をつがえる動きをすると現れる弓という、普通の弓とも違うし。

だが、俺のやりたいことは月夜ややきとり、白桜にも伝わっていることは感じる。

やきとりと白桜はアイコンタクトをとりながら、できるかぎり俺に黒の泥波が来ないように立ち回り、月夜は最小限の動きでできるだけ俺を揺らさないように駆け回る。

俺は月夜にまたがる足に力を込めて上体を固定しようと努めた。そのとき、ぶわりと俺の周りに風が吹き出し、空気抵抗がなくなる。

『風の加護』

ぴろりんという音とともに端的な言葉が表示されたウィンドウ画面が現れる。

そこに、狙うべき絶好の瞬間が訪れた。

もはや触手のような動きもしだした泥をさけて跳び上がった月夜は宙にいて、そこがちょうど、きらりと光った泥の先の真正面。さらにやきとりと白桜が俺に向かっていた泥を炎と水で押さえ込み、邪魔のこない一瞬が生まれた。風の加護によって風圧と慣性の法則はない。

俺は再び矢をつがえる動きをする。淡く光る弓矢は質感を持ち、俺は思い切り弓を引き絞った。だが、そうそううまくいくわけもなく、力に負けて手が震え、狙いが定まらない。弓を引き絞っていられるだけの筋力がない。やっぱりダメか、と思ったとき、俺の手に光の手がまた添えられた。俺の背後の人型の光が俺の体を支えるだけで、手に力を入れずとも弓を引き絞ることができるようになる。なぜか、この矢は絶対当たるという確信が生まれた。

しっかりと、狙いを定める。

矢を放つ。

するとその矢は楕円形の薄紅の光を帯び、その軌跡はさぁっと泥と怨念を浄化していく。そしてそのきらりと光る部分に当たると、ぱぁっと白と七色の光が弾けた。

邪気を砕く破魔の矢が浄化した先には、黒い泥に飲み込まれていた少女が、黒い泥から剥がれ落ちた。

「っ！」

やきとりがあわてて受け止めると、その少女はここに来るときに俺達を呑み込んだ、雪の女王の姿をしていた。だが、明確に違いもあった。その少女の胸から下が、木の根のような、凝り固まってしまった巨大なイボのようなものと一体化していた。

素人目に見た判断にはなるが、足が完全にイボに覆われて、むしろこれは両足がくっついてしま

っているようにみえる。彼女は精霊ということだし、人間として考えてはいけないだろうが、まともに歩けそうにない。

女性に触れるのもどうかと思うが、あまりにも痛々しいそれに触れる。その瞬間、彼女の目がかっと開かれた。そしてそのまま上体を起こすと、手で押し払われる。

「ぐっ！」

思った以上によろめいてしまって、自分でも驚く。自覚こそなかったが、かなり体力も気力も消耗しているらしい。自覚がないってことは、脳内麻薬が出ているんだろう。できることなら、この事態から抜け出せるまではそのまま麻痺していてほしい。動けなくなったら、完全に終わりだ。

とはいえ、一度自覚しかけてしまうと、じわじわと体が重くなってきているのは否めない。

『優人君！　しっかり！』

「んにゃっ」

「こけ！」

「きゅー」

月夜が影で、白桜は頭で俺の背を押し、やきとりは俺の服の襟を咥《くわ》えて倒れないように支えてくれる。

「さんきゅ」

……。っていうか、やきとり！　お前、俺の背丈ほどの大きさに巨大化することもできたんか！

口に出す余裕も元気もなくて、頭の中でだけつっこみをいれる。やきとりは馬ほどの大きさになっていた。

まあそんなことはいったん置いておいて。

俺が彼女に視線を向けてなにかしら言葉を紡ごうとしたとき、彼女は手招くしぐさをすると、それに応じたかのように、未だ周囲に漂っていた泥波がずずずと近づき、雪の女王はそれを布を羽織るかのように自分の体に纏わせた。

俺に対しての拒絶の視線と、それと対照的な泥波へのしぐさで俺は察する。

雪の女王は呪いに絡めとられていたわけではない。彼女は自分からそれらを受け入れている。その証拠とでもいうように、彼女に巻き付いた泥波はドレスのように彼女になじんでいた。

そのあとは、先ほどよりも強い冷気の吹雪が巻き起こり、氷の短刀がいくつも頬をかすめ、血がすらりと流れたと同時に、泥波が俺に覆いかぶさろうとした。

咄嗟に動けるわけもなく腕で庇うことしかできない。そのとき、間抜けな掛け声が突き抜けた。

「とぉーう！」

日朝《ニチアサ》のヒーローのような腕の動きで、手先から生み出したバリアのような透明な壁を形成しながら泥波をはじき返したのは、見たことのない、長い緑の髪をした白衣の男だった。

足元のサンダルと容姿が、掛け声とちぐはぐだ。さっきから戦隊モノのヒーローのようなポーズをとっているが、その腕は青白く細い。更に目にはひどい隈もあり、丈夫そうにはとても見えないにも拘わらず、なぜかこちらに向けられた背中には頼もしさを感じた。

「怯えてるのはわかるが、ちょっと俺が話す間は大人しくしとけ、なあ」

ニヤリと余裕の笑みを浮かべ人さし指をおろす動作をすると、雪の女王ともども泥波が白いベールのようなもので上から押さえつけられた。ドン、ドン、と白色のベールを破ろうとする振動はあるが、いまのところベールに異変はない。

「さて、これでちょっと時間稼ぎはできるな。なあ、勇者くん？」

呆気に取られる俺達を面白がるように、その男はくるりと振り向いて笑った。人のことは言えないが、真正面からみると目つきの悪さが印象的だ。

「なんで……俺のこと勇者だって……」

思ったより口が乾いていた。俺はごくりと唾を飲み込み、喉を潤す。

「そりゃお前、俺が天才だからだよ」

「……はぁ？」

『どや顔が上手だねぇ』

ぱっと現れたウィンドウ画面は、話の邪魔をしないためかのようにパッと消えた。

「解説が必要か？　まずはそれだよ」

男が指したのは、俺のそばで浮かび続ける魔導書だ。

「その魔導書、他の勇者が作ったものだろ。いや、魔力の質的に、誰かに作ってもらったものに勇者《じぶん》の魔力を込めたってとこかな」

その通りだ。

「そんなこと、一目見ただけでわかんのか」

「普通はわかんねぇだろうな。ところがどっこい、俺は普通じゃないわけよ」

「は、天才だからってか？」

「それもある。それもある……が」

男は腰を折って目線を合わせ、俺の額をつついた。

「俺も勇者なのよ。お前と同じでな」

「……」

俺は目を見開いた。

「だから、勇者の気配には割と敏感なわけ。その魔導書に込められた魔力も、なんとなく同類の気配がすんのよ。それと、今の俺はその魔導書に残ってた勇者の意思とおんなじ存在なんだわな。さっきまでお前が相手してたあの雪の女王を封印するのに使われてた、元の俺の魔力に残ってた、意識の残滓」

「……あんたが、勇者だっていうなら」

腹の奥底から、ざわざわと騒ぐ何かがあった。それは興奮なのか、動揺なのか、戸惑いなのか。わからない。が、どうすればいいのか、俺がずっとどうしたかったのかは明確だった。

「だったら、教えてくれ！　元の世界に帰るには、どうしたらいい!!」

ずっと、ずっとずっと聞きたかったことだった。

神ですら答えられなかった問いだった。

これを知るために、ここまで旅をしてきた。たぶん、やり残したことは多くある。あの霧の教会や、水聖殿でのことも、本当は最後まで見届けたい気持ちは常にあった。それを振り切ってまで進むことを優先したのは。

他の勇者の痕跡を追うことでしか知ることができないと思っていた。だが、目の前にかつての勇者がいるというのなら、ようやく知ることができる！

「……元の世界に帰る、か」

男はなにかを考えるしぐさをした。

「その問いがでてきたことに多少驚きを感じるが、俺の感想はいらねぇよな。お前の切実さはその目を見ればわかる」

男はぽんっと俺の頭に手を置いて、わしゃわしゃと撫で始めた。

「なっにすんだよ！」

「帰り道は、お前が召喚されたあの魔法陣だ」

「っ！」

脳裏に最初のあの塔での出来事が流れていく。

「お前が『勇者』であるっていうことは、必ずあの魔法陣を通ってこの世界に来たはず。だから、帰るための出口もあそこだ。だが……」

「だが？」

洋一の言葉の意味が理解できた気がした。入口と出口は同じ。つまりそういうことだ。俺は男が濁した先を促す。

「魔法陣には発動条件がある」

「発動条件……」

そういえば、神もそんなことを言っていた。そもそも俺が召喚されてしまったのも、たまたまあの魔法陣の発動条件に合致してしまったからで、本来は当てはまらずに発動することはないはずだったと。

「その発動条件って……！」

身を乗り出しかけた俺に、男は首を横に振った。

「悪いが、俺もあの魔法陣を見たのは二、三回だ。しかもそのどちらも興味を持って見たわけじゃない。だから詳細な発動条件はわからない、が、予測はできる。そもあの魔法陣は必要があって作られたものだ。それを達成できると期待されて勇者は召喚される。つまり、その勇者の役目を果たせば、勇者の必要性はなくなり、帰るための発動条件を満たすと考えられる」

「……ていうことは」

「勇者の役目は、魔王を倒すこと、だな」

「え、だけど！」

思わず叫びそうになって、男の目が深い悲しみを湛えていることに気づいた。それがなぜだかはわからないが、おかげで俺は叫びを飲み下して冷静な声が出せた。

「魔王は、目覚めてない。じゃあ、倒すなんてこと無理だ」

「……え？」

男はぽかんと口を開けて俺を見つめた。

「魔王が、目覚めてないだと？　目覚めてないのに、なんで勇者が……」

「それは……」

俺はかくかくしかじか説明する。

「そいつは災難だったな。だが、まさか魔王が復活していないのに勇者が現れるとは……。でもだとしたら、お前の期待する帰る方法は別のを探して……」

と、話の途中にも拘わらず、ビキキッとひびの入る音がしたかと思うと、バリンという破壊音とともに、男の放ったベールが破れ、抑え込まれていた呪いがぶわりと噴火のように噴き出た。

そしてそれはまっすぐに俺に向かい、黒い泥波に俺は呑み込まれる。

その泥波は激しい異臭がして、俺の耳から目から、鼻から、口から、入り込もうとしてきた。その中で、最初に聞いた声よりももっと激しい「痛い、苦しい、つらい、なんで」といった負の感情が俺の中に流れ込んできて、それに共感するように俺にもその苦しみが胸を刺し貫き、体を引き裂かれるような激痛が脳天から足先までを覆いつくした。そしてその中でそれらとは異質な感情の塊があることに気づく。それは、これらの痛みを可哀そうと、思う感情だった。本来なら気絶してもおかしくないような心身の痛みにも拘わらず、俺は目をかっと見開く。

強制的に共感させられているような状態だが、そのために俺もそれらの死者の痛みを可哀そうとも思う。だが、俺は、そんなことより、なによりも！

怒っていた。

痛みにも勝る怒りが、腹の底から湧き出てくる。その爆発するかのような感情が呪い達を弾き飛ばし、俺はその塊を見おろした。

「いま、俺は！　ほんっとーに大事な話をしてんだよ！　ちょっとそこに座って俺の話が終わるまで待っとけ――――――――!!!!!」

俺から発せられる、尋常ではない覇気。

そこから剥がれ落ちた黒い泥波は、べちゃりと地に落ちて戸惑うように揺れる。しかし襲ってくる様子はない。

「はぁはぁ。あのな。お前らのほうもなんとかできるよう考えてやるから、ちょっと待っとけ。な！　お前らの無念さとかも、身をもってわかった。文字通りお前らの痛みを体感した！　そこのあたりをどうしたらいいのか俺も考える。だけど、それも俺の用事が終わってから！　絶対見捨てたりしないから。大人しくしとけ、な！」

腰に手を当ててそういうと、その泥波はただの水の波のように打ち寄せては返すだけを繰り返すようになった。それをみて、俺は改めて男に向き直る。

「よし、話の続きをしたいんだが」

「……あっはっはっはっ」

しばらく唖然として俺を見ていた男だったが、真剣に言った俺に思いっきり笑いやがった。

「はぁー。いいねぇ。大物だなぁ、お前」

男はひとしきり笑って、そして優しげな眼差しで泥波を見た。

「だそうだ。見捨てないってさ。よかったな」

男は憮然としている俺にニヤリと笑った。

「あんた、あいつらになにか思い入れでもあんのか？」

「ん？　んー」

両手をポケットに突っ込み、軽く砂を蹴るような仕草をする男からは、あの呪いの塊たちに対する敵意が感じられない。そもそも敵の前で両手をポケットに突っ込むなんて真似はできないだろうし。

「まあ、あいつらがどうしてこうなったかってのも知ってるしな。それに千年以上も見守ってるとな。情も湧くっつーかな」

「そんで、話の続きなんだが」

「切り替え早っ。お前が聞いてきたのに！　まあ、時間もねーのは確かだ。話を戻すと、魔王を倒すことが魔法陣の発動条件だというのなら他の方法を探さなきゃなんないだろうが、それこそ例の魔法陣を見ないとそこらへんは俺にはなんとも言えねぇな」

「じゃあ、あんたを魔法陣のとこまで連れて行ったらいいのか？」

俺の提案に男はぎょっと目をむく。

「連れてく!?　俺死者だぞ。そこまで付き合えねぇよ。現実問題、そこまで〈俺〉が耐えられない。俺はあくまで残留思念だ。さっきも言った通り、はるか昔に生きてた俺が施した封印にくっついていた残りかすで、俺そのものは封印の魔力だ。しかも千年規模の年月なので劣化も激しい。陣自体もボロボロ。本来なら、こんなふうにお前の前に現れることができる状態にすらならなかったはずだ。もう少ししたら、跡形もなく消える運命よ。てかむしろ褒めたたえよ！　ここまで持つシステムを構築した俺を！」

俺は首をひねる。

「じゃあなんであんたがここにいるんだよ」

「そりゃぁ……なぁ」

天才だからだ！　と返すと思った男は予想に反して宙を見上げる。

「聖女の、愛ってやつだよ」

「エレノアの？」

声に出して、あ、たぶん違うと自分の頭の声が否定する。聖女を語る最初だけ、細められた男の目が違う誰かを思い浮かべているようだったから。

「〈お前の〉聖女はエレノアっていうのか。さっきもお前の危機に力だけ飛ばしてきてただろ。悲しいかな、聖女って生き物は、勇者に対して傍《はた》から見れば引くほどの献身を勇者に捧げるようにで、きてるからな。その影響の副産物で、昔の勇者と現在の聖女っていう関係性の縁で増幅されて俺は形になれた。改めて〈勇者〉と〈聖女〉の感応力と共鳴力ってのは恐ろしいねぇ」

「できてる……」

別の意を感じる言い方だった。それに、さっきの光の人型はやっぱり……。いや、待てよ。

「献身っていっても、あいつは俺が勇者だと知らないんだが……」

「あれ、でもお前自分が勇者で、あっちが聖女ってことは知ってるんだよな？」

「知ってるが、俺のことは……言ってない……」

「うーわー……、それは……お前、酷な奴だな」

男がジト目で見てくる。なんだよ、俺がすげー酷い奴みたいじゃないか。

なんとなくばつが悪くなる。

「そ、そこまで言うほどか？」

「そりゃあ、俺が言うのもなんだが、聖女の性質を考えたら……。さっきの見たならお前もわかるだろ。勇者だってことを知らないまま、無自覚でも、お前を助けるために力を使って守っているって。あーでも、そうか。お前の場合は……。魔王も復活してないって言うなら、むしろ賢いのかもな。少なくとも、俺と同じ轍《てつ》は踏まずに済む」

「……なんだよ、その含むような言い方」

「いやぁ、逃げられるといいな。もしくは……」

「……」

「…………」

もしくは……なんだよ。

身を乗り出しかけて、意味深に笑うだけの男にがくっとなる。

はいはい、そっから先は言わねーのな！

「どちらにせよ、お前の望みが叶うことを祈ってるよ。後輩君」

そこで男の目が、曇った碧色をしていることに気づく。深い深い水底のようなその色が三日月型に細められていた。

普通に怪しい奴の笑い方だ。白衣にがに股でつっかけで、ボサボサの頭に、人のことは言えないがひょろい体。だけど……。

「悪いが時間切れだ。俺は体もだが、外ももたねぇようだ。あー、中もだな」

見上げる男につられて俺も見上げるが、宙には暗闇しか存在しない。

「外でなにかあったのか？」

「むしろ、外でなにも起きてないとでも思ってたのか？」

「いや」

自分でもそれはないだろうなと思う。ここに来る直前までにもいろいろあった。時間は進行しているんだ。エレノア達は、イゼキエルやシルフ達のこともどうなっているやら。

俺が思いを馳せると、宙を睨んでいた男の体が光りだした。そしてこの暗闇の空間を歪めるように、渦が現れる。

「この場所からの出口を開く。開ききるのに十五分かかる。ついでにそれで俺の力は打ち止めだ」

その時、俺の頬を冷気がかすめると、パキパキと氷の割れるような音がした。いや〈ような〉、ではない。さっき男が被せていた封印の布が、氷に覆われてヒビが入っていく。

「後輩君、あいつが出てくるぞ。どうするつもりかは知らないが、なんか考えがあるんだよな？」

俺は胸を張って答えた。

「ない！」

男が唇を噛みしめて俺を振り返る。

「俺もう還っていいかな」

帰ると還る、どっちもかけてるうまいこと言いやがって。

「無いもんは無いんだよ。武力に訴えるとかいう世界観にまだ馴染めてない俺にできるのは、話し合いだけだよ」

そういう時代に生まれて、十年程そういう教育を受けてきた。自分の中にあるのであろう未知の実力があるのだとしても、それに頼るには、頼り方がわからん。

「話し合える状態まで持っていけるのか、これ?」

「逆に言いたいんだが、あんた情が生まれるくらい付き合い長いんだろ? なんかないのかよ」

「見守ってただけだっつーの。まともに話したことなんか千年前に二言ぐらいで」

軽口を叩きながら、俺達は身構える。とはいえ横目に見た男の姿は透けはじめていた。恐らく本当に時間がない。

俺は、パラパラと凍った布の欠片を落としながら立ち上がる雪の女王に目を向けた。さっき呪いの波に呑み込まれたとき、疑似的に彼らが死の直前の出来事を見、体感した。痛かった。

体の隅々《すみずみ》から、心の端々《はしばし》まで。

見知らぬところに連れ去られ、生きたまま檻に入れられ、助けを請うても聞き入れられることはなく、泣き叫び絶叫し怒り抵抗しても、体を切り刻まれて。それでもなお、終わらなかった。

様々な魔物、動物、人間、亜人。それらの一部を組み合わされて実験され、作り出されたキメラの中の魂は、苦痛から解放されることなく現世に繋がれ続けている。生者には届かない彼らの悲鳴は、閉じ込められた継ぎはぎの体の中で反響し、澱《よどみ》となった。それらの実験を行った者はその呪いの力すらもキメラの体を動かすための力として利用した。

それが、彼らを作り出した者にとっては、実験による〈成果〉だったんだろう。

そして、それら死したものたちの記憶にある恐怖の対象は、あの地下の遊園地で俺達を襲った、白衣の男だった。

でもさ、それってさ、むかつくよな。

傷つけられたほうが、なんで泣き寝入りしないといけないんだ。今、対峙しているこの呪い達の怒りと悲しみは、一体どこにぶつければいいのか。

それって、俺じゃないよな。エレノアや、ルインの町の連中でもないよな。悲しみに囚われて制御できない呪いの力を、依《よ》り代《しろ》として利用するために雪の女王に絡みつくのも、違うよな。

ゆらりと女王のまとう黒い衣が波打つ。

「お前達が敵意を向ける先は、あの白衣の男達だろう」

怒りと悲しみを上回る恐怖。それをこの魂たちは生前植え付けられた。どれだけあがいても逃れられず、ただすりつぶされた実験の日々がつけた恐怖という傷。

「それでもまだ思うところがあるからここでくすぶってんだろ。未練があんだろ。怒りが、悲しみがあんだろ。だったら、すっきりさせてから逝けよ」

黒き衣となっていた呪いの泥波達は、俺の言葉に惹かれるように、吸い寄せられてくる。

未練なんて、ないほうがいいに決まってる。死んでしまったものは仕方ないが、ちゃんと行くべきとこに行けたほうがいいのも同じだろう。

「ここであったのもなにかの縁だ。だから、手伝ってやるよ。あの白髪ボサボサじじいを一発、ぶん殴りに行こうぜ」

散々俺も迷惑かけられたしな。それに檻に囚われる記憶は、他人事とも思えない。

俺が右手をぎゅっと握って拳を作ると、泥波達が俺の右手に巻き付き始めた。それらは俺の腕に取り憑き、まがまがしい文様が浮かび上がる。右手に疼きはあったが、呪いが完全に分離したそのあとには、呆然と浮かんでいる雪の女王がいた。

彼女は声を出さず口の形だけで言葉を紡ぐ。

どうして、と。

そしてつーと、涙が零れ落ちた。

「な！　泣い……え⁉」

俺達が動揺している間に、頭を抱えた女王の足元から、巨大な氷水晶が生え出て、その先端を突き上げた。

その瞬間、女王が叫んだ。

「お願い！　離れて！」

女王の紫の目が濁った赤に光り、彼女が予想外の警告の声を上げても為す術なく、男の腹を氷槍が刺し貫いた。

「あー、やっぱりまだ使いこなせるようにはなってないのか」

「え……」

「おい！」

伸び続ける氷槍で宙に串刺しだというのに、男は涼しい顔だ。よく見れば血も出ていない。男は一瞬ぱっと広がる粒子になったあと、その粒が少し離れたところで集合し人型となる。

唖然とする俺に男は軽い様子でひらひらと手を振り、ニッと笑った。

「俺に実体があるわけじゃないし、ああいうのでは消えねーのよ。でも」

氷の槍は巨大な水晶のように太く硬く成長を続けていた。雪の女王の暴走は未だ続いている。やきとりがくちばしから吐き出す炎で小さくしているが、追いついていない。白桜は水をかけてもそこから氷が増えることに気づいてからは回避に専念している。月夜は触手のように伸びる影で俺の脇をひょいと抱えながら、氷槍を避けてくれていた。

何度かよけ切れず刺されて再度形を整えた男の体は先ほどよりもさらに透けている。

「見ての通り、何度も散らされると消えるのが早まる」

「何度も食らってられないってことか！」

「……ここは雪の女王の精神世界。そしてあの子は昔から自分の力を使いこなせず、暴走を繰り返した。この地に封じられるのは、彼女自身の望みだったと聞いている。俺はシルフの依頼で、数千年経ったあとの綻びはじめた封印をかけなおしただけだから、伝聞にはなるんだがな」

その言葉で、見たことのない光景がフラッシュバックする。

深い深い森の中で身を震わせながら出産に呻《うめ》く死と冬のカミ。いや当時は夜明けのメガミだった存在。そんな彼女の傍らで灰と再生のカミが心配そうに覗き込んでいた。

「ぐっ。この光景は……」

新たに生まれた精霊であるその子は、生まれた時から力の制御ができず暴走した状態で生まれた。母親の身の内を氷で刺し傷つけ、外気に触れた瞬間その場一体の空気を氷漬けにした。

精霊の多くは、例えば葉からしたたり落ちる一雫であったり、風の吹き溜まる場所の風の塊であったり、自然現象から突如生まれることが多い。そのほかにも精霊の成り立ちというのは事例があり千差万別とはいえ、カミから生まれるのがカミではなく、精霊であったということも異例なできごとだった。とはいえどんな生まれ方をしていようと、精霊という存在に成ったなら、その力の使い方や役割などは生まれた瞬間から認知しているもの。

だが雪の女王となる運命のその精霊は、なにも知らずに生まれた。精霊ならばなにも教わらなくとも知っているようなことを、彼女は知らなかった。たとえば人が生まれた瞬間から呼吸ができるように、彼女も力の使い方を理解していなければならなかったのに、それができないという歪《ひずみ》は、どんどん拡大していった。

その一つが、夜明けのメガミの変質。灰と再生のカミの力で死にかけた妻を救おうとした結果、そうなった。夜明けのメガミは、死と冬のカミとなった。

そして、たびたび暴走を繰り返す雪の女王を、同じ精霊である大精霊シルフに託した。死と冬のカミとなったとはいえ、存在そのものが変わってしまった死と冬のカミでは育てられず、また精霊の力というものも、カミである彼らには他者に伝えるという術がなかった。

だからこそ、同じ精霊であるシルフに託すことにしたのだ。

そこまでの映像が頭に流れ込んでくる。

「……まるで日本神話だな」

あっちは炎だったが。

俺の右手が疼いて、感情を伝えてくる。彼女も助けてやってくれ、と。

呪いの記憶を追体験した俺には、雪の女王の感情もわずかに流れ込んできていた。彼女は彼女なりに呪い達を助けようとしていた。未練を残す彼らが思いを果たせず消えてしまわないように、宿主として彼らを受け入れるということで。それも自分が自分ではなくなる、〈変質〉が起こるとわかっていて、だ。そしてそれはたぶん、暴走を止められず周囲を傷つけることしかできないと思っていた彼女にとって、初めて他者のためにできることを見つけた瞬間だったのかもしれない。

だってさ、他者を気にかけない奴なら、力の暴走が起きた時にあんなに必死に俺達に警告なんてしない。呪いを引きはがした時にも、あんなに捨てられたような、途方にくれたような様子にもならない。

呪いを纏った右手が、肯定を伝えるように再びズクンと疼く。

「あー、マジで中二病じゃん、これさ」

俺の推測が正しいとすれば、雪の女王の暴走を止めるには、彼女の中のわだかまりをなんとかしないといけない。なぜなら、呪いを受け入れていた時は彼女の力は落ち着いていたのだ。だとするなら、今の雪の女王の暴走は彼女の内面の問題が大きく影響しているんじゃないのか。

俺が男を見ると、男は頷いて女王から距離をとる。この空間の出口を作り出すのに集中してくれ！

「！」

俺も頷きを返し、左手で右腕を押さえながら、俺は月夜に目線を送る。

月夜は俺の思った通り黒豹化し、ひょいと俺を背に乗せて飛び上がった。

「やきとりー！」

やきとりは俺の叫びの意図を察して、雪の女王までを阻む氷を溶かした。そして俺が地にうずくまる雪の女王に手を伸ばしたとき、この空間の出口がぐぱっと開かれる。その出口の向こうには、地に横になり苦悶の表情を浮かべる死と冬のカミと、妻に寄り添う灰と再生のカミ、その周りをなにかを叫びながら覗き込んでいるエレノア達がいた。そして、死と冬のカミからぶわりと炎が一気に噴き出す。それはまるで、炎と氷が違うだけで、過去の雪の女王が生まれた時のシチュエーションとそっくりだった。

その光景を見た瞬間、俺の頭の中にひらめきのような針がよぎった感覚に陥った。

『直観スキルのレベルが上がりました』

「お母さま！！！」

その光景を見ていたのは、雪の女王も同じだった。さらに恐慌に陥った彼女の周囲には雪嵐が吹き荒れ、俺は吹き飛ばされそうになる。それを白桜が寄り添い、月夜の背に押し付けた。

やきとりが羽から熱波をだし、俺の周囲だけ少し和らぐ。

俺はその勢いのまま右手を伸ばして、雪の結晶になっている涙を流す雪の女王の腕をつかんだ。

「そのまま！　思いっきり力を解放しろ！」

「！」

驚きに目を見開く彼女を引き上げ、そのまま月夜が踵《きびす》を返す。

伸びゆく氷柱《つらら》をバネに変えて、開かれた出口に向かう。

俺の右腕の周りは氷に覆われていたが、呪いのおかげか冷たさは感じない。

ここから脱出する瞬間、ちらりとこの場に残る男に視線を向ける。

男は感情の抜け落ちた顔で、俺を見送っていた。

俺はそいつに向かって叫ぶ。

「助かった！　ありがとう！」

そのあと男がどんな反応をしたかはわからない。出口を抜け出た瞬間、肌が痛いほどの熱気が顔に触れたからだ。

暗く寒い空間から飛び出た勢いのまま、俺が雪の女王の体をぐいっと前に押し出す。

目の前には炎の立ち上る死と冬のカミの横たわる体と、その周りを取り囲みながら火を消そうと試みているイゼキエルやシルフの姿があった。エレノアは身の丈をはるかに超える炎の中で、死と冬のカミのそばに居続けている。歯を食いしばりながら、赤ん坊を取り上げようとしているらしい。

たぶん、火傷をしたはしから治癒術を己と死と冬のカミにかけて耐えている。けれど、肉が焦げ付く臭いが届いてきていた。

その光景に、女王の体が凍り付くのが伝わった。だけど、硬直している場合じゃない。

「あんたのその力で、母親と妹だか弟だかを助けろ！」

「！」

こちらを振り返る女王の目はキョロキョロと定まらず、動揺している。

「しっかりしろ！　あんたにしかできないんだぞ！　自分の力を抑えなくていい、思いっきりぶつけろ！」

「っ！」

しかし、女王はフルフルと首を横に振った。自分の力がまた彼らを殺してしまうのを恐れているのだろう。

だけど俺には確信があった。

「大丈夫だ。あんたの姉妹《きょうだい》は、まだ生まれてもないのに俺を蹴とばすくらいに元気だ。あんたのその力に負けてない。あんたの姉妹を信じろ！」

なにせ、俺を姉のほうに問答無用で蹴とばすくらいの元気の良さなのだ。見たわけじゃないが、あれは腹の中で蹴りを入れていた衝撃波だったと、なぜか確信がある。

「それに、あんたがやりすぎそうだったら、俺や、こいつらが止めてやる。必ず」

俺の右手がやる気をしめすように、脈動する。

雪の女王はすがるような眼差しで俺を見上げ、そして前を向くと手をかざす。

「よし、ちゃんと支えてやる。今までの鬱憤《うっぷん》全部ぶつけてやれ！」

両手を前にかざし、コクンと女王は頷いた。今まで俺の周りを荒れ狂っていた吹雪が目の前の炎に集中し、注がれる。するとみるみる雪は水滴となる。女王の力が押し負けているのだ。

それをみて、赤く濁っていた女王の瞳が紫色に輝き、吹雪の勢いがさらに増した。

「いいぞ、その調子だ！」

炎の熱気が和らいだのだろう。エレノアが俺に視線を投げかけながら、ほっと息をついたのが見えた。

「いいです、その調子です！　がんばって、いきんで！　はい、ひっひっふー！！！」

エレノアが死と冬のカミに呼びかける。そしてすっと、こちらの女王に視線だけ向けて、

「雪の女王さん！　その冷気もうちょっと右から送ってください！」

「っ！」

「早く！」

雪の女王はえっと動揺しながらも、エレノアの指示通りの冷気が送れる場所である反対側に行こうとわたわたと自分の足で歩いた。

俺もそれについていこうとして、エレノアの声が足を縫い留める。

「ユートさんはそこにいてください！　あなたも！」

今まで炎の対処のために水を出していたらしいイゼキエルにもエレノアの声が飛ぶ。その場に近づけない俺に助けを求めるよう、途中で女王が俺をみたが、俺は首を横に振った。

出産の現場に本来俺は立ち入り厳禁なんだ。今の女王なら大丈夫そうだし、なにかあれば動ける

位置にはいる。不安だろうが、女王にはそのままエレノアとともに頑張ってもらおう。

というか、エレノアが頼りがいがありすぎる。

女王は情けない表情のまま、エレノアの指示に従いながら吹雪を当て続けた。やがて真剣な様子で集中しているようで、俺を見ることもなく雪の女王は指示通り右にあて、左にあて、と吹雪を操る。

そして、炎をあげながらその子は、生まれた。

その子は、普通の人間のように産声をあげることはなかった。だが、大きな瞳でエレノアを、父を、そして姉を見上げていた。

生まれてなお炎に包まれている彼女を抱き上げることはできない。いや、一人だけいる。

エレノアは、雪の女王を見上げて、笑った。

「抱っこしてあげてくれますか、お姉ちゃん」

「！」

雪の女王の瞳が揺れる。

「このまま地面にいたら、肌に傷がつくかもしれませんよ！」

「っ！」

女王はおそるおそる、その小さな、炎そのもののような赤い髪の赤ん坊を、ゆっくりと抱き上げた。

「あー、うっ！」

その子は、嬉しそうに女王に手を伸ばした。女王はその様子に愛おしそうに目をうるませると、その子の額に口づける。

すると、その赤ん坊を覆っていた炎が一瞬で消え、女王の周囲で吹き荒れていた吹雪も何事もなかったかのように掻き消えた。

「……うう」

呻き声をあげたのは、地に横たわったままの死と冬のカミだった。

この場にいる者たち全てが赤ん坊に視線を向けるなか、エレノアだけは死と冬のカミに自分の衣服をかけて、傷ついている彼女に治癒術をかけ続けていた。

相変わらず過剰気味の治癒術だったが、今の死と冬のカミにはちょうどいいように見える。死と冬のカミは、起き上がろうとしてできず、腕だけを赤ん坊に伸ばす。

雪の女王はゆっくり近寄ると、赤ん坊を死と冬のカミに差し出す。死と冬のカミはゆっくりと赤ん坊を受け取り、愛おしそうに目を細めて頰を寄せた。

その様子を、じぃっと女王は見つめる。すると、死と冬のカミは再び、片腕を上に伸ばした。その先には、雪の女王がいる。女王が首を傾げると、灰と再生のカミが頭で雪の女王の背を押した。女王が戸惑ったように母に近づくと、死と冬のカミは彼女の頭を撫で、そして抱きしめた。

雪の女王の目は見開かれ、やがて涙があふれでる。その涙は、雪の結晶に変わることなく、そのまま頰を流れ落ちて地にしみこんでいった。

俺はその様子を見届けると、エレノアに駆け寄る。近づくにつれて軽く目を逸らした。服がところどころ焦げていたからだ。

「エレノア、大丈夫か」

「ユートさん。ご無事でよかったです」

「俺よりも、自分の身を気にしろよ」

俺は自分のマントを手渡しながら、ゲリールをとなえる。一番酷いのは彼女の手だ。酷い火傷で、ゲリール程度では完治しない。俺が重ねがけするか、別の方法を試すかしようとしたとき、雪の女王が近づいてきた。

「どうしました？」

「……」

女王はじっとエレノアの手をみると、その手に自分の手を重ね、そして手を引くと、エレノアの手には雪だるまがのっていた。

「わぁ、かわいい！　ありがとうございます！」

エレノアが片手で雪だるまを持とうとすると、雪の女王はすかさずもう片方の手を取って、両手でぎゅっと雪だるまを握らせようとする。

「あ、あの……これだと雪だるまが潰れちゃいますよ」

「……」

女王は首を横に振る。俺は女王の意思がわからないエレノアに補足してやる。

「その雪だるまで、エレノアの手を冷やせってことだ」

「あ……。ありがとうございます。優しいんですね」

エレノアがにっこり笑うと、女王の頬が赤く染まる。助けを求めるように俺に視線を向けられる

が、俺にどうしろと。

「……。妹さんが無事でよかったですね」

「！」

「妹に嫌われている私が言うのもなんですが、妹は可愛いですよ。お姉ちゃんという役割は重荷でもありますが、自分の支えになったりもします。身内がいるというのは、とてもいいものですよ」

「……」

エレノアが目を細めると、女王はしばらく考えた後、こくりと頷いた。

今の彼女の様子をみると、女王の能力は落ち着いているように見える。人に触れることに対する躊躇も減っているようだ。女王の心境にも変化があった、それは確かだろう。だが、彼女の力が落ち着いているのはそれだけが原因ではないように思う。

「欠けた部分が、埋まったかのようね」

シルフがふわりと、俺の横に浮かんだ。

「あんたもそう、思うか？」

「ええ、あの子の妹が炎の精霊であること。まるで二人そろって完成かのように、あの二人の力が落ち着いている。この場の空気が完全に調和されているわ」

「……二人で一つ、ってやつなのかね」

「……そうであったのなら、もう少し早く、そうであったのなら……」

「大精霊ともあろうものが、恨み言か？」

「あなた達に感化されちゃったのよ。とてもとても……ね」

シルフは残念そうな、それでもすっきりした表情をしていた。最初にあった時のようなわけのわからなさがないように感じる。

俺はキョロキョロと周囲を見渡した。意識を散らしても、索敵には引っかからない。

「……いないのか」

「どうしました？」

エレノアが立ち上がる。

「いや、これは勘なんだが、この騒動の主犯が絶対まだ近くにいるはずなんだ」

「主犯というと……」

エレノアも思い至ったのだろう。

「上！」

その時、いち早く異変に気付いたイゼキエルがぼそりと呟いたすぐあと、ズドンッと地響きがした。

上を見上げると、巨大な吹雪の塊が巨人の形で腕を振り回していた。もはや見ただけでわかる。

あれは、雪の女王の中に収められていた瘴気の塊、だ。呪いの部分は引きはがし、精霊自体も切り離せた。しかし、残りの瘴気はどこへいったのか。

それが目の前にある。

その時、さっきのひらめきが目の前の事象と繋がる。

「あれは、利用できるかもしれない」

「え、どういうことですか？」

俺はエレノアに向き直る。

「俺は、ここでなにがあったのかを見ることができた」

呪い達の記憶。そこにはあの白衣の男がこの場所でなにをしていたのかの映像も含まれる。

「たぶん、主目的は時間を遡《さかのぼ》ることだった。なんで遡ろうとしたのかまではわからないけど」

「時間を遡る……」

エレノアは右目を軽く押さえる。

「その時間を遡るための方法を探りつつ、準備を進めていたらしい。その中の一つが、瘴気を使うこと。その瘴気を集めるために、たぶん元から研究していたこととか、興味の引かれたことを片っ端から試していったんだろうな」

それはたとえばキメラを作ること。肉体を持たない精霊を受肉させるとどうなるのか、など。キメラを作るために様々な生き物を糸で繋ぎ合わせたり、偶然見つけた地下の遊園地を器に見立て、蟲毒を試したり。遊園地が封印の陣だと気づいたあとは、封じられていた精霊を引きずり出して、キメラの体を与えた。その過程で目的の瘴気が生み出され、必要分が生産されるまでそれらの実験を続ける。恐らくここ最近起きていたという地震や、狂暴化した魔物達によるスタンピードも地下の実験の影響だ。実験で生み出された瘴気や魔力が漏れ出し、周辺の生き物たちを狂わせ始めた。その様子も、あの白衣の男からすれば興味深い影響だっただろう。

自分の興味を最優先にし、それにより命がどうなっても構わないと考えているタイプの人間……

だと思う。なんでかわからないが、勘がそう告げている。

時間を遡った結果がどうなったのかは、はっきりとはわからない。だが、あの地下遊園地で白衣の男と共にいた男。あの男の姿が消えた時に時間を遡ったのだとすれば、再び現れたのは元の時間に戻ったということ。その時の言動から考えれば、目的は果たせなかったのだろう。しかも、時間を遡りたかったのはたぶん、あの男のほうだ。だとすれば、男に協力していたのは自分の好奇心を満たすためだったんじゃないのか。

仮定の話ばかりだが、それが正しいとすれば、そこまで自分の興味に忠実な男だ。立ち去ったと見せかけて、近くで……少なくともこの場が観察できる場所で自分の実験の結果を見届けているに違いない。これも勘だが、絶対にいると思う。だが今の俺では奴の居場所まではわからない。索敵に引っかからないとなると、敵意はない、もしくは俺の索敵の範囲外にいるということだから。

俺はうっすらとこの森を覆うガラスのような幕を透かして見上げる。その先にいる巨大な瘴気と吹雪でできた巨人を。

だからこそ、今目の前の瘴気の巨人は、チャンスだ。この巨人の処理を派手にやればやるほど、奴の興味を刺激して近づいてくるはず。

そこまでの俺の説明を聞いて、エレノアはふむふむと頷いた。

「えっと、あの瘴気の大きな人をなんとかすれば、犯人も近寄ってくるということなんですよね」

「ああ、あいつの性格上寄ってくるはずだ。だからできるだけ派手にやりたい」

「なるほど！　でも、派手ってどのようにしたらいいでしょうか？」

「派手にやりたいってならちょうどいい」

エレノアが困ったように眉根を寄せると、なんだか聞き覚えのある声がその場に割って入った。

「……あれ？」

視線を下げると、地下遊園地で見かけた魔導自動人形がくるくると頭を回転させていた。

「あ、イネスさん。聞いてらしたんですね」

「おう。とにかく制御室に戻るぞ。実際に見たほうが早い」

そう言って、白い魔導自動人形は空間の歪みに向かう。

俺が振り返ると、さっきまで立っていた雪の女王が地にひっくり返っていた。

「え、どうした⁉」

俺が駆け寄ると、シルフが俺の横にふわふわと近寄る。

「この子は、変質してしまったの。この子はただの精霊ではないわ。肉体を得てしまったために、うまく動けないんだと思うわ」

「あー、ずっと無重力だったのに、いきなり重力に襲われたような感じか」

ひっくり返ったカブトムシが起き上がろうとするように、彼女は身を起こそうとするが起き上がれず地に伏した。

「こちらのことはいいわ。あとは妾が見ておくから、あなたにはやることがあるのでしょう？　あなた達人間には、時間は大切なものなんですものね」

「……ああ」

シルフの視線は俺の右腕に注がれている。

「じゃあ、あとはよろしく」

「ええ。あ、そうだわ」

踵を返そうとした俺に、シルフは顔を近づけ、耳元に息を吹きかけた。

「っ！　なにすんだよ！」

ぞわぞわと、産毛が逆立つ。いや、嫌な感じではなかったけども！

「風の大精霊の加護よ。今からすべての風はあなたの味方。風に属する精霊達はあなたのために動いてくれるようになるわ。もちろん、妾も含めて」

「ええ」

そんなこと言われても、具体的にどう扱っていいのかわからないんだが。

「難しく考えなくていいのよ。風を思えば、おのずとわかるわ」

「……」

俺はどう答えていいかわからなくて、そのまま背を向けて歩き出した。

【第七章】

俺は目の前の光景に口をあんぐり開けた。まず精霊の杜からポータルを抜け、魔導自動人形が案内するまま制御室とやらに行ったときに人の骨があったことや、近未来的な水の入った人が入りそうなカプセルがあったりする光景にも驚いた。なにせ、そんな近未来空間にDDRがあったのだ。浮きまくりだろ。それでも充分驚きの光景だったのだが、そのあと案内されて今目の前にあるのは、広いドッグのような空間と、超巨大ロボットだった。機動破壊戦士バンダムのような青と赤のボディがキランとライトを反射している。

「世界観！」

世界観が仕事してない！　いや、むしろ仕事した結果がこうだといえるのか。

「あれ完成形を表したホログラムな。実物はこっち。これからこいつらに乗り込んで合体してもらうから」

開いた口が塞がらないまま魔導自動人形のＣの形をした指がさすほうに視線を落とすと、そこには飛行機、電車、バイクがある。これらが変形して合体……。バンダムじゃなくてトランスシェイパー？

「…………つまり、これに乗り込んで戦えと」

「何人かは乗り込んでもらわないといけないが、これでもいいぞ」

と、渡されたのはラジコンのコントローラーのようなものだった。鉄仮面人《てっかめん》二十八号タイプの操作法も選べる……だと？

「…………いや、乗り込むタイプで」

「そうか。やっぱコックピットにはいきたいだろうな。うんうん」

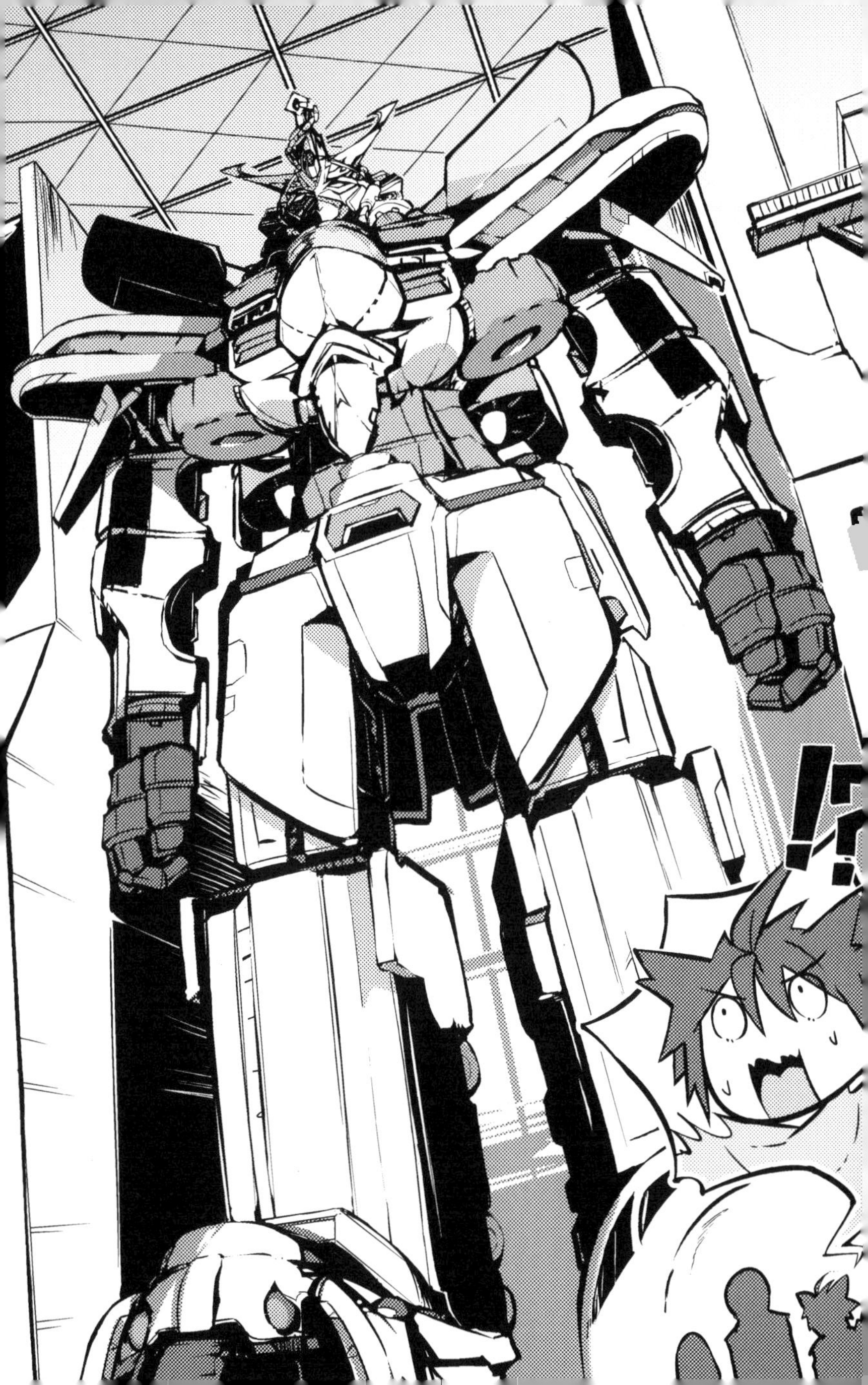

いや、それどころじゃないことはわかってるんだが、ちょっと憧れがあるのは否定できない。

『いいいいやあ――――！　著作剣という名の武器が僕を刺し貫くー！　誰か助けてぇ！』

急に叫びの文字列を点滅させるウィンドウ画面が現れる。

異世界に著作権とかあるのかよ。

『あるんだよー。別の世界の偉い人から怒られることもあるんだよー（、、；ε；、）ほかの世界の神様とか、管理者とか』

……。そんなものがいるとしても、だ。いやぁ、今更？　と思わなくもない。緑色の土管とか、クリボッチとか、今まで際どいの結構あっただろ。

「……そゆときは魔法の呪文、オマージュを唱えるんだよ」

『はっ！』

ぼそりとした俺の呟きに、なんとなく神が目を輝かせたような気がする。

「なんか言ったか？」

「いや」

「そうか。説明を続けるぞ。わからないことがあれば言え。お前には車か、バイクかに乗り込んでもらう。そして五人で協力してあれを倒せ」

「……五人？」

そこで疑問と、ふっと思いつく。あ、トランスシェイパーじゃなくて、戦隊ものか。日朝だな、と。

「お前と、エレノアと、あれ」

俺とエレノアはわかるが、あと一人は……と思っていると、バチバチッと電気の爆ぜる音と強烈な視線が背中に突き刺さった。あと一人とは、余り的にイゼキエルしかいない。

「えーーー、なんかめっちゃ睨んでるけど、いいのかあれ」

「睨まれようがなんだろうが、やらなきゃ死ぬだけだからな。死にたいならご勝手にってとこだ」

魔導自動人形が肩をすくめる。機械らしい機械が人間ぽいしぐさをすると、本当に生き物みたいだ。

バチバチと電気を全身で発生させながらも否定の声を上げないということは、あいつも協力してくれるということとして数える。

「あれ、でも五人って、あと二人は？」

「もうすでに乗り込んでるんだよ。だから、あとはお前達だけだ」

あと二人……。

他に誰かいただろうか。

そう思いながら、車に乗り込む。ハンドルを握りながら前を三秒ほど見つめ、俺の頬を汗がつと流れた。

「俺車の免許持ってねぇ」

つまりは、運転したことがなかった。ATかMTかでも、操作の難易度が変わるだろう。幼いころに遊園地で乗ったゴーカートを必死で思い出す。

左手の位置にはハンドルレバーがあり、足元にはアクセルとブレーキしかないように思う。これなら……。

「免許持ってねーけど、異世界なんだから許されるよな？」

ハワイで親父に教えてもらった高校生探偵もいるのだ。異世界ならなおさら許されるはず。

俺はレバーを引いた。


ルインの町は猛吹雪に襲われていた。つい二時間ほど前は夏特有の暑い日差しが注ぎ、鬱陶しい湿気が漂っていたにも拘わらず、だ。テルマはノースリーブの服にマントの前をかき寄せながら、町の混乱を思い浮かべた。

急激な寒さと吹雪に襲われた町は混乱している。そもそも最近頻発していた地震やスタンピードによって町には徐々に不安感が高まっていた。そのうえ、住人が突如魔族になるという奇病も発生したことで、何かしらの異変の存在を町の全員が認識したばかり。幸か不幸かその異変への究明及び対処のために滞在していたエリアマスターが現在の吹雪に対して住人の避難などの指揮はできるが、果たして逃げ場はあるのだろうか。

テルマは避難する町の人が右往左往する状況を置いて、町から離れる自分にぎゅっと拳を握る。

「エリマスとアランさんが奔走してたし、あたしはあたしの依頼《しごと》をこなすよー」

もしこのまま自分も町を出てしまえば、自分の仕事を達成する機会がなくなるだろう。そんな予感がしていた。

テルマは胸元にしまっている包みにぎゅっと手を当て、右手でペンデュラムを垂らした。

じっと待つ間、吹雪に煽られて髪が揺れる。逆に重りはぴんと糸を伸ばし、やがて右に引っ張られた。

「あっちなのね」

テルマはペンデュラムの導きの通りに足を進めた。

森を進み、何度かむき出しの遺跡の一部を通り過ぎていく。そこまでもだんだん強くなる地響きに足をとられることはあったが、その時は一際大きな地震が起きてよろける。

「くっ！」

足を踏みしめても足らず、地に尻もちをついてしまったが、地響きはおさまった。

そのまま立ち上がろうと見あげると、そこには吹雪の渦巻く塊のような巨人が立ち上がろうとしていた。

「あれ、なに⁉」

吹雪の塊はもはやぐるぐる巻きにした糸に見える。ミイラにみえるそれが吹雪だとわかるのは、それが振り下ろした拳の周りがぎゅるんと木や建物を根こそぎ巻き込んでえぐらせるからだ。それが、恐ろしいほどの強風によるものだとわかる。

その巨人はルインの町の中心部へと一歩一歩踏み進めた。その一歩をされるたびに、地面はえぐれてまさに破壊の足音だ。

それが巨大がゆえにテルマもその様子を見られたが、近づけばひとたまりもないことはすぐにわかった。そしてひとたまりもないのは、ルインの町も同じだという予感に背筋が凍る。

「ど、どうしたらいいの！」

あんなわけもわからない巨人が町に入れば、すぐに避難場所に辿り着いてしまうのではないだろうか。

巨人が進むたびに立ち上がれないほどの地震に翻弄されながら、テルマは唇を噛みしめる。

それまで受けていた風とは違う気配の清浄な風が、まるで背を支えるようにテルマの周りに吹き始める。地震はそれまでと変わらないにも拘わらず、しっかりと立ち上がれたテルマは目を瞬かせながら、その風に触れようとした。だが当然のごとく、風には触れられない。

そんなとき、再び頭上で不可思議な音がして見上げると、赤と青の白の、なんとも形容しがたい巨大な、人の形をしているにしてはとてもカクカクしていてつるつるしているものが現れ、吹雪の巨人に腕を伸ばしていた。

その腕はなぜか火を噴きながら巨人に発射され、吹雪の巨人にぶつかるとぎゅるんと吹雪を吸い込むようにしてその部分だけ掻き消える。けれど雪の巨人のその部分はすぐにまた吹雪で埋まってしまった。

発射された腕はまた元の位置に戻ってきて接合される。

そこまできてテルマもやっと理解した。あのカクカクした巨人は、吹雪の巨人と戦っている。

それが敵なのか味方なのかはわからないが、なぜかテルマの周りの風の音が心配するなと言っているように聞こえて、テルマは再びペンデュラムの導く方向へ足を進めた。

やがて遺跡の中へ入り、持ち歩いている魔力灯で先を照らしながら地下へ地下へと潜っていく。

時々テルマには理解できない様相の部屋を通り過ぎながら辿りついた先に、これまで通り抜けた小部屋よりは広い空間に出た。その空間には、机の上には紙が散乱し、自分の背丈の大きいものから手のひらより小さいものまでのガラス器具のようなものが乱立し、そして血と肉の腐ったにおいが充満していた。

袖で鼻と口を覆いながら歩みを進めると、空間の奥に鉄格子があった。いくつもある牢屋の中には扉が開いてなにも入っていないものもあったが、閉じているところには無残な死体が何体もあった。

テルマは気の毒そうに目を眇めながら、そのうちの一つの牢屋に入る。

「……ここにいたんだね」

テルマはしゃがみ込みながら、目の前に落ちていた腐りかけた小さな腕に声をかける。

そして胸元にしまっていた包みを取り出して、その中にあった櫛《くし》や髪飾りや紙切れなど様々ある中の一つの小さな人形を取り出した。

「あなたは、これだね」

ペンデュラムはその人形の持ち主を示す。テルマが周囲を見渡せば、牢屋の中に転がる死体だけではなく、壁際に置かれたいくつかの樽にも手足や肉の塊がはみ出している。それは人のものだけではない。

「帰ろうか。お父さんとお母さんのところに。あなたのこと、待ってるよ」

テルマはそっと目を伏せる。依頼人たちから預かった、行方不明者たちの愛用品や所縁《ゆかり》のものの持ち主は、全員この場にいるようだ。

テルマは切ない顔で、ペンデュラムの導くままに体の欠片たちを集め、丁寧に包みながら声をかけ続けた。

「つらかったね、苦しかったね」

「できるだけ、みんなをお家に戻してあげるからね」

「全部は無理なの。ごめんね」

テルマは涙を流すことはなかった。


ちょっと硬めの、車の座席のようなシートに座り、目の前に浮かぶ水色の球体のようなホログラムと、両手にはギアのあるコックピット。俺は口を半開きで上に下にと視界を巡らせていた。

「おー。………おー」

アニメとか漫画でしか見たことがないような空間の中にいる不思議に、興味が尽きない。

「無事合体できたみたいだな」

目の前の白い筒のようなものの上で浮かぶ、水色の半透明なホログラムの八面体の石から、先輩勇者の声が聞こえる。

「ああ。マジで事故るかと思って焦ったけどな」

初めて運転した車の操作を間違ったとかそういうことじゃない。戦隊ものの巨大ロボットが合体するのよろしく、とにかく他の乗り物にぶつかりにいけという指示だったのだ。ただぶつかることができれば車体が勝手に変形するとのことだったが、自分から衝突するという、自ら事故に飛び込むような行為にびびらないわけがない。

……実際にはびびりすぎて突っ込めなかった俺の車に電車が突っ込んできたうえに、衝撃もなく変形して合体できたおかげで恐れることはなかったわけだが。ちなみに電車を操縦していたのはイゼキエルだ。肝が据わりすぎてねーか、あいつ。

そんなわけで、無事合体していま俺は巨大ロボの右腕と左腕担当だ。左足はエレノア、右足はイゼキエル。そして、どこにあるのかわからないがスピーカーから別の声が語りだされる。

「えーと、リリアの他にあと三人いるんだよな？　俺は洋一って言います。知らない者同士協力するのは大変だと思うけど、よろしくな」

「さすがです洋一様！　他の方々への心遣いもお忘れないお言葉。お優しいですね！」

「あははは……」

いつでも持ち上げることを忘れないリリアに、苦笑している姿が目に浮かぶ。

そう、今回は俺、エレノア、イゼキエル、聖、リリアと協力してあの吹雪の巨人を倒さなければいけない。俺は声を伝えるわけにはいかないから、通信は切った状態にしながら、右側にアームで半固定されたパネルでチャットに【いいねの絵文字】を入力することで答えた。エレノアも俺と同じように絵文字が表示され、イゼキエルからは返答がなかった。あえてしないのか、操作方法にまだ慣れてないのか謎だ。

まさかこんな形で聖と協力体制を築くことになるとは。あー、背中がヒリヒリする。

巨大ロボがゴゴゴと音を立てて揺れる。目の前に映る外の光景で段々と視界が高くなり、ロボの頭上にある天井がぱっくり割れて、巨体が露出していくのがわかった。地下の床がせりあがっていっているらしい。

「目の前のは窓に見えるかもしれないが、あれは画像だ。機体頭部からの視界を全員が共有しているからな」

ホログラムの石がチカチカ光る。

車に乗り込んだ時点から先輩勇者が操縦方法やシステムを説明してくれていた。他の機体にぶつかれと指示したのもこいつだ。たぶん他の連中も同じだろう。

「それにしても、なんでこんな巨大ロボットなんか作ったんだ？」

「遅かれ早かれ、封印が解けて同じことが起こるとわかってたからだ」

先輩勇者はあっさりと答えた。

同じことというと、昔にも雪の巨人が現れたということだろうか。

「雪の女王の最初の封印が緩んで、世界はめちゃくちゃになりかけた。その時は生前の俺が対処して、封印をかけなおした。この巨大ロボはその時使ったやつだ。俺の死後、同じことが起きた時用に一応残してあったんだが、俺の先見の明もたいしたもんだよな」

「……ちなみに、あんたの他にも、吹雪の巨人を倒すのに協力した奴誰かいたのか？」

「は？　いるわけねーだろ。俺一人でやりきったわ。天才だからな！」

「……じゃあなんでこの巨大ロボは五人乗りなんだよ。あんた一人で使ったって言うならその時は一人乗りの巨大ロボだったんだろ」

「……」

つまり、当時はなんちゃらレンジャータイプじゃなくて、起動破壊戦士バンダムタイプだったたってことだろ。

いやだって、そのまま機動破壊戦士バンダムタイプで置いておいてくれれば、こういう事態になった時に五人用意するよりも簡単だったはずだ。俺達が居合わせなくて人数が用意できず使えずに終わる可能性もあった。そもそもこれが一人乗りだったら、俺だってこんなスレスレで聖やリリアと協力しなくちゃいけないってヒリヒリせずにすんだわけだし。

「合体はロマンだ」

「そう言われるとなんも返せないが」

ロマンはわかる。ややこしくなったとしても、こういう機械の押すボタンが多ければ多いほどテンションが上がったりするし。

俺は頭上にあるスイッチの群れを見ながら思う。手を乗せていたギアをぎゅっと握りしめた。

「さて、緊張はほどけたか？　いよいよだぞ、少年」

「……」

俺は深呼吸する。あくまで俺の敵は白衣のあいつだ。吹雪の巨人は前哨戦。それでも完全に緊張が取れるはずもない。

だが、俺の右手は熱を持っている。まるであいつらの熱意がそのまま熱になったかのようだ。

「必ずあいつのとこに連れていく」

人事を尽くして天命を待つ。

やれることは全部やる。

そして完全に地上に出た後、俺は目の前の画像に捉えられている吹雪の巨人を睨んだ。

巨大ロボは恐ろしく滑らかに動いた。

吹雪の巨人はぐるぐる渦を巻く吹雪のせいで、まるでミイラのように見えた。だがそれだけ濃密に絡みついた暴風に全身が覆われているということだ。吹雪の巨人の進行方向にはルインがある。

このまま進ませるわけにはいかない。

だから最初にあいつにかましたのは、俺の担当の右腕だ。

ちなみに独断ではない。聖の指示がチャットにすごい速さで書き込まれている通りにしただけだからな。

「いけ、ロケットパーンチ！」

巨大ロボの右腕が発射され、吹雪の巨人を貫く。

同時に慣性の法則に襲われた俺は予想外の状態に吹き飛ばされないように身を固くした。

いや、シートベルトは締めてるんだけれども！

てか、俺右腕部分にいるんじゃん。ロケットパンチしたら俺ごといっちゃうんじゃねーか！　と今更ながらに気づく。

俺の混乱と恐れとは裏腹に、ロケットパンチは吹雪の巨人に衝突した瞬間、手首の部分がパカリと開いて吹雪を吸い込み、貫いた場所は空洞になった。飛んで行った右腕はぎゅるんとUターンし、がちんと再びロボの二の腕に嵌まる。

収まった衝撃に体を立て直して画面を見ると、吹雪の巨人の体の三分の一が穿《うが》たれてなくなっていた。

「めっちゃすごい威力じゃねーか！　俺になんてもの持たせるんだ！」

「これぐらいの威力がなきゃ倒せねーだろ！　それに、これぐらいじゃ倒しきれない」

先輩勇者の言う意味はすぐにわかった。雪の巨人のぽっかり空いた空洞はすぐに他の吹雪の部分が補って塞がれていく。

「いいか、これはロケットパンチという名の掃除機なんだ。地道に吸っていくしかねーんだよ。今一回吸った分の吹雪（ほこりやゴミ）をより分けて、固めてるとこだから連続しては使えないからな！」

「吸引力の変わらないロケットパンチにはできなかったわけな」

「連続じゃなけりゃ吸引力の変わらないロケットパンチなんだよ」

そういうこの機体の事情を聖は把握しているようで、次発できるまでのインターバルの間に吹雪の巨人が町に近づけないよう、エレノアとイゼキエルに指示を出し、吹雪の巨人に組み付く。

俺はチャットの指示に従うためにレバーを動かすが、それよりも巨大ロボの足技がさく裂するほうが先だった。二人がそれぞれ操作しているとは思えないほど滑らかに両足が動き出し、吹雪の巨人に蹴りやひねりを与えて、町とは反対方向に押し出していく。まるでかろやかな体術の一連の型を見ているかのように、飛んだり跳ねたりと、アクロバティックな動きで相手を翻弄していた。

ただ、それらの動きをするのに任せたまま振り回されるだけでは体のバランスが取れない。腕の動きで全体のバランスを取るようレバーをごりごりと動かす。

「思ったより連携取れてて、天才の俺もびっくりだわ。チャージ完了まであと七十五秒」

連携取れてるってよりは、必死に自分の体がその動きをしたら、とか想像してバランス取れるように動かしてるだけだがな！

とはいえ、何度攻撃しても吹雪の巨人は小さくなりもしなければ、ダメージを与えられている気もしないぐらい、すぐに相手の傷は塞がる。

「くっこのままならじり貧じゃねーか」

こちらが壊れるのが先か、吹雪を吸い取り尽くすのが先か。

「容量が足りてないようだな。千年前より強い」

こちらが決定打を見出す前に、吹雪の巨人はこちらから興味が失せたかのように、町のほうへ歩き出してしまう。

「まずい！」

あのまま町に行かれたら、町がめちゃくちゃになる。

だが、俺達よりも先に、吹雪の巨人の前に立ちふさがる小さな存在があった。

「あれは、雪の女王？」

両手を広げ、雪の巨人とはまた違う吹雪を身にまとわせながら吹雪の巨人の前に浮遊し立ちふさがる彼女。そんな彼女に躊躇う様子もなく通過しようとした吹雪の巨人に触れた瞬間、吹雪の巨人の形がぐにょりとゆがんだ。どうやら、吹雪の巨人の凝り固まった瘴気を、雪の女王が取り込んでいるようだった。

もともとあの吹雪の巨人は、雪の女王が浄化しきれず、また逆に生み出してしまったものだ。後始末は自分でやる。その意志による行動だと、一度彼女と繋がったことのある呪い達が右腕から伝えてくるようだ。

精霊とは魔力の属性をつかさどり、自然の大いなる流れの調整者。瘴気を浄化する機能もある。だが、その精霊であるはずの雪の女王は、ぶはっと血を吐いた。それでも雪の女王は手を止めたりせず、巨人を睨みつける。

「なんで……！」

「変質だ。雪の女王は普通の精霊とは違う存在になった。精霊でありながら肉体を持つ特殊な精霊に。その肉体が、巨大すぎる瘴気に耐えられてない！」

たぶん、彼女をあのままにはしておけない。そんな気持ちはこの合体ロボに乗っている奴ら全員の意識だったんだろう。誰に指示されることもなく、巨大ロボは血を吐きながら責任を果たそうとする雪の女王に手を伸ばした。

吹雪の巨人は、その意識などほとんどないであろうに、消滅させられることに必死に抵抗しているようだった。吸い込まれて消えそうな自分の体をぶわりと膨らませて、それまで一度も開いたことのなかった頭部の口のあたりがぱかりと開き、今度は巨人が雪の女王を飲み込もうと覆いかぶさる。

その時、視界の端に目的だった男が空飛ぶスクーターのようなものに乗ってにやりと笑っていることが目に入った。そして手をふっと動かすと。

「ヒヒヒヒ。許容量を超えた瘴気を取り込めば、変質した精霊はどうなりますかね？」

と、地面の下に溜まっていた瘴気も地面から染み出し、巨人の足を伝って再び巨人が大きくなる。

俺は最大出力で伸ばした手から瘴気を吸い込んだ。

「おい、この勢いで吸い込んだら、容量オーバーだ！」

「容量は、ここにもあんだよ！」

ロボの腕の中にまで侵食した瘴気を吸い込み、体の中でヘドロと清水をより分けるイメージに集中する。

吹雪に突っ込んだ巨大ロボの機体は、増えてしまった瘴気の圧力に耐えかねてじわじわとけずられ、中身が露出し始めていた。それでも引くという選択肢はなかった。いや、ないとなぜか五人の意識が重なったのは感じた。俺の勘違いかもしれないけど。

「うおおおおおおおおおおおおおおおおお！！！！！」

全身にものすごい圧力がかかった。暑くて寒くて痛くて感覚がなくなってを一度に全身が経験しているかのような、様々な環境が体の中を駆け巡り、それをなんとかなだめすかせる。

「おい、呼吸しろ！！！」

「ふはっ！」

気づかぬ間に息を止めていたらしい。自分の酸欠に気づいた瞬間、空気を何度も吸い込み、げほげほと咳をした。

「おい、あいつが逃げるぞ！」

ふと見上げると、青空がのぞいていた。巨大ロボはいろんな場所が削られ、俺のいた部分のコックピットも割れていた。巨大ロボは横たわり、上にいた吹雪の巨人は消え去っていた。

だが、俺はまだ真の目的を果たしていない。

先輩勇者が目ざとく、あの白衣の男が去り行く姿をとらえていたらしい。俺は、右手をぎゅぅッと握りしめて立ち上がる。右手が熱い。

「俺をあいつのとこまで飛ばせ！」

俺が叫ぶと、意思をもった風が俺の体を宙にぶん投げた。俺が何とか空中でバランスを取って、森の奥に消えようとする白衣に視線を定める。

すると、ずっと俺がロボに乗っている間白衣の男を探していた、人間サイズに大きくなったやきとりが、ふわりと俺の下に飛んできた。俺は遠慮なくその背を蹴って、白衣の男に飛びかかる。やきとりと同じく白衣の男を追っていた月夜が、影で男を絡めとり、その場に拘束した瞬間、俺は右手をその男の頬に叩きこんだ。

「ぐふぉ！」

「はぁ、はぁ、はぁ」

全身の疲労と、拳の痛みと、達成感とがないまぜになる。

だが俺が気を抜く暇もなく、上空から声が降ってきた。

「いやはや、いいものを見せてもらいました！　瘴気にも薄くではあるが意識を持たせられる可能性もみましたし、あの巨人同士の戦いも非常に興味深かった。できれば破片などももちかえりたいですねぇ」

「な、なんで」

俺の目の前には確かに殴り飛ばした白衣の男が気を失っている。だが、上空にニタニタと気持ちの悪い笑みを浮かべているのもまた、白衣の男だった。

「ヒヒヒヒ。それは私の分身ですよ。あなたも知っているでしょう？　私が人形を作れること」

そういえば、地下遊園地の殺人事件もそんな感じだったか。

右手が痛いほど熱い。もはや炎そのもののような熱さだ。チリチリと焼かれて、しかし上空にいる白衣の男にどうこの拳を届かせようか。

「まあ、実験データはおいおい検証するとして、それではおいとまさせていただきます。またよろしくお願いしますね、ヒヒヒヒ」

「おい待て！」

タイヤのないスクーターのような乗り物でUターンし、その背は去っていく。

俺がやきとりに乗ろうとした瞬間、巨大な鹿のような存在が現れ、角で俺の体をすくい上げた後、ぼとんと背に乗せて問答無用で空へ駆けあがった。

「あんたは……確か灰と再生のカミ」

雪の女王の父親である、灰と再生のカミだった。

カミは振り返ることなく、白衣の男を追いかけている。

「あー、そっか。あんたも怒ってたんだな。娘を傷つけられたら、そうなるよな」

俺は白衣の男の背を睨みつける。

「ちょうどいい。このまま本体のとこまで連れてってもらおうぜ。どうせあれも人形だ」

もし人形が使えるというのなら、観察も人形を送り込んでいた可能性が高い。だが、データは回収しなければならないはずだ。

そして俺の予想通り、ルインからそこそこ離れた距離の、崖が乱立しているところで、アレクセイとファウストが並んでいる姿を見つける。

「いた！」

俺達が近づいた瞬間、アレクセイと目が合った。だがアレクセイは何を言うでもなく、なぜか目を閉じた。

俺は躊躇することなくその勢いのまま、アレクセイに話しかけていた白衣の男の頬に、間違いなく、右手を叩きこんだ。

「ぐぶぼっっ！」

今度こそ、驚愕の眼差しが白衣の男から俺に向けられる。

「ぐほっ、な、なぜ……」

白衣の男はちらりとアレクセイを見上げた。

「お前は今回やりすぎた。そのくらいの報いは受けるべきだ」

「契約違反ではありませんか。あなたの依頼はこなす代わりに、あなたは私を護衛し手伝うという利害が一致した話だったでしょう？」

「目的を逸脱した行為が多すぎたな」

よくわからないが、アレクセイが動かなかったのは白衣の男がやりすぎたという認識はあったからしい。だが、止めなかったのなら同罪ではないのか。

「あんたらの目的は……なんだ？　時間を、超えようとしてたんだよな？」

「……」

アレクセイは何も答えず、踵を返す。

「ちょ、おい待て！」

俺が追いかけようとすると、灰と再生のカミが割り込んで俺を止める。なんで止めるのかと言おうとしたあと、俺の足元の地に横一線の傷があることに気づいた。俺が視線を上げると、アレクセイは剣に手をやっている。

抜いた瞬間だけじゃない。剣を振った動作も見えなかった。

そしてカミが止めていなければ、俺の胴と下半身はさようならしていただろう。

実力が違いすぎる。

「この男はまだ必要だ。このまま去れば追いはしない」

アレクセイはそう言い残すと、白衣の男を引きずって姿を消した。

「………なんだったんだ」

「……」

灰と再生のカミが、慰めるように鼻で俺の頭をつついた。

とりあえずと、ルインの場所に戻ると、熱狂的な町民たちの歓声と、その歓声を浴びている聖の姿が見えた。聖の隣には誇らしげに胸を張るリリアが立っている。

「あー、なるほど？」

あれだ。この町を救った英雄みたいな感じで、聖が祝われている状態なんだろう。ということは、あの場に俺が近づくべきではない。

「あ、ユートさん！」

「あ、エレノア。無事だったんだな」

町の外から覗き込んでいたにも拘わらず、エレノアは俺を見つけたらしい。エレノアはトコトコと寄ってきて、にこりと笑った。

「ご無事でよかったです。お怪我はありませんか？」

「怪我はあるけど、歩けないほどじゃないな」

「歩くって、この町を出られるおつもりですか？」

休憩もしないのか、とエレノアの顔に書いてある。そりゃ休憩はしたいが、聖と、何よりリリアがいるところにいるわけにはいかない。

「ああ、このまま行くつもりだ」

「私も同行させてもらっても、いいでしょうか？」

エレノアが困った顔で問うた。

まあ、エレノアもリリアのいるとこにいるのは避けたいだろう。

「ああ。次の町くらいまでなら」

「ありがとうございます！」

エレノアは目を細める。

「……町を出るのか」

「誰だ？」

がさりと茂みから出てきたのは、ノラだった。

「たしかあんたは……」

「ノラだ。事情はアランから聞いた。お前、この町を救ったあのろぼとやらに乗っていたんだろ。あの勇者様に協力者がいたというのと、アランからの話を合わせれば予想がつく」

「……だとしたらどうする？」

「あの場に自分も今回の件の功労者だと、名乗り出なくていいのか？」

「いい。余計なことに巻き込まれたくないからな。ただでさえまだいろいろしがらみがあるんだ」

「ふっそうか」

ノラは最初に会った時のようなトゲトゲしさがない。俺としては拍子抜けしてしまう。

「この町を出るなら、これを持っていけ。隠れた功労者への、私なりの礼だ」

そういうと、ノラは鞄と首飾りを投げてよこした。

鞄の中には魔法薬と食料、そして首飾りはこの町へ入る許可証だ。色はガラス部分が白で、縁が金。……そんな色の許可証ってあっただろうか。

「その許可証があれば、この町にはいつでも入ることができる。滞在期間は未定。ギルドとその時々で要相談、ただし相談次第では無制限も可能、という許可証だ。この世で一つだから、なくすなよ」

「え、それって……」

かなり特別扱いではないだろうか。

俺の言いたいことをくみ取り、ノラは頷いた。

「ギルドマスターからのお達しでな。その真意はあたしにもわからないが……。ギルドマスターの許可が出ている以上、それは正式なものだ」

「……わかった」

「それと、ギルドカードの旅券機能を追加しておいた。これで世界中どこへでも行ける」

「え、それはありがたいな」

「それはクロワルドからの申請が通ったから、ということだ。話は以上。達者でな」

そういうと、ノラは去っていった。

「まあ、ありがたくもらっとくか」

「はい」

「さて、じゃあ行くかね」

俺はまた道のない場所を歩き始めた。

【エピローグ】

雪の女王の精神世界に残されたイネスの意思の残滓は、「助かった、ありがとう！」と言葉を残して去っていく後輩勇者を見送りながら、かつての記憶に思いを馳せた。

彼が勇者として召喚され、エネルレイア皇国から強制された魔王討伐の要請を蹴り、この異世界に飛び出した当時。イネスの故郷は魔法も魔法工学も発達した世界で、イネスはそこのエンジニアだった。彼はその知識を活かし、皇国の追手から逃げることには苦心したものの、充分距離を稼いで自分の引きこもる巣を作り上げた。誰からも見つからないように、地下に施設を作り、たまたまその土地にいた大精霊と取引をして、自分と同じようにその場所に隠れ住んでいた魔女の一族の研究をしつつ、彼は自分の身の周りを整えていた。

やがてその場所に気付き、訪ねてくる人物がいた。それがカタリナだった。彼女はエネルレイア皇国の皇女であり、聖女であった。イネスものちに知ったことだが、彼がエネルレイア皇国の追手から逃れられたのは、彼女の助力があったからだった。

彼女はイネスの居所を見つけながらも、彼を皇国に連れ戻すこともなく、たまに訪れ言葉を交わし、研究以外の生活にはとんと無頓着な彼の生活を整えた。お風呂に入ることも食事をとることも忘れがちな彼のために、様々な世話を焼いた。

イネスは、彼女が毎回苦労しながら遠くから食料を運んできていることに気付いた。

彼は地下施設の上に町を作った。

たまたまその町を見つけた旅人が始まりとなり、やがてその町はたくさんの人が生活するようになった。その町は流通が始まり、カタリナが遠くからわざわざ食料を調達する必要がなくなり、ちょっと変装をして地上で生活用品を調達できるようになった。

カタリナは、そんな遠回りで不器用なイネスを見守りながら、交流を続けた。

そんな日常から二年経った。

いつも通り地下施設の制御室で、近づくその気配に気づきながら、イネスは組み立てていく魔導自動人形に落とした視線を上げることはなかった。だが彼女は勝手知ったる様子で部屋を進み、臆することなく単刀直入に本題を投げかけた。

「私はこれから死んじゃいます。魔王の封印に行きますので。聖女単体でできることはそれがギリギリなんです。悲しいことですよね」

イネスのスパナを握る手に、ぎゅっと力がこもる。

「お前それ、完全な貧乏くじだろ」

「そうです。貧乏くじなんですよ、この立場も、これまでのなにもかも全部」

「なら別に、お前がそれにならなくたっていいじゃん」

イネスは逃げた。理不尽な役割だったが、求められたことから逃げた。だけど、カタリナは違った。イネスが放棄した分も、抱えて逝こうとしている。

「でも、誰かがやらなきゃいけないことなんです」

「だから、お前がその誰かにならなくったっていいだろ！」

「ならば、誰がそれをやるんです？　さらに無関係の人間に押し付けるのですか？」

今から死にに行くというのに、彼女の声は揺らいでいなかった。

「……」

「私は、無関係の人間に押し付けてのうのうと過ごすなんてできません。そうして生きながらえたとしても、一生消えない罪悪感に、楽しい時もうれしい時も、どんなに幸せな時だって、水を差されます。そんなものに私はなりたくない。だから、同じように巻き込まれただけのあなたには、私にできる最大限の自由を用意したつもりです。私自身が、自分の意思関係なく犠牲のシナリオに巻き込まれた者だからこそ、他に強要することは嫌です。これは、役目とか責任とか、そういうことではないんです。私の生き方の問題なんですよ」

「……」

イネスはゆるゆると顔を上げる。

「だから、死にゆく私からのせめてものお願いです。私の命を使っても、魔王を封印できるとは限りません。できたとしても、魔王はいずれ復活する。特に私一人の封じでは長くもたないでしょう。それに、あなたがもし重い腰を上げて、私とともに戦ったとしても、倒すのは難しい。勇者と聖女がそろったこれまででも、一度も成功していないわけですからね。だからこそ、あなたの次か、その次になるかはわかりませんが、いずれ訪れるその時のために、あなたの力を貸してあげてほしい」

「今までの勇者と同じように、か？」

「どんな形でも構いません。それが有効かもわかりませんし。でも、私も自分の勝手で次代以降の聖女に難題を先送りしますからね。封印で終わらせようとするということはそういうことです。このシステム自体を壊す力は私には無い。この因果は続くでしょう。だから少しだけでも、のちが楽になることがあるのなら、用意しておいてあげたい」

話そうとすればするほど、呼吸がしづらくなって言葉が出ない。落ち着こうと息を長く吐いた。

「……あいにく、俺に誰かへ残せるものはなにもない」

「……そうですか。それならそれで、仕方ありません。ないものは、残せませんしね。だけど、

『正義は必ず勝つ』のです」

「なんだその、ヒーローが言いそうなセリフは。ヒーローは現実には存在しない。おとぎ話の中だけの存在なんだ」

「あなたが『いない』と断言するのは、あなたが救ってほしかった時に、その『ひーろー』は来てくれなかったからなんですね」

どきりと、心臓が一際大きく鳴った。

イネスが幼い頃、彼はヒーローの特撮が大好きだった。憧れた。どんな人も助ける、悪人だろうが善人だろうが困っていたら助けて、ありがとうと言ってもらう。そんなかっこいい『ヒーロー』になりたかった。だがそれはテレビの向こうの話で、学校で、いじめられて、殴られて、辱めを受

けて。どれだけ助けを叫んでも、現実では彼が助けてほしかった時にヒーローは現れなかった。イネスに出来たのは引きこもって陰気に陰口をネットに書き込むだけ。嫌いな奴は嫌いなままだし、困ってるやつも特に興味が湧かない。自分はヒーローには向いてないと悟った。

だがカタリナは、そんな諦めを抱えるイネスに、期待を伝える。なぜならカタリナは知っていたから。二年間の言葉を交わす中で、自分の勇者が、貶しながらも自分の故郷の『ヒーロー』について話したとき、憧れを捨てきれていなかったことと、語る目が輝いていたこと。

「……」

「正義は人によって違います。『正義は必ず勝つ』の正義は、世間一般に正義と呼ばれるものです。あなたにはそれが欲しかった時に、現れなかった。けれど、だからこそ、あなたは、誰よりも『ひーろー』になれる。『ひーろー』がどんなものか、よく知っているあなただから。だからどうか、『ひーろー』のちの人達にとっての『ひーろー』であってください。その、いつか、が来た時のために。どうか」

「俺は、ヒーローにはなれない。そんな器じゃない」

必死の懇願にもすげなく返すイネスに、カタリナは憂いない笑顔を返した。そんな彼女にイネスは顔をそむける。

「では、もう行きます。お元気で」

それは永遠の別れの言葉だった。法衣を翻して彼女が去った制御室で、考える。

別に自分が望んだことではなくても、カタリナは恩人だった。その彼女が死にに行くというのに、自分は彼女を守るための行動に移せなかった。

この世界で唯一、己を大事にしてくれた人を見捨てた。

自分の身の可愛さで、なにもできない俺が『ヒーロー』なんかできるはずがない。なんなら彼女のほうが『ヒーローではないか』。

だけど……。

イネスは小さい声を落とす。

「もし俺の目の前に来た奴なら、手伝ってやるよ」

助けてはやれない。でも、手伝うくらいはしてやる。恩人の、最期の願いだから。

そこまで振り返って、残滓のイネスは笑う。

カタリナが死んだあと、シルフからの依頼で、雪の女王の暴走を止め、瘴気の巨人を倒した。そして封印を施した。

魔王ではない。だが、千年前の世界滅亡の危機を救ったのは確かに自分だった。だがそれは誰も知らない事実だ。ただカタリナが救った世界が壊れるのが許せなくて、珍しく本気で動いたことだった。だから、誰からも感謝されることもなく、裏でこそこそしてただけだった。

でも、千年経った今。「ありがとう」と言われた。

「約束は果たしたと思っても、いいよな？　カタリナ」

そのままイネスの〝残滓〟は消えていった。

【番外編　勇者の旅立ち】

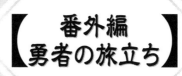

「ちょっと、あんた隊長でしょう！　いい加減あのお姫様をなんとかしてよ！」

鋭い猫目に詰め寄られて、私は魔法使いの少女をなだめながら、これまでの旅路の苦労を思い返した。

私の名前はハンネス・リーゲルト。栄えあるエネルレイア皇国のリーゲルト侯爵家の次男であり、エネルレイア皇国騎士団団長を務めている。

エネルレイア皇国の歴史は長く、エレンティーネ教会に次いで千五百年の歴史を持つ。

周辺諸国が、数々の戦乱のための統廃合を繰り返したため、歴史と言われるとせいぜい長くて三百年ほどの中、これほどの歴史を刻めたのには、勇者という存在が深く関わっている。

人類の歴史上、国や民族同士の争いは続いていた。現在でも戦乱は続いている国も存在している。そんな中で、全人類共通の敵が存在している。それが魔王だ。

その魔王に唯一対抗できる存在、『勇者』とは、あまり詳しくは知らないが、別の世界からやってくる人間ということだった。その、『別の世界』から人を呼ぶ術、召喚術を唯一所持しているのが、エネルレイア皇国だった。また、勇者の存在にとって欠かせない、歴代の聖女は、そのほとんどがエネルレイア皇国の皇女が務めていることもあり、教会との協力関係を築いていた結果、エネルレイア皇国を害す国は現れなかった。いや、実際にはいたのかもしれないが、それが表向き歴史書に載ることはなかった。

だが、前回勇者を召喚してから六百年。魔王が復活する兆しがなく、人々の間でも勇者という存在が伝説の物語だったのだという認識が広まっていった。事実私も、神話の一つのような認識になりつつあった。だが、聖女様は現実に存在していたし、なにかしらの事実が脚色されたものなのかもしれないなど、いろんな思いがたまに浮かぶことはあったが、それを確かめる機会が訪れるはずもないと、考えていた。

だが、私はその稀有な出来事に関わることになる。

勇者召喚自体は極秘で行われたため、その場に立ち会うことこそなかったが、実際に勇者が召喚され、しかも自分がその勇者の剣術指南を任されることになった。

皇命であるため従うが、実際に目にするまで異世界というものが存在するのかも、そしてそこからまだ少年と呼べるような年の子供が勇者であったことも信じられなかった。だが、実際目にした勇者は、変わった服装をしていたし、その言動から感じる考え方、価値観、文化は、確かに異世界が存在するのかもしれないと思わせた。

それだけではなく、剣術指南中の彼の挙動、手足の動きは、とても剣術に馴染みがあるようではなかったにも拘わらず、教えたことを吸収し、真剣を扱えるようになるまでの驚異的な早さは、勇者という特別な存在故であるのだと、思わせるようなものだった。

さすがに、最初があれほどの素人の動きだったのに、二週間で高レベルの魔物を相手にできるほど成長するのは早すぎる。

皇国は勇者のその様子を見て、勇者を召喚してから一か月ほどで魔王討伐の旅へ勇者を向かわせることを決めてしまった。

皇命により私も同行者に選ばれたが、もし命令がなかったとしても同行を願い出るつもりでいた。

あまりにも才能を持っている勇者だとしても、まだ少年であり、元の世界から急に呼ばれてしまった人間だ。ひと月も経っていないのに、急に過酷な旅をさせるという事実が、剣術指南で関わったことでより引っかかっていたからだ。せめて、彼の旅路がより良くなるよう尽力したい、と考えていた。

また、別に気になることもあった。

十年程前から、エネルレイア皇国皇女であり、聖女であるエレノア殿下が、心神喪失を理由に表立っての聖務にお姿を見せていない。そんな中、勇者との旅路に同行できるのか、それともエレノア殿下の代わりに聖務に取り組んできた第二皇女であるリリア殿下が今度も代行されるのか……。

魔王討伐の旅出発日、魔王討伐の精鋭メンバーに選ばれたのは、私と、Sランク冒険者でもあるセイラム、そして神官のネリエルだった。

出発の日の朝、勇者と共に城門前についた私たちは、既に待っていてくれた二人の女性に右手を差し出す。

「二人の助力に感謝する。私はハンネス・リーゲルト。これからよろしく頼む。こちらは勇者である、ヨーイチ様だ」

「おはようございます。はじめまして。ヨーイチ・ヒジリです。これからよろしくね」

さわやかな笑みを浮かべて、勇者も右手を差し出した。

「セイラムよ。ギルドマスターから頼まれたから来たけれど、わたしが気に入らないことがあればすぐ帰るから。精々言葉と行動には気を付けなさい」

と、強気な挨拶をしつつも、彼女は握手に応じる。

「こちらこそよろしくお願いします。わたくしは神殿から参りました、ネリエルと申します。聖主の加護があらんことを」

と、ネリエルは手を組んで祈りをささげた。

あと一人、エレノア殿下か、リリア殿下のどちらかが合流するはずだった。なぜかそのあたりは最後まで告げられることはなく、日程と合流場所だけが告げられた。しかも、勇者の出発だというのに、見送りの人間などは一人もいない。合流場所の城門も表門ではなく裏門で、あまり騒ぎを起こしたくないという意図はわからないでもないが、異様な対応であることは感じ取れた。

それでも、エネルレイア皇国に仕える身である自分は、ただ命じられた通りに行動するだけだ。

余計な思慮を挟まず、従う。

……ただ、皇国の上層部の意図が秘匿され、騎士団長である自分にまで情報から締め出されているのは、頭の片隅に置いておかなければならないとは考えていた。

「それで、肝心の聖女様は？」

「もうそろそろ、来られると思いますが……」

そう言いかけた時、明るい声が飛んできた。

「お待たせいたしました！　準備に手間取りまして！」

その場にいた全員が一斉に振り返ると、リリアが自身の背と同じほどの荷物を使用人に持たせ、さらにその背後に華々しく生花を飾り付けられた馬車が引かれていた。

思わずこちら側の四人はぽかんと口を開け、言葉を失った。

「ヨーイチ様、お待たせいたしました！」

「えっ……」

大きなつばの帽子と、これからの旅路に似合わぬ、繊細な刺繍の施され、たっぷりのレースが使われたドレスを着たリリアが、勇者の腕に自分の腕を絡めて見上げた。

戸惑う自分たちの中でいち早く立ち直ったセイラムが、声を上げた。

「わたし帰る！」

「え、なぜですか？　あなたはわたくしたちの崇高な旅路に尽力する使命を帯びているから、ここにいるのでしょう？」

「私の気に入らないことがあれば帰るって話だったからよ！」

「……なにか気に入らないことがあったのですか？」

セイラムの顔が怒りで赤く染まる。

「なにか気に入らないことが……ですってぇ？　あんたのその恰好！　それに後ろの荷物と馬車！てか全部よ」

「？？？」

リリアは荷物と馬車を振り返り、自分の服装を見て、本気でわからず首を傾げた。

「あんた、この旅を舐めてんの？」

怒髪天を衝いたセイラムは、つかつかと荷物に近づいて中身を検め始めた。

「あ、なにをするんですか！」

「これも、これもこれもこれも！　いらない！　なにこの服！　こんな豪華なドレスどこで着るのよ！　公式の場に出る二着以外は置いていきなさい！　そして基本は、軽くて丈夫か、保温性のある、洗い替えのきく服を何着か！　はっ、なんでこんなに保存が効かないのに生ものがいっぱい入ってんのよ！　茶葉もこんなに種類はいらないでしょ、道中で少しずつ入手するのよ！　最初から持っていかないで！」

「なにを言っているんですか！　これからの旅路は長いんですよ！　だからこそできるだけ備えたほうがいいじゃないですか！」

「期間が長いのがわかってんのに、すぐに消費できない生ものを持っていくんじゃないわよ！　なんでケーキ!?」

「疲れた時のティータイムに必要でしょう!?」

「ティータイムって……！　あ、なんでこんなかさばる茶器セットが入ってるのよ！　いい、荷物がこんなに多かったら機動力が損なわれるの！　これからは使用人もいないのよ！　あんた一人でこの荷物を持ち運べるわけないでしょう!!」

「ええ、ですから、皆さんがいらっしゃいますよね？　この荷物の恩恵は皆さんも受けるのですから、皆で分担して持つのは当然でしょう？？？」

「……〜〜っ!!　こっの！」

セイラムの怒りに触発されて、彼女の周りに炎が噴き出した。

「こいつ、燃やす！」

「セイラムさん、さすがにそれはダメです」

ネリエルがやんわりとセイラムを止めた。

「リリア様。これからの旅路では、自分一人で着替えなどもしなければなりません。基本的に自分の面倒は自分でみるのです。今お持ちの服では、一人で着替えができませんよね？」

確かに、リリア様の纏っているドレスは貴族の令嬢が着るものだ。貴族の令嬢は自分で着替えることはせず、使用人に世話をされるために、背中側にボタンがあるなど、一人では着替えられないようになっている。

昔、妹の服の着替えを手伝ったときのことを思い出した。

「それに、食料はとても大事な問題です。日持ちのしないものはだんだん腐りますし、途中でそれに気づかず口にすれば体調を崩します。リリア様もしんどい思いはされたくないですよね？」

ネリエルが丁寧に説明する。そういわれてリリア様はしぶしぶ頷いた。

「わかりましたわ。では、日持ちのしない食料は置いていきます」

「何言ってんのよ！　ほかの物も置いていくのよ！」

「嫌です！　長い旅路になるのです。少しでもヨーイチ様に快適な旅をしていただくために厳選したものたちなのです！　これでもかなり減らしたのですよ！」

リリア様は腰に手を当てて反論する。

その様子にさらに苦言を続けようとしたセイラムを、勇者は……いやヨーイチは止めた。

「リリア、俺もこの荷物は多すぎると思うな。こういう時はできるだけ両手は開けていられるように荷物を工夫するものだって、俺は習ったよ。それに馬車は、比較的舗装された道じゃないとしんどいと思う。もう少し装飾の無い、旅向きの馬車のほうがいいと思うよ。俺はそのあたりも勉強しながら進みたいから、どっかの町で調達しよう。だから、自分の身の周りのものだけ持っておいで」

「……そういうことだったのですね、わかりました！　もう少しお時間をいただけますか？　あと十分ほどで用意いたします！」

ヨーイチがそういうと、先ほどの拗ねた様子が嘘のようにリリアが踵を返して、城に戻っていく。

その様子に、セイラムとネリエルは再び唖然とした。そしてセイラムがキッと私のほうを睨み上げる。

「あんたのとこの姫の教育はどうなってんの⁉」

「……すまない。リリア様も普通の旅人のような旅路は初めてなのだ。そもそも城から出たことすら数えるほどしかない。まだまだ不慣れなんだ」

「不慣れとか、そういう問題じゃなくない⁉」

私としても、今の様子ではセイラムが怒るのも無理はないと思う。だが、リリア様も気の毒な方だと知っている身としては、同調しすぎるのも違う気がしていた。

昔、先代の聖女様にお目にかかった時のことが思い出される。たった三度の邂逅だったが、とても印象的な方だった。

リリア様は生まれたと同時に、先代聖女であり、母であるあの方が亡くなってしまった。そして姉であるエレノア様も心神喪失のために、情緒を学ぶ場が極端に少なかったのだ。また、外部、国内の令嬢など、同年代の存在とも隔離されていた節があるため、どうにもならない部分も存在している。

だからこそ、この旅路がリリア様にとっても良きものになることを祈っているのだが……。自分の身にできることはあるのだろうか……。

「セイラムさんも、ネリエルさんも優しいね。リリアに対して怒りながらも、どこがダメだったのか説明してあげるなんて」

「は？　わたしは腹が立ったことをそのまま言っただけよ！　勘違いしないで」

「リリア様も初めてのことが多いのでしょう。これから学んでいただけると思っておりますので」

ヨーイチの言葉に、セイラムはそっぽを向き、ネリエルは微笑む。

「というか、あんたの言葉だったら聞くみたいだから、あんたが肝要なのよ！」

「あはは」

そんなやり取りで待っている間、ちょうど十分後にリリア様が戻ってくる。その

「お待たせいたしました！」

と言うリリア様の姿をみて、セイラムの口角がひくついた。

「ちょっと、逆に荷物はどうしたのよ！」

「え、身軽なほうがいいんですよね？　全部置いてきましたよ？」

これでいいんですよね？　と輝いた笑顔をリリア様はヨーイチに向ける。ヨーイチは苦笑していた。

「……やることが極端なのよ！　あー、もうやっぱり帰る!!」

　ということがあってから、ルインの町に辿り着いた今も、リリア様がやらかす度にセイラムが怒り、ネリエルが諭し、ヨーイチがやんわりと軌道修正する流れが定番になってしまった。ルインのギルド支部でセイラムの叫びを聞き、いつか血管が切れてしまうのではないかと思いながらも、リリア様を本気で見捨てることはしない彼らにそっと感謝する。この旅路がどのような結末になるのか。自分はできる限り見届けようと思っている。

あとがき

はじめましての方も、とてもお久しぶりの方もこんにちは、こんばんは。ななめ44°です。

二巻から時間が空いてしまいましたが、まさかの三巻を本という形にしていただけることになりました。

これも、これだけ時間が空いてしまったにも拘わらず見捨てずに力を尽くしてくださった、TOブックス様、担当様、新たに加わってくださったへるにゃー様など関係各所の皆様、一巻二巻を手に取ってくださった読者様たちのおかげです。心より感謝申し上げます。

また、この三巻をお手にとってくださったあなた様。ありがとうございます。再びでも、はじめましてでも、この物語を通してお会いできてとても嬉しいです。

三巻ではまた新キャラ達が多数登場いたしました。テルマやイゼキエル、冒険者ギルドの関係者や精霊達など。

また、洋一など再登場した子達もいましたので、当初私が想定していた文字量の二倍の内容になっております。

登場人物の数だけ、物語が絡み合っているのだなと、感じていました。優人の帰宅方法も少し明らかになってきました。一歩前進ですね。

今回のお話はかなり偏ったネタが随所に散りばめられています。読んでくださった方に気付いてほしいような、気付いてほしくないような……。

小さいネタからわかりやすいネタを散りばめました。そっと、あ、これもしかして？　といった感じで伝わるとうれしいです。

また機会がございましたら、再び皆様にお会いできることを願っております。

広がる
コミックス 第四部
貴族院の図書館を救いたい! Ⅵ
漫画:勝木光
好評発売中!
新刊、続々発売決定!
コミックス 第二部
本のためなら巫女になる! Ⅸ
漫画:鈴華
好評発売中!
コミックス 第三部
領地に本を広げよう! Ⅶ
漫画:波野涼
2023年9/15発売!

リーズ累計120万部突破!（紙+電子）

TO JUNIOR-BUNKO

※第4巻書影

イラスト：kaworu

TOジュニア文庫第5巻
2024年発売!

NOVELS

※第24巻書影

イラスト：珠梨やすゆき

原作小説第25巻
2023年10月10日発売!

COMICS

※第10巻書影

漫画：飯田せりこ

コミックス第11巻
2024年春発売予定!

SPIN-OFF

※第1巻カバーイラスト

漫画：桐井

スピンオフ漫画第1巻
「おかしな転生〜リコリス・ダイアリー〜」
2023年9月15日発売!

シリーズ累計
140万部
突破!
(紙+電子)
小説
第14巻
2023年
9月9日
発売!
TVアニメ放送開始!
帝国物語
餅月 望――著
Gilse――イラスト
式HPへ!
原作HP
TVアニメHP

Comics
ティアムーン帝国物語
ティアムーン帝国物語
ティアムーン帝国物語
ティアムーン帝国物語
ティアムーン帝国物語
コミックス
第7巻
2023年
10月14日
発売!
漫画：杜乃ミズ
2023年10月より
MBS・TOKYO MX・BS11にて
ティアムーン
断頭台から始まる、
姫の転生逆転ストーリー
詳しくは公

次巻予告
謎解きだ!
魔術市・古代の遺跡へ
お出かけ!?
世界のひとかけらを
知る夏休みスタート!
白豚貴族ですが
前世の記憶が
生えたので
ひよこな弟育てます
やしろ
illust. keepout
XI
予定!!!

捨てられ勇者は帰宅中
～隠しスキルで異世界を駆け抜ける～3

2023年9月1日　第1刷発行

著　者　ななめ44°
キャラクター原案　雫綺一生
編集協力　株式会社MARCOT
発行者　本田武市
発行所　TOブックス
〒150-0002
東京都渋谷区渋谷三丁目1番1号　PMO渋谷Ⅱ　11階
TEL 0120-933-772（営業フリーダイヤル）
FAX 050-3156-0508

印刷・製本　中央精版印刷株式会社

ISBN978-4-86699-934-0

Printed in Japan